自在京都

KYOTO

库索 著

中信出版集团 | 北京

图书在版编目（CIP）数据

自在京都 / 库索著 . -- 北京 : 中信出版社，
2019.7 （2025.5重印）
ISBN 978-7-5217-0306-1

Ⅰ . ①自… Ⅱ . ①库… Ⅲ . ①随笔—作品集—中国—
当代 Ⅳ . ① I267.1

中国版本图书馆 CIP 数据核字（2019）第 057213 号

自在京都

著　　者：库索
出版发行：中信出版集团股份有限公司
（北京市朝阳区东三环北路27号嘉铭中心　邮编　100020）
承 印 者：北京盛通印刷股份有限公司

开　　本：787mm × 1092mm　1/32　　印　　张：11.25　　字　　数：200 千字
版　　次：2019 年 7 月第 1 版　　印　　次：2025 年 5 月第 9 次印刷
书　　号：ISBN 978-7-5217-0306-1
定　　价：78.00 元

飞快地跃过鸭川的勇敢少年，是生活在京都的人们脑海里的美好画面。父亲在前来短住的冬天，拍下了这一张照片。

序言
定居京都的人

已经有太多关于京都的书，多到不少人听到“京都”二字就要转开头。但我们对京都的了解又是多么千篇一律。京都拼命营造适于旅行者的舒适环境，我们按照攻略欣赏到的那个京都，也的确如传说中那般，适合拍照留念——可它只是如此吗？好在有这样一本定居京都的人写下的书。书写者库索从前住在大阪，偶尔来京都会友、上花道课，去年秋天正式搬到鸭川边。对某个城市，从邂逅到客居，再到定居，必然需要经历反思、抉择、鼓起勇气，也会有情绪的起伏。在她有关岁时风俗、市肆街巷的细节记述背后，可以看到她理解京都的框架。这是她细细描绘的《洛中洛外图屏风》[1]，她选择了京都，也被京都塑造。

我与库索认识是在2016年末，但第一次单独喝酒是在2018年

1 《洛中洛外图屏风》：日本国宝，是六曲一对的屏风，上面绘有京都城内城外的生活景象。——编者注

1月中旬。平常生活范围不会超过学校外方圆一公里的我，很自私地把她约到了学校旁一家叫“门”的居酒屋。后来，她把这家店写进了《春宵苦短，少女喝酒吧》。当晚告别后，忽而下起了雪。那是迎接她的初雪。“刚进车站，发现我身上落满了雪。你到家了吗？”她发来短信。我在微醺里预感，我们会做很长时间的朋友。

不久之后的节分祭，我与刚下花道课的她在著名的居酒屋“神马”相见。虽然在这里生活了多年，但我去过的地方极少，更不用说这类很难预约上的居酒屋了。那晚我们都喝了不少，恰好邻桌两位从广岛来旅行的女生说要去看吉田神社的节分祭，便与她们一起坐公交车离开。库索先在出町柳下车，并将花道课剩下的一束郁金香与猫柳赠予我。我抱着花束，领着新认识的两位姑娘，穿过吉田山麓摩肩接踵的人群，跌入流光溢彩的世界。由山脚走至山顶，又喝了许多新酿的酒，那是如梦如幻的美妙夜晚。

京都是孤独的城市，库索无疑享受这种孤独。她在书里介绍，咖啡馆里某个位置，是“孤独者的最佳选择”，又引东山魁夷之语：“只有作为自由和孤独的旅人，自然和风物才能够直接进入我的内心。”京都也是孤独者的最佳选择。它不是积极热烈的城市，没有什么大企业，就业机会寥寥，本地年轻人大多要去大阪、神户或者更远的城市工作。远离喧嚣的三四条商业街，夜里听到最多的声音，便是救护车的长啸——这里有许多老人。清晨比僧人们的诵经声更早唤醒山林的，是傲然狡黠的巨大乌鸦。它们啊啊地叫着，刺刺扇动的翅膀投下清晰的阴影。右京区、下京区、北区……有许多游人罕至的萧条巷陌，不是印象中精致优雅的古都，而与日本大部分人口渐少的城市街区没有任何区别。由旅人变成定居者，便要正视隐藏在“古都传说”背后的衰老、贫困与死亡，承担古都千百年来累积的叹息与孤独。

我在京都的生活十分单调，日复一日待在学校，也没有打起精神认真学过花道、茶道一类的艺术，似乎课业之外的任何趣味都令我备感压力。库索在六角堂学习池坊派花道已有数年，我很羡慕。从前我对池坊派的印象是过于适应现代生活，又太过积极扩展海外业务。库索写她不喜欢太艳丽的花材，我深有同感。而她接下来写花道老师告诉她:“花道这件事，就是要把不喜欢的东西也处理得很好啊。”如当头棒喝。她认识花道的过程，仿佛是接近京都过程的比喻。她写自己因被荷花吸引而开始学习花道，但经历了漫长的修业，才有机会亲手侍奉荷花。盂兰盆节前，超市总有荷花卖，是为了供奉先祖。如我们这样远离故土的人，见到本地人这些与家族关联的纪念活动，不免也有触动。在这本书里，库索很少提及故乡与来时长路，却在写荷花时突然忆起外祖母家门前的无花果树，又戛然而止。其中幽曲心境，都付与四时枯荣有定的植物。

写京都，自然无法避开寺院、神社。库索在书里写到了一些我们平常不太容易去的深山古寺。黄昏的净琉璃寺已是离尘的彼岸之景，夜晚笠置寺的磨崖弥勒佛与红叶更是奇观。库索是资深旅行者，到过地球的许多神秘之处，见过各种风景。面对自然景观产生的情绪、留下的印象，很多时候也取决于同行者带来的影响。走在京都的山寺，无数来过此处的历史人物，作家、艺术家，都是我们的同行者。库索还有与她同处一个时空的同行者，带着她到郊外，到深山，告诉她自己对于京都的理解。而一些同行者往往会在某个时刻消失，如逝水难归，唯有岸边不语的群山是永恒。

库索在书中提到了许多与人的相遇、交往、告别，因为以京都为背景，所以格外难忘。而正因为事情发生在京都，所以十分安定。京都见过太多惊心动魄的离乱，我们无论怀着怎样的心痛，或陷入虚空，都能在京都环绕的群山里得到安慰。当我们跟随库索见了京都的春樱秋叶、神社佛阁、咖啡馆、喫[1]茶店、居酒屋……忽而画面一转，迎来了岁暮与新年。那是库索在京都安家后的第一个新年，她已窥透京都年中行事[2]的规则是“终”之惆怅与“初”之希望交替轮回。

这几天京都降温，但我们都知道，不过数日，它就将迎来满城樱花与无数看花人。京都人对这样的日子又眷恋又恐惧，爱世上无限繁华，又恐惧繁华盛极却转瞬消散的强烈冲击。京都无时无刻不在提醒我们，应习得与无常世事相处的办法，而这本书也向我们透露了京都的这种智慧。通过这本书，我们可以和库索一起，从对京都怀着兴奋、冲动、好奇的情绪开始，渐渐放缓呼吸，成为一个京都人。

苏枕书

2019年3月24日

---

1 喫：日文汉字，意“吃”。——编者注

2 年中行事：指一年当中的传统节日活动。——编者注

目录

CONTENTS

第四章 脚下

第五章 喫茶

第一章

好日

不如去散步

无论谁来到京都，我第一个要给他推荐的地方都是鸭川。

初次造访这座城市之前，没人会太在意鸭川的存在，不过是一条河嘛，可是，但凡到过一次这座城市，后来只要再听到“京都”二字，眼前定会立刻浮现出鸭川的样子。无论冬夏，它都以一种最为平缓的姿态流经这座城市的心脏地带。

有河流的城市和没有河流的城市，会呈现出全然不同的气场。在东京亦有隅田川值得热爱，但它毕竟稍稍远离了城市的中心地带，像一个刻意要躲开热闹的旧影；鸭川不一样，鸭川是安静的，却无时无刻不身处热闹之中，自北向南成为城市的一条中轴线。只要在京都随便走两步，定会绕至它跟前。

若是在巴黎的塞纳河畔生活过，便更能体会到鸭川沿岸的与众不同：京都贵在四面有山，全无高层建筑，无论站在三条大桥、四条大桥还是五条大桥上，都能远远望见河流的尽头，起伏着纤细的山线，山紫水明之上，天空永远开阔。

鸭川纳凉床和等间隔法则

数年前邂逅鸭川，还是游客身份。彼时正值盛夏，四条大桥西侧的先斗町搭起了纳凉床，我们一行人便挨家询问过去，也想凑个热闹。吃了好几次闭门羹后，终于寻得某家尚有空位，于是盘腿坐在露台上靠河边的位置——回想起来，那算不上便宜的会席料理[1]绝非美味，只是坐在纳凉床上，晚风时而袭来，对岸五光十色的灯光映射在河面上，令这国际观光都市突然回归了小城的生活感，酒倒是喝得非常愉快。

鸭川纳凉床并不是床，而是从木造町屋的二楼搭出去的榻榻米露台，不少餐厅夏季都会搭设，客人可以坐在上面用餐喝酒。从二条至五条大桥之间，架设着近百座类似的高床式建筑，三条至四条之间尤为繁盛。鸭川纳凉床曾在那部大火的日剧《半泽直树》中登场，如果你今日漫步于先斗町的窄巷之中，还能在当时取景的店铺前看见雅人叔的海报。

鸭川纳凉床只在每年 5 月 1 日至 9 月 30 日期间限时登场，时间

1　会席料理：日本代表性的宴请用料理。——编者注

与古都湿热的夏季吻合，是乘凉的好去处。它和祇园祭、五山送火一样，是京都夏季的“风物诗”。归功于鸭川河面上的自然风，纳凉床在其他各地难以复制。江户时代的画师安藤广重有一幅名为《四条河原夕凉》的浮世绘，画中彼时的人们在河岸上搭起低矮的平台乘凉，已初显今日纳凉床的雏形，有僧人坐于台上畅饮，有艺伎表演助兴——鸭川附近便是祇园，那么纳凉床大概也曾是高雅风流的场所。

住到日本之后，鸭川纳凉床便成为我对夏日的期待，每年总要去上一两次。有一年和友人结伴去贵船神社散心，某位女伴提及有家纳凉床牛肉寿喜烧店，我们心血来潮去了，竟比声名在外的三嶋亭[1]更加美味。这家店中有个打工的学生，在京都大学（以下简称京大）读书，长相帅气，尤善讨年长女性顾客的欢心，这令人对京大宅男的业务能力刮目相看。又有一次，我早早结束了在京都的工作，同事提议：“我知道纳凉床那一带有家奇怪的章鱼小丸子店，要不要去试试？”究竟是哪里奇怪？原来是一家高级红酒专卖店，偏偏下酒菜只有章鱼小丸子这种平民B级美食[2]。过后我很久没有再去，那家店的味道也变得十分模糊，想要再去体验一次，却再也找不到踪迹，就像是天狗的恶作剧一般。不会消失的地标，是三条大桥西侧的那家星巴

1　嶋：日文汉字。——编者注

2　B级美食：最初指“二战”后，日本人为走出生活困境，制作革新的乡土美食。如今多指制作迅速、分量充足、价格公道的美味食物。——编者注

第一章
好日

克，春秋冬三季都是生意平淡的冷清样子，唯独夏天日日排着长队，这也是出于同样的原因：它兴许是全世界唯一一家拥有纳凉床的星巴克。先斗町内还有个迷你小公园，樱花树下有滑梯和秋千，白天偶尔会撞见相拥的小情侣窃窃私语。深夜的公园前常常有一个占卜摊位，后面坐着白衣女人，总是端正肃穆的样子，却从不见有客人光顾。最近一次去时，那女人已经不见了，换了一个年轻男人坐着，也是端正肃穆的样子，看上去像是韩国人，摊子倒很有人气。公园隔壁就是整条街上唯一可以吸烟的地方，有次用餐中途溜出来陪友人抽烟，望着眼前不眠的河水，闲聊不知不觉演变成长久的谈心，也就因此记住了鸭川。

冬日里没有纳凉床，我也爱去先斗町的居酒屋。听说某家居酒屋常年供应罕见的名酒“十四代”，今年又有友人前来，便欢喜地带着友人去了。那家居酒屋的菜式多是旬物[1]，这个时节能吃到最后的秋刀鱼，一种做成刺身，一种以盐烧，搭配而食，才算是完满；然后便是鳕鱼的白子了，挤上两滴柠檬汁，再蘸上一点儿醋，那略略一丝腥味，恰好被十四代的甘甜中和，是绝佳的搭配。

“刚刚窗前那两个人，实在是充满故事。”邻桌刚走，友人便匆忙感叹道。

1　旬物：应季的风物。——编者注

我们坐在二楼，店里并没有搭建纳凉床，取而代之的是面朝鸭川的座席。座席只能容纳两个人，绝不是科学的布局，却能在用餐时始终面对着河流，是很好的约会场所。若是赏樱季，恐怕能留下难忘的回忆。

“不过就是普通的小情侣罢了。”刚进门时我就留意到了他们亲密的背影，不以为意。

“你难道没有发现，那是两个年轻男人吗？”

我心里一惊，再度望向那空荡荡的座位，已经没有任何蛛丝马迹可寻。

“说起来，还记得那次和小牧一起来京都的事情吗？他就说过，京都是个不伦的场所。”小牧哥是我们住在东京的朋友，他说这话时我们正在二条城的庭园里闲逛，眼前有个年轻女人挽着一个老男人走过。

“东京人跑来京都幽会，是日本小说里的传统啊。兴许是因为这座城市的街巷很深，就像秘所一样吧。”我回忆着窗前那两人的背影，心想若是一个城市能藏住一些恋情，能纵容一些恋情，能给一些秘恋以栖身之地，何尝不是可爱的事情呢？这样一想便感到快乐起来，又点了新鲜的盐烧京野菜和招牌烤和牛，多喝了两壶酒。

我因甚早就读过万城目学和森见登美彦，难免对鸭川心生亲切，到访此地时也常有惊喜。两人的作品中这条河流常常登场，且屡屡被赋予魔幻色彩。多年前我曾在一次采访中问及已经移居东京的万城目学最喜欢京都的什么地方，他丝毫没有犹豫地回答：

“果然还是鸭川吧。我喜欢旅行，去过世界上很多地方，但很少能看到上百万人的城市中有那样一方风情洋溢又静谧的空间。现在每次去京都，我都还是会在鸭川附近的面包店买甜面包和盒装牛奶，像学生时代那样在河边悠然度过时光。”万城目学在描写京都的代表作《鸭川小鬼》中，提到了“天下三大不如意”，指的是鸭川等间隔情侣、脚尖的冰冷和男人心。

每次在鸭川边发 Instagram（照片墙），地标列表里总会蹦出“鸭川等间隔”几个字，懂得的人便会心一笑——这个词绝对可以入选京都黑话词典了：在三条大桥到四条大桥之间的鸭川岸边，尤其是夏季，总是坐着一对又一对的情侣，不分昼夜，仿佛约定俗成似的，自然地保持着相同的间距，无论是先坐下的还是新加入的，无一破坏规矩。京大不乏脑回路奇怪的研究者，专门去计算这个“等间隔”，最后煞有介事地得出结论：三米！他们之间的距离是三米！

也有一些文化分析者说，之所以保持这微妙的等间隔，是日本人与生俱来的距离感使然，既想拥有说悄悄话的私密空间，又要保证不打扰他人。但鸭川等间隔之所以成为人们喜闻乐见的一景，还是万城目学的一句话泄露了天机：“日本情侣很少在外面亲热，所以像那样堂堂正正让人看到亲热的风景是非常罕见的，这道风景足以让单身的年轻人抱有挫折感和憧憬感。”

所以像有人要在情人节的电影院故意买单人票捣乱一样，也有人想以单枪匹马之力冲散鸭川等间隔队列中的男男女女。森见登美彦就在《太阳之塔》中写过：“我们好几次插入那些看起来很幸福的男女，制造出男女男女男女男女男男男男男女男女男女男女这样‘悲哀的不规则排列’，但是那些家伙却只沉迷于看着彼此根本没有美到哪儿去的脸皮，完全无视我们精打细算下的苦斗。这反而让我们受创更深。两三个月后，我们那自然生成的愤恨实在无处安放，不得已之下，只好无视之前的教训，再一次与‘鸭川等间隔法则’展开残酷的对抗。”

从鸭川三角洲出发，散个步吧

我的偶像森见登美彦最中意的鸭川地标，是北边的三角洲。他曾经出版过一本京都案内[1]手册，把自己小说中出现的地标一一收录进去，开篇第一个地标就是鸭川三角洲，他坐在那里的草坡上，像所有的文艺中年那样手捧一本书。我们的作家是个宅男，想来对京都并没有多么无所不知，爱去之地也就是京大附近一带，最远亦不过三条四

1 案内：指南，向导。——编者注

条大桥，尽在鸭川“掌握”之中。我还读过一篇访谈，森见登美彦说自己在某个天光微亮的清晨走过鸭川三角洲上方的贺茂大桥，远远看见有个古代人骑着一匹白马过来，他大惊失色，顿时有种不知今夕为何夕的感觉，终于定下神来才意识到:“哦，今天是祇园祭[1]啊！”京都就是这样一个光怪陆离的地方，大多数时候它处在一种极为平淡而普通的日常中，但其中又有被其他城市视为非日常的景象，这些景象绝不会出现在京都以外的任何一个地方。

说回鸭川三角洲。高野川和贺茂川在出町柳一带合流，形成一个Y字形浅滩，便是人们常说的“鸭川三角洲”。这里的背景是下鸭神社的原始森林纠之森，京阪电车[2]和叡山电车也在这里换乘。水面上有巨石，少男少女踏着那些乌龟或飞鸟造型的石块越过河流。我曾见过一个小男孩纵身在石块间轻快跃过，姿态优美。照理说，隔壁的大阪才是真正的“水之都”，但大阪河川虽多，却多用栏杆隔开，单纯作为水路要道出现，与居住者有距离感，而鸭川和京都居民的关系是亲密的，岸上散步、钓鱼的人不在少数，据说河里有溯流而上的天然香鱼，更为著名的是传说中体长1.5米的大山椒鱼。每年刚过初夏，三角洲一带的人便迫不及待要下水，有人游泳，有人捉鱼，甚至有宠

1　参加祇园祭的人会身着盛装在街上游行。——编者注

2　日本的电车多指地铁或火车。——编者注

物狗在河中戏水。某年夏天，我的一个朋友就禁不住诱惑跳下水去，结果脚上的一只人字拖立刻随着湍急的河水漂走，完全追不到，不知如今正栖息在下游的哪个寂静角落。

初夏的午后，鸭川岸边总有成群结队的幼稚园小朋友，戴着嫩黄色的帽子，书包在河岸上摆成一排，围坐在草地上吃便当。远处的长凳上亦有流浪汉吃着饭团，喝着一罐绿茶。野餐的家庭中，有时突然会有个孩子指着天空高喊："啊，看鸟！"于是大家齐齐抬起头来看一只盘旋的鹰，惊动了两个骑自行车的欧洲游客。盛夏尾声时，五山送火当天，鸭川三角洲也是观看大文字送火[1]的最佳地点。我去过一次，下午三点开始人山人海，终于在河边坐下，和当地人一起喝着啤酒等待天色渐暗。当远方山上的火把依次亮起，人们竟然欢欣鼓舞地齐齐鼓起掌来，这也是京都特色。

京都最好的散步路线，应该从鸭川三角洲出发，向南行至四条大桥，大约是三公里的距离。很多个春天，我的赏樱路线就是从鸭川三角洲开始的。河岸两旁种满了垂枝樱，满地落花缤纷，对岸的一户建[2]里，常常会探出粉色的一株。人们抱手在屋前寒暄，或是站在樱花树下等公交车，对这令游人惊艳的场景习以为常，也是京都人才配

1　大文字送火：指五山送火仪式中，在山上点燃"大"字形篝火。篝火通常在京都的大文字山上点燃。——编者注

2　一户建：独院住宅。——编者注

拥有的淡定。

有个春天，父母来日本赏樱，我没有多做安排，直接带他们去了鸭川。这一年寒流逗留得久，樱花迟迟不开，我们三人走在鸭川边上，枝头还是胀鼓鼓的花骨朵。我们未能赏成花，却目睹了初春尚浅的河流成为水鸟的乐园，空中依次飞过白鹭和青鹭，鸭子和鹡鸰，漆黑的鸬鹚，又有从北方飞来的红嘴鸥展翅向南飞去。水鸟们并不怕人，盘旋于天空，有的甚至会朝岸边吃便当的人俯冲而下。父亲痴迷地拍个不停，我们从上游走到下游，花了比我独自一人散步时多数倍的时间。

那日，在春寒料峭中，对岸的柳树首先绿了起来，枝条随风飘摇，是十分温柔的样子，我这才意识到：尽管我是一个热爱旅行的人，成年后却未曾和父母长途旅行过。我们之间很久未有的安宁亲密的时光，在鸭川沿岸的一段路途中，短暂地回来了。

有一年冬天，我和友人在京都走散，焦急之际竟然又在三条大桥下迎头撞上，重逢时正好看见一场惊艳的鸭川日落。另一年冬天走过鸭川，远远看见大文字山上积雪未散，呈现出京都少有的决绝和凛冽。友人带我在鸭川边上吃过一餐家庭料理，真的是鸭肉全席，最终不敢询问那食材的来源。还有一年冬天，游客稀少，我在鸭川边上的町屋住过一晚，清晨坐在一楼窗前吃早餐，看见初升的太阳将河水照得闪闪发亮，美得肃穆。

那时才终于想起来，从前这附近原本是刑场，就在三条河原上，传说大盗石川五右卫门一党被活生生放进了油锅，丰臣秀次一族也是在此被斩首，鲜血将河水染得通红。了解战国幕末历史的人耳熟能详的治部少辅石田三成、新选组局长近藤勇，他们被砍下的首级也曾置于此示众。

在那朝阳下平缓流淌的河水之下，埋藏着多少写进日本历史的大事件，或壮阔或悲情，当事人或是毅然赴死或是草草而亡，若要细细追究，便会意识到就算是历史上大名鼎鼎的人，“善终”仍然是一件很难做到的事情。生与死在日常中交汇，这便是鸭川了，它才不是一条没有故事的河流。

一条河流和它的生活气息

如今发生在鸭川沿岸的故事，大抵是平淡的：慢跑、骑车、午睡、读书，在商店街买一盒豆饼坐在河边慢慢吃掉，将热腾腾的咖啡装在野餐篮子里，晒着太阳度过午后时光，看起来什么都没做，却是只有在京都才能享受的略为奢侈的日常。

村上春树的快乐，是绕着鸭川跑圈的愉悦。他曾经被要求举出三个印象深刻的跑步场所，答曰：波士顿的查尔斯河畔、纽约的哈得孙河畔、京都的鸭川河畔。此事令京都人颇为自豪，近来连房地产公司也打出广告：“该房位于村上春树热爱的长跑路线上。”村上只要来京都定会沿着鸭川慢跑，固定线路在御池至贺茂大桥之间，沿途会经过好几座桥，两岸充满了生活气息，避开了嘈杂的游客区，除了樱花和红叶季，大多数时候都很清静，人情景致皆宜，跑个往返刚好 10 公里。

而我的快乐，是坐在鸭川边上喝啤酒的快乐。买酒的地方通常是三条大桥上那家便利店。午后或傍晚，在堤坝上能遇到很多人：热爱跑步的京大教授，在河边跳舞的少女三人组，穿着浴衣[1]拍照的观光客，玩接球游戏的父子。曾经有位小哥在河边的暮色中唱了好几首“孩子先生”乐团的歌，那是我听过的最佳现场；也有中午在河岸上读书的少年刚要起身，见人正举着相机拍照，愣了一愣，又呆呆地坐下配合；还有个中午，两个西装革履的中年男人拖着行李箱走过，看见大家都在午睡，也加入进来，枕在行李箱上睡了过去；在一个祇园祭结束的晚上，逃离人山人海回到河边，人们继续三三两两地喝着酒，在夜风中眺望着河水，像是终于找到了悠然结束热闹的正确方式。

前些日子读鸭长明的《方丈记》，开头写道：“浩浩河水，奔流不

1　浴衣：指和服的一种，多在夏季穿着。——编者注

绝，但所流已非原先之水。河面淤塞处泛浮泡沫，此消彼起，骤现骤灭，从未久滞长存。世上之人与居所，皆如是。”江河的水流一刻不休，只是那水已经不再是原本的水了。后又继续写道：“繁华京都，铺金砌玉，豪宅鳞次栉比、甍宇齐平。无论贵贱，所居宅邸看似能世代流传，然细加寻访，可知往昔古屋留存者甚罕。或去岁遭焚，今年重建；或豪门没落，变为小户。居者亦相同。虽居处未变，人丁见旺，但昔日相识者，二三十人中仅余一二。朝死夕生之常习，恰似泡沫。不知生者死者，由何方来，又向何方去？亦不知暂栖此世，为谁烦恼，为谁喜悦？居者及宅邸无常之情形，便如牵牛花上之露。或露坠花存，花虽存，但一遇朝阳，立时枯萎；或花谢而露未消，虽然未消，终挨不过日暮。”

这段文字里的河便是鸭川了。从鸭川的水流中感触到随时间变换的荣枯盛衰，也是只有在经过漫长历史变迁的京都才能被激起的通感：人生就像鸭川的水一样，世间诸行，皆于无常之中。有人懂得了，便心生感慨：在眺望鸭川流水的同时，不忘记世间万事总是在变化之中，这就是京都人的本质啊。

一个城市有了河，故事就会变得不一样。

春宵苦短，少女喝酒吧

李白："伪电气白兰浓缩了人生的虚妄。"

少女："我觉得是能够从内心深处温暖人生的丰润之味。"

李白："人生是虚妄的。"

少女："是丰满的。"

李白："人生孤独且空虚，稍纵即逝。人生就是互相掠夺。"

少女："是相互分享。"

李白："是痛苦。"

少女："是欢愉。"

这是森见登美彦的小说《春宵苦短，少女前进吧！》中的情节。由小说改编的电影里，京都的街市里住着有钱任性的酒仙李白，李白先生囤积了大量传说中的幻之酒"伪电气白兰"。热情无畏又千杯不醉的黑发少女在深夜持酒前行，遇见了李白先生，两人一边斗酒，一边探讨着伪电气白兰中的人生滋味。那一夜李白被黑发少女喝倒，尚有一段最后的对话。

少女："我受到缘分的指引。能够坐在这里和李白先生共饮，在我看来，也是缘分相系而成的结果。"

李白："马上你就懂了，人与人并未相系，而是孤独的。"

那之后便觉得喝酒一定要在京都，对隐匿于酒精中的虚妄或真实，缘分或孤独，总有向往。那之后在京都喝酒一定要是冬夜，一场大型流感袭击了这座城市，黑发少女拯救了李白先生，又裹着厚厚的围巾去见学长，孤独退去，春宵苦短。于是有了一个想象中的京都：冬夜，为了甩掉一路尾随的刺骨寒风，你匆匆推开一扇木质拉门。下一个瞬间，屋子里橘黄色的光线喷薄而出，人们高声谈话的声音也像潮水一般涌来。你尚有些拘谨地坐下，隔壁桌的人毫不生疏地朝你打着招呼，你听出他们的声音里已有醉意。老板送上来一条热毛巾和两三道小菜，你要了一壶温热的清酒，窗外此时也许飘起了小雪，店里也许炉火正旺，发出噼里啪啦的声音。也许老板还是担心你冷，又递过来一条毛毯。几杯酒之后，你和认识的不认识的人聊得热络，再晚些时候下一批客人推门进来，就换成微醺的你笑着说："晚上好呀！"

在冬夜的京都居酒屋，这是真实发生的场景，比想象的更加生动。

“门”：这个年纪还能这样喝一杯，真是令人羡慕呢

新年后不久，我去京都大学找苏小姐，酒局已约了许久，却迟迟未成行，终于在这个冬天最寒冷的时候被她叫去百万遍附近一家名叫“门”的季节料理店。我站在门口等她，不禁哑然失笑，第一次看见料理店像旅馆一般，把预约客人的名字端正地写在门口黑板上，转头看见招牌上仅有的一句宣传语，“好吃的菜，好喝的酒”，又难免有些肃然起敬。我向来易被这样的京都做派打动——简单直白中藏着骄傲矜持，于感情于文字都是恰到好处。

听苏小姐说，京大的教授和学生都是这家店的常客，她便总是来。刚一坐下，她就指着店里那个正在忙碌的年轻女孩说：“她是在店里打工的京大后辈，上次来见过。”苏小姐在京都生活久了，对这里的人事也生出体恤之情，待女孩忙过了一阵，才招呼她过来点单。

苏小姐爱这家店，因为酒多，据说超过了 50 种，多为京都罕见的酒。我们从她推荐的“英勋”开始品尝。“英勋”是一款产自伏见的清酒，必须要温热了喝，只觉得味道淡丽优雅，口感并不浓烈突出，也是京都该有的风格。后来看过这家酒藏的专访，尽管“英勋”连续 10 年在日本酒赛中拿到金奖，社长还是直言它是“一款没什么特色的酒”。但相比那种喝第一杯时感叹“真是美味啊”，喝第二杯

时却感觉“已经足够了”的酒，这款酒虽“没什么特色”，却会让人在不知不觉中喝完整瓶，这不才是真正的好酒吗？不在餐桌上喧宾夺主，妨碍人品尝料理的，才是最优雅的。社长又说：“酒不是主角，即便不喝酒人也活得下去，但是不吃饭人就会死哦。”原来酒好喝的标准，是让料理变得更加好吃，这也是一种世界观。这种不喧宾夺主的酒，对于味道清淡的京都料理来说，正是尽责的最佳配角。

下酒菜必须是要有鱼的，居酒屋一年四季都有鱼供应，冬季的脂肪更加肥厚。京都街市离海遥远，好吃的鲜鱼刺身，都是从日本各地的海港直接运来的，产地都清清楚楚地写在菜单上。毛豆是一定要点的，还有银杏，表皮烤得微焦，直接蘸着盐吃，是最能检验店家食材是否新鲜的一道菜。已是冬季的末尾，此时的旬物是菜花，只用酱油稍稍煮过，上面放一朵切成花瓣样式的粉色鱼糕，我们都爱极了它，因为它带给酒桌季节感，是寒冷的冬天里一个春日的征兆。

“门”不像大众餐厅那么热闹，尚有一些京都的仪式感。那天我们的隔壁桌上坐着两位年过七旬的儒雅老人。他们长久地坐着，吃得细致，一直用京都话低声交谈着。我俩喝得尽兴，三番五次地加菜，也越聊越热闹，他们偶尔侧过头看，脸上也挂着微笑。起身离开时，路过我们身边，老太太非常正式地向我们告别：“再见了哟。”我俩立刻手足无措起来，连声道歉：“真是不好意思！”

我们也偷偷猜测。“你说他们是夫妇吗？”

“难说呢。如果是夫妇，这个年纪还能这样喝一杯，真是令人羡慕呢。”

“如果不是夫妇，这个年纪还能这样喝一杯，才是令人羡慕呢。”

之后又喝了我爱的“獭祭”。喝这种酒时就要吃口味重一些的料理：京都人喜欢的鸭肉，烤得外焦里嫩，肉质紧实又有薄薄的脂肪；明太子要烤得久一些，口感是干的，配着切成条的多汁萝卜吃；冬夜必备的关东煮，在火上温了很久，魔芋和萝卜煮得烂烂的，用来收尾一餐才会感觉幸福……一直喝到晚上 10 点，店里只剩下我们一桌，老板端上来两杯热茶：“要打烊了哦。”我们买过单后，他又端来一个大大的盘子：“要不要吃糖？”拿起来，原来是不二家的棒棒糖。

后来听说，“门”常年为附近的知恩寺提供饮食，总是根据季节变换食材：春天有京都洛西产的竹笋，夏天有淡路岛产的鳢鱼，还有用静冈烧津产的脂肪丰厚的青花鱼制成的鲭鱼寿司。最出名的一道菜是相扑什锦火锅，特色是由 13 种食材制成的肉圆子，可以在网上订购，还能送货上门，但我总觉得那样会很寂寞，毕竟离开了居酒屋就没有故事了啊。

那天晚上，和苏小姐在京大前的十字路口告别，我走进出町柳车站，抖落满身积雪，收到她发来的消息：“雪越下越大了。”能遇上京都夜晚的雪是运气，因为在微醺的人看来，它真的好似古诗一样，“晚来天欲雪，能饮一杯无”，原来可以真正身临其中。那是我当年冬天在京都喝的第一场酒，下过雪之后，我和苏小姐就正式成为酒友了。

“ますだ”：食物就是食物的样子，生活就是生活的样子，人就是人的样子

多年前，也是冬天，我和造访京都的友人去过一次“ますだ”。店不太好找，位于狭长窄巷之中，错过了好几次，终于掀开红色暖帘推门进去，却被穿着和服的老板娘婉拒了：“非常抱歉，我们只接待有预约的客人。”没能看清店内的全貌，只听见人声嘈杂好似另一个世界，自此难忘。

从一开始，“ますだ”就是我慕名而去的店，倒不是因为它在京都已经开了 65 年，传承到第三代，而是因为我最爱的作家司马辽太郎在京都担任新闻记者时，是这家店的常客，即便后来不住在京都，他每年也要光顾这里好几次，直至去世。一个作家要怎么表达他对一家店的热爱呢？自然是把它写进小说里。于是在《坂本龙马》中，龙马就带着妻子来这家店喝了一杯，吃了店里的名物料理——幕末时代的京都还没有ますだ呢，可是谁也拦不住它就这么穿越了时空。

“ますだ”所在的先斗町位于闹市区，是典型的京都街巷，尽管石叠小路因为狭窄而显得拥挤，游客们摩肩接踵，在摇曳的灯笼光线中却也不令人讨厌。先斗町在江户时代曾是京都著名的五花街之一，如今昔日面影全无，但也有好几次，我在这里遇到了舞伎。在森见登美彦的小说里，黑发少女初入美酒世界，便是闯入先斗町之后，她一杯接一杯地灌下色彩缤纷的鸡尾酒，喉咙里发出清脆美妙的声响。

那之后，去先斗町饮美酒，便成了执念。

终于约上了“ますだ”是在冬天，傍晚走进先斗町的窄巷中，难得飘起了漫天飞雪。这一天我才看清了店内的模样：算不上宽敞，先到的几个客人围着餐台而坐，台子上依次摆开二十几个花色不同的大碗，一眼瞥过去，碗中全是浓郁的酱油色——这是那晚客人们能在“ますだ”吃到的全部料理，一份菜的价格在 500 日元至 1200 日元之间，多是从前传下来的京都家常小菜，看起来简单平淡，其实都是精心制作出来的与酒搭配的季节的味道。

也在餐台前坐下，年轻的店员提着一个篮子过来让我们挑选，里面装着形状花色不同的酒杯，一些是陶质，一些是瓷质，并无两个一式一样的。大约从选杯子这件事上，也能看出人各有异，我那个贪杯的朋友，手快抢下了最大的一只。杯子虽多，酒却只有“贺茂鹤”一种，新的一壶端上来，第一杯永远是穿着和服的老板娘隔着餐台替客人满上。这老板娘上了年纪，说话间还总是露出少女一般的笑容。

在初次光顾的居酒屋中点菜，最安全的做法是效仿邻桌依样画葫芦，于是我们点了章鱼魔芋煮、东寺豆腐皮、烟熏切片的京都鸭肉，京野菜中点了萝卜和茄子，这个季节的万愿寺辣椒有着植物的美妙口感，可以一口气吃三份。又有一种和茄子一起煮的鱼，老板说名叫“ニシン”，我们无论如何也搞不清楚究竟为何物，隔壁桌于是凑过来说出一个英文名，我们才知道是鲱鱼。

“今天有什么特别推荐的菜式吗？”我探头向餐台里问。

“冬至之后，就开始吃海鼠了。我们家是醋泡的，要试一试吗？”老板说着，从眼前的碗中捞起一勺给我看。

“海鼠什么的，很难得啊。”隔壁桌的大叔又耐不住寂寞了。

“……”我还是一头雾水。

“海中的黄瓜！海中的黄瓜知道吗？”

啊，原来是海参，对于中国人来说也不陌生的食物，偏偏“海鼠”这个名字令它活了过来。老板又絮絮叨叨起来：在日本，海鼠是从初冬便开始供应的时令旬物，通常切去两端取出肠子，稍稍用醋浸泡，搭配寡淡的清酒为最佳。

大家都点了海鼠来吃，我看着眼前那块写着“桃唇向阳开”的牌匾，突然注意到下方落款处有个小小的“遼”字。

“莫非是司马辽太郎的字？”

“你连这个也知道吗？”老板开心起来，“里间还有一面屏风哟。”

后来从另一桌熟客那里得知，里间的屏风上写着一首即兴的诗。那日司马辽太郎在此设宴待客，将在座诸人的名字全都写进了诗里：作家濑户内寂听、历史学家奈良本辰也、画家秋野不矩和下村良之介、编剧八寻不二和依田义贤、考古学家森浩一、哲学评论家梅原猛……多是我没听过的名字，但也知道个个都是大人物。

“其实我们店里不接待不会日语的客人，因为没办法沟通。”兴许是司马辽太郎的功劳，老板变得热情起来，递过来一盘昆布，“这个送你吃吧。”如此做派，是京都的传统，也是京都的温情：对于“外人”，他们总是有些顾虑，但这不是高傲，而是担心怠慢了对方。我又想，区分“外人”和“本地人”的那条界线，也许只要一杯酒就能打破。

只有一件事情没法通融：“ますだ”店内不准拍照。如果恳求一下老板呢？“好吧，你可以拍一张。”再多恳求一次呢？“不行，你已经拍过一张了！”只顾着拍照，就愧对了料理和美酒。其实在“ますだ”，料理不是主角，甚至酒也不是，兴许聊天才是。结伴而来的人聊天，餐台外的客人和餐台里的主人聊天，说话中隔壁桌和对面桌的客人也加入进来，那样尽兴放肆的笑声，我在京都还是第一次听到。

又有一桌客人走了，老板娘走出去送，回来后大声说：“外面下大雪了呢。”大家纷纷“欸”了起来，另外一位刚坐下的客人说：“因为这大雪，新干线都晚点了。”大家又纷纷“是吗是吗”起来，彼此间像是左邻右舍一般熟识。

在这样一间居酒屋里，谁说初次相遇的人不能立刻相熟相知？一对从东京来的夫妇，离开时和老板娘约定樱花时节再见，而轮到我们离开时，老板娘叮咛了好几次："外面下着雪哦，请一定慢点儿走。"

走到屋前，雪已经停了，一轮圆月挂在町屋上，洒下皎洁的月光。远道而来的朋友大概是被打动了，轻声感叹："京都多么好呀，食物就是食物的样子，生活就是生活的样子，人就是人的样子。"而让我念念不忘的，却是临走前看到居酒屋墙上的那句话：爱酒不愧天。

"Rocking Chair"（摇椅酒吧）：
火苗在暖炉里跳动着，坐在摇椅上喝一杯，
该是怎样的幸福啊

京都人不擅长调鸡尾酒，偶尔想喝一杯的时候，会跑去开在京町家[1]里的酒吧。我与"Rocking Chair"结缘是出于偶然，只是无意

1　京町家：京都职住一体的住宅样式，是1950年以前按照传统的木造轴组构法修建的家屋。——编者注

中在网上看到，它“是一个人也能自在喝酒的地方”。一日从岚山归来，时间尚早，突然想喝一杯，于是下午 5 点就去了——京都的酒吧能从这个点开始营业实在是个奇迹。店主坪仓桑[1]后来是这么跟我说的：京町家建筑多有日式坪庭，傍晚时刻，坐在这里能看到庭院最美丽的样子，也有那种想在晚餐前小酌一杯的客人，这么想着，就提前开店了。

“Rocking Chair”开在一栋 90 多年前建成的京町家里，藏在一片民宅之中，如果不是刻意找寻，几乎不会注意它的存在。走向玄关的石子路上，有着与祇园一带相似的气息，一侧有树影摇曳在白墙上，一侧堆积着劈得整齐的木材。推门进去，唱片机里有古典音乐流淌出来，穿着黑色马甲的店员等着接过你脱下的外套，又是西洋做派。

“有这个季节的鸡尾酒吗？”酒吧才刚开门，就已经有人喝开了。我的右边坐着西装男二人组，看上去像是来出差的；左边坐着一个年轻女生，不为周遭所动，久久凝视着一杯快见底的酒。

调酒师指着一个玻璃盘子让我看，时令水果都装在盘子里，这个季节除了草莓，还有橘子、石榴和橙子。我点了一杯草莓酒，有难得的扑鼻果香，尝起来更像是果汁一般甜蜜。

1　桑：日本人对人的尊称。——编者注

天色又暗淡了些，坪庭里亮起灯来，我转头看去，才发现房间尽头壁炉中的柴火正燃烧得旺盛。难怪门口要堆那么多柴。壁炉前摆放着两张木头摇椅，坪庭前也摆了一张，据说是坪仓桑专门从欧洲买来的复古家具，都是职人[1]手工打造的。壁炉只有在冬天才会燃起，窝在摇椅里喝一杯威士忌，读一本侦探小说，这样的场景，像是从某部北欧小说中走出来的，在古都的夜里有了迷之意境，令人莫名安心。

闲聊起来，44 岁的坪仓桑告诉我，“Rocking Chair”是他在 9 年前所开的。他出生在京都，直至读大学才离开这座城市，从前他立志要当老师，却因为在东京被某位调酒师的魅力吸引，误打误撞进入了鸡尾酒的世界。他在东京的酒吧“修行”了 6 年，又回到京都在最有名的鸡尾酒吧“K6”工作了 4 年半，到了 35 岁那年，终于有了这家自己的店。

“那时候，我是真的想拥有一家有暖炉的酒吧。火苗在暖炉里跳动着，坐在摇椅上喝一杯，该是怎样的幸福啊。”这是坪仓先生开“Rocking Chair”的初衷。

说话间又喝了第二杯，这次我不要水果酒：不要太甜，要更浓郁。

“要不要试试 Espresso Martini（浓缩咖啡马天尼）？本店原创

1　职人：日语中指技艺精湛的手工艺人。——编者注的。”这是近来在美国很风靡的咖啡酒，到了京都，坪仓先生又往里面添加了日本的烘焙茶。

酒端上来，上面还漂着两颗“咖啡豆”。

“看起来是咖啡豆，其实是巧克力哦。”坪仓桑露出一副“就知道你会猜错”的神情。他说这是一种日本常见的巧克力，在各家便利店都能买到，那味道是他童年的记忆。

“长得这么像咖啡豆的巧克力，也是难得呢。”

“当然啦，我把那些最像咖啡豆的全部挑出来了！”

眼前这一杯马天尼，真是集咖啡、茶和酒为一体，我突然想起了劳伦斯·布洛克笔下那个喜欢把威士忌兑进咖啡的马修·斯卡德。后者有句名言：“咖啡让一切变快，波本让一切变慢。”我于是暗自下定决心：下一次再来，定要嘱咐坪仓桑把马天尼换成波本，也算是向我最爱的侦探致敬。

和坪仓先生一样，“Rocking Chair”的店员都非常爱说话。每位调酒师专门负责陪一位客人聊天这种事，也是十分有趣的，甚至令人觉得比起调酒，他们的谈话技术更加高超。店里熟客也多，前后来了几个人，都是轻车熟路的样子，有一个男人坐下后，年轻的调酒师也不询问他要喝什么，就径直开始调起酒来：“接下来要回家吗？”

“接下来和朋友去吃饭。”

原来真的有人在晚餐前来这儿喝开胃酒。

坪仓桑和隔壁桌一位老先生研究起了某瓶威士忌的生产年份，我起身买了单。

“接下来去别的店吗？”

“接下来回大阪啦。”

“那么早吗？”

“大阪太远啦。”

“但是日本很小啊，中国比较大。”

“也对，如果我今晚在上海喝了酒，现在就没法回北京了。”

大家一起笑了起来。我在夜色中走出门去，街上一个人也没有，也没有街灯，一片苍茫。刚走了几步，身后就有人小跑过来：“太好了，你还没走远！”接着递过来我落在店里的帽子。这一天的京都又是满月夜了，我微醺着走在鸭川边，站在四条大桥上，又一次觉得，京都果然是不存在陌生人的城市啊。

那之后又过了好久，我才知道自己那晚去的是一家多么有名的酒吧：2015 年夏天，坪仓桑在日本鸡尾酒大会上拿下了全国第一名，一年后的世界大会上，他又拿下了部门大赏。所以业内的人都说“Rocking Chair”拥有当今日本最好的鸡尾酒。那杯让坪仓桑拿到世界第一的鸡尾酒名叫“Rise”（上升），此前的世界鸡尾酒大会上，他连续两年屈居第二，于是给酒取了这个名字来鼓励自己：喂！不要认输，站起来呀！

鸡尾酒的名字也那么励志，果然是日本人的风格。过些日子我还想去尝尝一年前那杯只让他获得了第二名的酒，而它的名字便是我坐在“Rocking Chair”时的心情：欢喜。

“神马”：居酒屋真的是一个很奇妙的地方，大家来到这里就会自然地变得平和起来

在京都人心中，真正能称得上“第一酒场”的，只有这家开在西阵的“神马”。从1936年创立到现在，已经过了80多年，尽管“神马”在战中空袭时也曾一度休业，但还是顺利地传承到了第三代。据说它是“京都最古的老铺居酒屋”，也是“旅客们最想去的京都名店”，我提前半个月打电话预约，没想到竟然约上了。

像所有仍然保留着昭和时代风情的居酒屋一样，“神马”店内也有一条长长的J形吧台，客人坐定之后，店家首先递过来的是一条毛毯，这是京都典型的家庭服务风格，细致入微，不禁令人会心一笑。据说在昭和时代，这家店对酒客来说是圣地一样的存在，无论是西阵一带的职人，还是在太秦拍电影的演员，都常来店里豪饮。一直到昭和中期，它都只接待男性客人，如今店里的女性客人虽然并不比男性客人少，但是那种昭和时代特有的大众酒场氛围，仍然能时刻感受

得到。

“神马”的主打菜名都写好了贴在墙上，抬头可见，这是昭和时代遗留下来的做法。这里的鱼料理最为有名，常有很多罕见鱼类供应，令店主引以为傲的一道菜是金枪鱼幼鱼。听说，初代店主坚持“让客人吃到这个季节最美味的新鲜料理”，至今这仍是“神马”奉行的准则。店主每天清晨一定会前往中央市场亲自进货，挑选当天最新鲜的鱼类，因此每天墙上的菜名都有细微变化，即便是同一种鱼，也因为每一条脂肪含量不同，要采用不同的烹饪方法。

初去“神马”时正值深冬，我和友人吃了许多白子，比从前在其他店里吃到的鳕鱼白子要大得多。追问之下，店家说这是河豚白子，十分新奇。除了常见的醋浸做法，这里也供应烤白子，一口咬下去，好像在吃猪脑。竹笋煮鲷鱼和白萝卜煮鰤鱼也都是家常味道，有京都人最爱的鸭肉，亦有京都不太见得到的海胆——味道甘甜，并不逊于在北海道吃过的。此时的旬物是从兵库县津居山港打捞上来的松叶蟹，号称日本第一蟹，见隔壁桌吃得津津有味，我们也询问起价格来，得知一只竟要 13000 日元，噤下声来。

那年我刚搬完家，在哈佛念书的星逸来京都某个大学做研究，要在这里暂住一年。我们自 20 岁交好，不觉已有 10 年不曾一起生活。她到来时我刚好要开启一段长途旅行，两人匆匆见了一面，接着就去了“神马”。秋天的居酒屋里，有最后的盐烧香鱼，带着饱满的鱼子，嚼起来很有滋味。我们两人吃得满足，正准备起身离开，店主突然端出土锅焖饭摆在台子上，热气腾腾，熟悉的香味扑鼻而来，不出所料，旁边的牌子上写着“松茸饭”。周围的食客几乎异口同声：“那个饭，给我来一碗！”一年四季，我都去过居酒屋，然而只有在秋天来临时，每个客人的脸上才会洋溢着幸福的光芒，也多亏了那锅难得的松茸饭。于是我们装出不太情愿的样子重新坐下，幸福地吃了一碗。

“神马”还会推出当日的特别菜式，菜名不贴在墙上，而是另写在一块小黑板上挂在餐台前。一次看到黑板上写了“惠方卷”，我才想起是节分了——日本人把立春的前一天叫作节分，当日神社寺院里到处都要撒豆子，以此驱除鬼怪，普通人则要吃惠方卷，其实就是紫菜包饭，便利店里到处有得卖，但只有对着这一年的“最佳方位”吃，方可心想事成。

“今年的方向是？”我茫然地看着友人。

“南南东！我中午刚吃过。”

“喏，就是那边！”老板娘指着门的方向。

于是我有生以来第一次在居酒屋吃起了惠方卷，耳边不断传来友人的叮嘱：“不要说话，沉默地吃掉，不要说话，愿望才能实现……”

因为是节分，我们自然地聊起了京大后山吉田神社举办的节分祭。每年这天，神社都要举办追鬼式[1]，晚上还有火炉祭，阵势浩大，称得上京都市内的盛事之一。

“我家就在吉田山呢，”听到吉田神社，老板娘眼睛一亮，“结婚之后，我才到这里来。”早就听说几年前二代目（第二任老板）去世后，“神马”就由三代目（第三任老板）酒谷直孝和母亲一起经营着，如此看来，他的母亲就是眼前这位老妇人了。

500日元一壶的清酒，不知喝到第几壶，生性热情的友人就跟邻桌搭起话来。邻桌是从广岛来京都旅游的女子二人组，友人得知她们并没有在“神马”预约，只是被出租车司机顺路带来，禁不住感叹：“你们运气真是好呢！”我们畅饮了一夜，眼看着无数人推门不得入，店内整晚满座，她俩在关门前匆匆赶来，竟然误打误撞捡到了两个空位。

我们和邻桌不断干杯，理所当然又一次喝到老板娘来催：“还有10分钟就打烊了哦。”我们四个人一起搭上了开往出町柳的巴士，友人又要带女子二人组上吉田山去看火炉祭。

“居酒屋真的是一个很奇妙的地方，大家来到这里心境就会自然地平和起来。”这一天没有下雪，走在街上有种春意盎然的感觉。过了这夜就是立春了，古都最难熬的冬日终于要过去了。

1 追鬼式：正式名称是“追傩式”，是一种驱鬼仪式，以吉田神社的最为热闹，现场有人打扮成红黄蓝各色的鬼。——译者注

今年也算是赏过樱花了

在日本居住多年，始终没能入乡随俗的事情，首先是赏樱。我对于樱花向来兴趣寥寥，大约是大学时校园里的樱花太负盛名的缘故。学校的樱花最初确实是日本人种下的，到我入学时考证栽种者是谁的人已所剩无几，只是每年花期一到，学校的前后大门必会被拦上，只留一扇小门供众人进出，摆起桌子收门票的是学生会的人。樱花大道上更加人潮汹涌，我的寝室就在后面。此时我不愿意出门，但同城几所学校的同乡旧识定会找来，为了帮他们省几块门票钱，我要借走寝室里每个人的学生证。接着大家又要毫无意外地引发关于要不要身穿和服拍照的论战，久而久之疲惫不堪，怕了这形式化的春日。

刚来京都之时，我惊讶于日本人对樱花的疯狂，比我的学校更甚。不过才三月，鸭川沿岸仍是彻骨的冬日严寒，裹着厚重的羽绒服走在河边依然会冻得哆嗦，那枯树的枝条上也不过刚刚冒出了几朵纤细的花苞，晨间的电视新闻里就已经开始预测这一年的花期了。京都有自己的赏樱官网，从这时就开始密集更新动态：某处花苞萌芽了，某处开至三分了，某处将要举办夜间亮灯仪式了……四月是毕业季也是求职季，但在京都这些都不重要——在京都，四月里的头等大事是等待樱花开放的那一刻。

初来乍到，工作和生活都很繁忙，前两年几乎不曾去赏花，但生日总是撞上樱花满开的那几日，一次遇上女友 A 的父母来京都小住，我便被邀去她家一起庆祝。饭后我和女友两人溜出来喝酒，河边处处坐满了观赏夜樱的人，有些是家人，有些是同学，有些是同事……铺着野餐毯坐在树下，吵闹着的，是难得纵情的日本人。我俩也各买了一罐啤酒坐在河边，这个季节，所有的罐装啤酒和生茶包装上都印着限量的樱花图案，偶尔看到几个喝得醉醺醺的欧吉桑（大叔），手里还死死攥着粉色的易拉罐，不由得要笑出声来。

“我啊，对于樱花这种东西，并没有太好的记忆。”也不知喝到第几罐的时候，A 缓缓说道。

“我大概也是没有的。”

“那一年，正是离婚闹得最厉害的时候，我一个人开车从东京来到了关西。”夜风吹过不远处一株高大的樱树，花瓣飘落下来，她凝视着那棵树，仿佛在跟它对话似的，“我和前夫在一起许多年，直到他跟我提出分手的前一天，我都以为自己是这个世界上最幸福的人。直到他跟我说：我再也无法忍受与你生活在一起。”

30 岁之后，我难得再交到密友，A 是鲜有的例外。我隐隐知道她的过去：从大学时代起生活在东京，前几年才搬到了关西，原因大约与感情的变化和命运的起伏有关，便也默契地不再交换细节。她这类的人很难得，既保留着中国式的热情变通，又学会了日本式的体贴、知分寸。那一阵我俩都在空窗期，工作结束后常常喝酒到深夜。

“开了很久的车，终于到了这一带，我一个人赏了傍晚的花，也没哭，也没想清楚任何事情，总之就是在这里，度过了我人生中最痛苦的一段。”这是我第一次从她口中听到那段婚姻的细节：那次赏完花，她又一个人开车回了东京，很快便办完了离婚手续。“有一阵真的以为自己要死了，连续好几个月一个人都没见，整夜整夜睡不着，靠着从医生那里拿到的安眠药续命。”可是人类是这样一种拥有神奇痊愈能力的生物，不知道什么时候会痊愈，但一定会痊愈——这番道理是我们受过伤，变成中年人之后才终于明白的。“我现在和你坐在这里赏花，可以很清晰地回想起当时的心情，但却怎么也想不起我当时是坐在哪一株树下。是那一株？还是那一株？我再也想不起来了。我知道事情终于过去了。”

像我的女友 A 一样，专程从东京跑到京都赏樱的人，在日本并不少见。

东山脚下的南禅寺从来就是赏樱胜地，从这里通往银阁寺的河畔小路——也就是被称为“哲学之道”的，两旁开满了以画家桥本关雪命名的“关雪樱”，每到三月末就会被挤得水泄不通。哲学之道上有座法然院，相比之下算是冷门景点，偶有人慕名闯入寻找三铭椿[1]，远远看见墓园里一株红垂樱突兀地开了，要再走近些才知道，那里原来葬着大文豪谷崎润一郎。

谷崎润一郎是如假包换的东京人。但对他来说，没有比前往京都赏花更好的春日活动。时光倒流至 1912 年，26 岁的谷崎润一郎只是一个初出茅庐的小青年，因优美的文笔得到永井荷风力推。这一年，他受邀在《大阪每日新闻》和《东京日日新闻》上连载“京阪见闻随笔”。他于 4 月 21 日第一次造访了京都，下榻于木屋町的一间小旅馆，在先斗町的居酒屋和祇园的茶屋里夜夜笙歌。

47 年后，谷崎润一郎变成了京都居民，并在这座城市留下了“搬家控”的外号。那年春天他自然也照例搬了家，新居是位于左京区下鸭泉川町的潺湲亭。尽管家人以“房屋不实用”“居住颇为不便”等理由劝阻，他却已被名庭师建造的池泉回游式庭院深深吸引，痴迷于散落其间的瀑布、池塘和茶席。终于在 4 月 29 日，也就是天长节那一天，他毅然从南禅寺的旧居搬了过去。

谷崎润一郎去世后的第二年春天，遗孀松子在他位于法然院的墓前栽下这株樱花，和平安神宫内的红垂樱属同一品种。她曾写道：丈

1　三铭椿：指法然院中的三株山茶花，分别是五色散椿、贵椿和花笠椿。——编者注

夫去世之后，常想起平安神宫的樱花。独自观赏那樱花时，便悲伤得难以忍耐。谷崎润一郎爱赏花，因此常住在京都，对樱花有着复杂微妙的感情，从代表作《细雪》中便可看出——

《古今和歌集》以来，有千万首吟咏樱花的诗歌。古人多渴望樱花开放，惋惜它的衰谢，一遍又一遍地吟咏同一事物，少女时代的幸子无动于衷地读过，觉得平淡无奇。可是随着年龄的增长，她深深体会到古人的盼望花开和惋惜花落绝不是字面上的"风流"。所以每年一到春天，她就怂恿丈夫、女儿和两个妹妹去京都赏樱花，几年来从未缺过一次，仿佛已变成固定的仪式。

另一位东京人芥川龙之介初次造访京都，也是在一个春天——那是 1917 年 4 月 12 日，前一个月他刚过完 25 岁生日。芥川龙之介不似谷崎润一郎那般自由，这次京都之旅他是和父亲一起上路的。初来乍到，他并不知悉三条小桥和数屋町通[1]一带的旅馆更接地气，径直住进了京都车站前的鸟居楼。

第二天的赏花倒是找对了地方，因为有高中时代的友人恒藤恭作陪。三人先去了清水寺和东本愿寺一带，花朵已经掉落得零零散散，

1　数：日文汉字。——编者注

当下决定从四条大宫搭乘岚山电车，在终点站下车，来到了樱花满开的嵯峨野。

日后成为大阪市立大学名誉教授的恒藤恭，写过很多关于芥川龙之介的文章，这一次的旅行被他事无巨细地记录了下来：从车站出来向渡月桥走去，他们没有选择过桥，而是直接右转，坐在茶店里铺着红色毛毡的长凳上稍息片刻；接着沿堤坝溜达，走进龟山公园的松林中，已经过了中午，又顺便吃了午餐；对面山上的树林，呈现出一片浓郁的翠绿，其间浮现出几丛淡红色的樱花，尽染眼底；雨水像细细的丝线一样落下，几只竹筏载着穿蓑衣的船夫，缓缓从眼前的清流中驶过……他们从嵯峨野搭乘巴士回到二条站附近，参拜过了北野天满宫，又特意去了金阁寺；傍晚，沿着四条通向东漫步，观看了京都艺伎的舞蹈，芥川龙之介还收到了来自恒藤恭夫妇的礼物——从木屋町买来的“大原竹筐”和从四条买来的小鱼佃煮[1]。

想必芥川龙之介对京都的春天甚是满意，5 年后的 4 月 1 日，他又来了一次，住在早已不复存在的“富士亭”，在如今已成为米其林三星餐厅的“瓢亭”用了餐，赏了花，观了舞，难得悠闲了一周，这才回了东京。但仅仅只过了两周，他又闲不住动身去长崎旅行，途经

1　佃煮：将小鱼和贝类、海藻等一起炖煮，并加入酱油、糖等调料，是江户时代的常备食品。——编者注

第一章
好日

京都时，又与友人在祇园一带游玩，赖了一周才离开。

与京都相邻的大阪有一个名叫川端康成的人，他3岁那年父母双亡，15岁又失去了祖父母，从此孤身一人行走于漫漫人间路。他独自一人去了东京，后来获得了诺贝尔文学奖。

成为文豪之后，川端康成也如谷崎润一郎那般爱着平安神宫里绯红的垂枝樱。谷崎润一郎创作《细雪》的20年后，川端康成让神宫的春天又在小说《古都》中重现了，开篇便是女主角千重子和恋人真一相约在平安神宫赏花。

> 千重子一走进神宫入口，一片盛开的红垂樱便映入眼帘，仿佛连心里也开满了花似的。“啊！今年又赶上京都之春了。”她赞叹了一声，就一直伫立在那儿观赏。
>
> 他们一来到西边回廊的入口处，映入眼帘的便是红垂樱，这景色立刻使人感觉到了春天。这才是真正的春天！连低垂的细长枝梢上，都成簇成簇地开满了红色八重樱，像这样的花丛，与其说是花儿开在树上，不如说是花儿铺满了枝头。

谷崎润一郎在《细雪》里写到的樱树，正是这一株：“一进神宫大门，就看到正面的太极殿。从西边的回廊跨进神宫的第一步，她们就担心着那里的几株名闻海外的红垂樱今年开得究竟如何，会不会已经来迟了。每年来到这里，跨进回廊门之前，就感到不安和兴奋，今年也抱着同样的心情走进门，抬头看到西边天空一片红云，她们不约而同地发出‘啊’的一声赞叹。这一瞬间成了两天赏花的顶点，这一瞬间的欢欣，正是去年春天过后一直等到今天的终极目的。”

平安神宫的红垂樱是京都之春的代表，这是川端康成从谷崎润一郎的小说中照搬过来的说法，但并不是毫无根据。日本人热爱樱花，因它是短命之花，不只是花期短暂，寿命也不长。如今在日本街头随处可见的染井吉野，又称吉野樱，占据了日本樱花树的八成，平均只能活 60 年。但红垂樱是例外，它是可以生长几百年的长寿植物。隔着 20 年的时间，川端康成与谷崎润一郎看到的想必是同一株开满花的树，听到的是穿越了时空的同一声惊叹，再在那惊叹声中心领神会地点头致意。

芥川龙之介自杀的那一年春天，28 岁的川端康成还没有去京都，而是待在他最爱的地方：伊豆温泉岛的秘汤旅馆——汤本馆。伊豆的河津樱久负盛名，开得比其他地方都早，他日复一日地泡着温泉，赏着年复一年的花，孤僻的心得到了慰藉。那一年，待到伊豆的花期结束，川端就动身去了东京，参加友人横光利一在上野精养轩举行的婚礼。他不常出席此类正式活动，当天穿的羽织袴，还是在老板娘的一再坚持下，向汤本馆的老板借来的。

春天从来是这样，看起来是最浪漫的季节，其实也最残忍。川端康成有了自杀的念头，也是在一年的春天。1972 年 4 月 16 日夜，他在神奈川逗子市的高级公寓里，打开煤气结束了自己的生命。湘南的海从来都是川端康成最为中意的，去世之前，人们常常在逗子海岸边和镰仓的寺院中看到他的身影。据说从他死时所处的房间窗口望出去，能远远看见伊豆半岛和相模湾，春天的大海正缓缓苏醒过来。

距离川端康成的自杀地镰仓不远，在静冈县的热海市，如今建起了很好的美术馆。从前这里是文豪们的度假胜地，留下了能写进日本文学史的“热海三大别墅”。其中一间名为“起云阁”，这幢大宅子修建于 1919 年，在市中心开辟出一大块地修建了庭院，一度是热海最高级的旅馆，山本有三、志贺直哉、谷崎润一郎、太宰治、三岛由纪夫、舟桥圣一、武田泰淳等文学家，都是此地常客。

我去过一次起云阁，宅内有一座小型展览馆，详细展示了各位文豪在此逗留时的逸闻趣事。据说三岛由纪夫是因为新婚旅行而来，太宰治则截然相反，带着将要赴死的心。追究下去，太宰治最后一次造访起云阁，也是在春天，他在世时的最后一个春天，那是他人生中的最后一次旅行：1948 年 3 月 7 日，太宰治携同情人山崎富荣和筑摩书房的编辑石井立一同到来，此后便埋头在别馆里创作在《展望》杂志上连载的稿件，就是后来他最著名的代表作《人间失格》。二楼那个名为“大凤”的和式开间，宽敞得可以开酒会，太宰治就住在这里，在写作的间隙，偶尔和山崎富荣站在窗前，眺望庭院里的草坪泛起新绿。

如此住了 20 来天后，3 月 31 日，太宰治动身离开起云阁。投河自杀的那一幕，发生在两个月后的 6 月 13 日。

也去过夏目漱石的几处旧居，此人一生流离，住过的地方如繁星一般数不胜数，从东京到爱媛再到熊本，每个地方都能找出好几处。我最喜欢的是熊本市内的一处，1896 年春天，29 岁的夏目漱石从爱媛市松山中学调至此地，前往熊本第五高等学校任职，职位是英语老师。4 月 13 日下午 2 点，他从池田停车场（位于现在 JR 线上的熊本站）走出来，搭乘人力车，先爬上京町的坂道，再顺着新坂而下，熊本的街市映入眼帘。九州是乡下地方，工业尚不发达，望着被树木覆盖的美丽街市，他不禁感叹：熊本堪称森林之都。

一定是因为对初到时的春日风景印象深刻，夏目漱石的后院里总是有高大的绿树，绿树下是长长的后廊，细碎的阳光透过树叶，洒满了木地板，一路蔓延进书房。他曾经写过一篇文章，说自己最喜欢明亮的家，喜欢在窗明几净的屋子里读书，喜欢坐在透过帐子照进来的阳光下写作。他的生活是这样的：早上 7 点起床，晚上 11 点就寝，午睡 1 小时，常常出门散步；写作没有规律，时而清晨，时而午后，但报纸上连载的小说每天至少要写一段，耗时三四个小时。如果恰好是春天，夏目漱石的生活就更美妙了，他会将书桌挪到后廊上，一边晒太阳一边写作，一气呵成，丝毫不费工夫。

夏目漱石离开熊本7年后，在40岁的春天第二次造访京都，大约待了半个月。他住在下鸭一带的好友家，两人常常沿着鸭川一路往北走，一直走到高野川沿岸。后来，他把彼时的心情写进了《虞美人草》中："春天的京城随处堪入诗。自七条横贯至一条，透过柳烟，一路可窥见温暾的春水拍击着白练似的河川。从高野川河滩尽头，沿一条蜿蜒路向北行约二里，山自左右迫向眼前，山径曲折，但闻脚下流水潺湲，此伏彼起。山中春意正浓，而峰峦之巅残雪仍驻，春似乎仍在残冬中瑟瑟寒战。穿过孑裂的碧峭，阴暗平缓的羊肠小径上，不时有大原女[1]和老牛迎面走来。京城的春天即像老牛遗尿似的，既长且温静。"

对于夏目漱石来说，熊本那种温暖的春日再也没有回来过。他提及古都的春天，总是在春寒之中，总是觉得冷。不只是因为京都相对九州更靠北，而他又住在这个城市北边的森林中，也是因为他在4年半前失去了一生的挚友：被肺结核折磨7年后，正冈子规没能活到35岁的春天。两人青年时，也曾从东京结伴来这座城市短途旅行。那是夏目漱石第一次来京都，还是夏日炎炎，而此时他独自逗留在春天里，猛然惊悟："啊，子规已经死掉了。"

---

1 大原女：指德川幕府时代的京都劳动妇女，因所处地域名大原，被称作大原女。——编者注

为了寻找诸位文豪在京都留下的身影，我也渐渐学会了赏樱这件入乡随俗的事。有一年我专程邀了父母来，第一次带他们去了谷崎润一郎和川端康成钟爱的平安神宫，去了芥川龙之介去过的清水寺，那里果真人山人海，我们在吵吵嚷嚷中寸步难行，并不觉得心动。后来闲逛到冈崎输水道一带，父亲终于找到一处不那么拥挤的地方给母亲拍照。我少年时代的成长环境绝非温和静好，父母在激烈的争吵和碰撞中度过了大半生，退休之后似乎却借一台照相机达成了和解，终于融洽起来。

父母拍照的间隙，我坐在河边的石椅上等待着，眼前的栏杆上停着几只鸽子，也悠然于春意之中。樱树下一位摆地摊的老人用铁丝编着小筐，看起来早已习惯了生意无人问津，常常停下来，慢慢喝着易拉罐里的咖啡。不久后一个年轻女人推着一个老人走过来，她在樱树的另一侧安置好轮椅，又匆匆离去。我猜测着两人的关系，是女儿还是看护士？没有线索。轮椅上的老人也没有表情，十分安静地看着花，始终没有开口。后来又有一个老人骑着自行车经过，在树下停下来，也坐在地上看花，一边从包里掏出水壶，一边向那摆地摊的老人搭话："今年这花也开了啊。"

又有一回，我独自去探访谷崎润一郎的墓，偏离了哲学之道，误入附近的居民区，看见男女老少匆匆走过，却都在水边一株高大的樱树下驻足片刻，认识的或是不认识的，擦身而过时都说着同一句话：

“今年，这花也开了啊。”

那年父母的赏樱之旅到了尾声，一日母亲在家里做饭，我去附近的超市买一瓶酱油，归来时发现公寓楼下的樱花满开了，慌忙腾出一只手来拍照。有位骑自行车的白发老人停在我身旁，笑着说：“要我帮你也拍一张吗？”往日匆匆走进公寓的人们，此时都要停下来抬头看一会儿。樱花满开，也就只有那几日而已，人们那时的行为也总有点儿不同于日常。有位京都人曾告诉我，他从不去任何赏樱景点，更愿意去后山偏僻的小寺院，观赏那几株鲜为人知的红垂樱。一年中总有个晴好的春日午后，他要坐在树下吃一份便当，因为从前他和母亲就是那么做的，“母亲也已经去世 8 年了啊”。

我突然明白过来，京都人看着樱花的时候，也许是在看着某种与生死相关的东西。京都人等待樱花开放的时候，也许是在等待这不可预测的人生中，依然会有些不变的东西如约前来。

而这样的心情，谷崎润一郎很早就明白了，种植在他墓前的那一株樱树，也许就是他在小说中让两个女孩每年春天都会去看的那一株吧。每年只要看到这花，“她们心里都如释重负，觉得真正不虚此行，碰上了盛开的红垂樱，但愿来年春天也能看到此花”。

我和我的女友 A，就只在一起赏过那一次樱花而已。她很快又恋爱结婚，得到了平静的生活。我们常常还是一起喝酒，我看着她的时候，总觉得看见了一个疲惫的人走过漫长黑暗的隧道，走进洒满阳光的世界，眼前群山连绵，山间樱花缓缓盛开。如今我住的地方，站在阳台上也能看见鸭川的樱树，搬进来时它们刚开始掉叶子，最近已是光秃秃的样子了。冬夜女友 A 来我家喝酒，看着那些掉光叶子的树，说:“来年春天，就能来你家喝酒赏花了。”

看樱花的人，哪怕是在黑暗中，也会寂静地等待着，等待着在某一个春天，能够愉快地说一句:“今年这花也开了啊。”我心里清楚，A 应该再也不会用那样悲伤的神情看着樱花了。

红叶要守，也要狩

秋天过了一半，K 君说："不如去旅行吧，去看和歌山的海或是奈良的山，选哪个好呢？"山与海之间从来难以取舍，于是我们达成一致：先进山，再一路南行，终点是海。次日便上了路，决定穿越奈良县前往和歌山，两个心血来潮的人兜兜转转一整天，直到深夜才意识到：为什么我们还在京都的山里？

那个下午，我们流连于京都南山城的净琉璃寺。这座有着 1000 年历史的小小山寺，藏在三面群山之中，实在不引人注目。这座寺院对我来说有着特别的意义，最早是在井上靖的《古寺巡礼》系列里读到过它的名字。井上靖写自己战后二度造访此寺，坐在昏暗的佛堂里观望九体阿弥陀如来像，想起初次来此时陪在自己身边的一个知识渊博的朋友，是如何侃侃而谈；如今故地重游，旧人却不在身旁，早已战死在了异国。文章写得淡然随意，反而惊心动人，读过后我旋即动身前往这座交通不便的山寺，正值山门前一株高大的樱树满开。我在树下站了一会儿，听见山中风声呼啸——就是那个春天，约定好一起前往京都赏樱的韩国友人，在加班时倒在了办公室，从此再没机会赴约。

对于同行的K君来说，这间山寺亦是难忘的地方，他隐约记得在某一年的修学旅行中，他从名古屋搭乘新干线来到京都，随行的有位文化造诣颇高的老师，所以没有去清水寺和金阁寺之类的热门观光地。我给他看春天在净琉璃寺拍下的照片，使他苏醒了些许少年时代的恍惚记忆，有了些似曾相识之感。确实是走了一条山路，山路上石佛林立，从一间山寺到另一间山寺。

因为太过低调隐秘，似乎只有资深古寺巡礼者才对净琉璃寺有所耳闻。寺内有一间建造于平安时代的九体阿弥陀堂，其中端坐着的九尊如来像，象征着从平凡人世通向极乐往生的不同阶段，佛像身上还残留着900年前的金箔，是全日本仅存于此的珍贵国宝。佛堂和五重塔之间隔着一座水池，名叫“阿字池”，传说佛堂的一边象征着来世的“彼岸”，一边象征着现世的“此岸”，这种格局如今也难得一见了。后来得知，我很尊敬的日本艺术家杉本博司，早些年也专程从东京前来造访这间小小的山寺，因为这里的阿弥陀如来像，背上原本还有一尊小小的飞天像，这飞天像不知何时流落到了一万公里以外的欧洲，又偶然落入了杉本博司手中。为了确认手中的飞天像与这里的如来像是否出自同一人之手，他前来此地，而净琉璃寺给他留下了很好的印象。

那天下午，我和K君在九体阿弥陀堂的昏暗灯光中各自呆立了一阵，这才默默从“彼岸”走回“此岸”。京都市内的红叶还是“遮遮掩掩”的状态，山寺内却已是一片赤霞。几株古树的枝叶延伸至五重塔上方，割裂了天空，又有几株长在水池旁，细的几条枝干像一个画框，将对岸的佛堂收纳其中。树下的草丛里卧着几只黑猫，上次来时还不见它们，打听之下，说是从一年前开始，就不断有流浪猫投奔此地，住下了便不肯走，至今已是数量可观。

我和K君没有再说话，因为黄昏已缓缓降临，在红叶上洒下了光。这个时刻在日语里被称为“逢魔时”：传说因为昼夜交替，此时最容易遭遇妖怪鬼神幽灵；另有一个别名“谁彼时”，“谁彼”若是直译作白话难免令人毛骨悚然：“谁在那里？”深秋山寺内盛开的红叶，终日都是美的，可尚需自然界的配合，方能避免“美则美矣，毫无灵魂”的形式感。净琉璃寺的傍晚便是这样：我们误打误撞地来到这里，透过“此岸”红叶观望“彼岸”净土，终不能抵达，只有怀念涌上心头——当我们怀念起那些逝去的人，无论是突然到来的黑猫还是缓缓降临的黄昏，都像是带来了某些异界的回应，令人相信“怀念”这一行为，就该发生在这里。

黄昏之后，净琉璃寺越发清寂。寺内的工作人员告诉我，明年夏天，九尊佛像就要进行修复，计划每年撤去两尊，全部工作完成大约需要耗时5年——也就是说，下一次遇见净琉璃寺完整的“彼岸”、完整的秋日红叶，最快也是5年后了。

“那个拐弯处，就是那里。”我指给K君看。

“你是说风声吗？”他望向“此岸”到“彼岸”之间的一片树林。

“正是风声。无论什么时候来，只要站在那个位置，一定能听见风声。”

“我也正想着这件事，这座寺院的风声真是厉害呢。”

我们站在冷清的山门前，一只黑猫从眼前跑进门里，停下来转身静静与我们对视。背景是群山层次分明的锦秋，通往山门的一条狭窄小道旁，皆是秋季丰收的菜地。这是个没有景观，只有生活的地方。

“净琉璃寺更像是奈良的郊外呢，一切都是破破烂烂的样子。”我看着那扇简朴到略显寒酸的山门。

“总之不像京都，京都哪有这样冷清的寺院？”

“真希望它一直冷清下去。就这样，缄默不语地，不抱希望地，自顾自开了花，又自顾自红了叶。”

年少时爱赏樱，成年后则爱红叶

残留在K君记忆中的漫漫旅途，一端是净琉璃寺的山道，另一端则连接着山脚的岩船寺。

日本的寺院门关得早，我们又磨蹭了一会儿，心里清楚进门多半没戏，却还是决定碰碰运气。没有奇迹发生。两人隔着山门往里张望，满山绿意，除了正中央一座朱红色的五重塔，不见半丝艳色，就连院子里的紫阳花也还是绿的。奈良多花草，这一带很多寺院被称为“花之寺”，岩船寺是其中一座，别名“紫阳花寺”，寺内栽种着超过1000株紫阳花，每年6月的梅雨季时开得热闹极了，但现在距离花期也过去将近半年了。

有位僧人在山门前焚烧垃圾，见我们停留不走，拎着大大的垃圾桶过来寒暄:“真是抱歉，还是这副模样。今年的冷空气不够激烈，想观赏寺内的红叶，还需要再等10天左右吧。”

我见过照片上的岩船寺红叶，是真正的红色世界，然而一期一会的事情也总是发生在秋天，不必强求。

岩船寺的路口，终年摆放着好几个木头架子。当地农民把自家的农作物分装进小小的塑料袋里，挂在架子上贩卖。我一直坚信这是日本最早的自动贩卖机：无人看管，自动投币，无论渍物、仙贝、新茶还是当季蔬菜，都是100日元均价。此时正值红叶季，挂在架子上的便是橘子和柿子，在周边的山林里走一遭，也都是成片的柿子树，有的树下架着梯子，但已是满地落柿。金黄色的果实，从来都是秋日山间的最佳点缀。

离开岩船寺，K 君突然又想起了一个“京都大三角”的故事——大约在京都的边界上，有三座重要的寺院构成了一个三角形，共同镇守古都：“其中一座，应该就在这附近。”我兴致来了，掏出手机来搜索，果真如此：往北 12 公里的笠置山上，有一座笠置寺。

前往笠置寺的途中，海拔越来越高，山林越来越红。山路狭窄陡峭，令我想起故乡贵州的群山，原来所谓“山路十八弯”，在京都也是存在的。这样的山路不能同时容纳两辆车并行，如果迎面来了车，退让困难。天已经完全黑了下来，我们经过几间孤零零的山中旅馆，也完全是荒废的模样。蜿蜒向上的山路上，我们两人心里都没有底，只能暗自祈祷千万别有车下山，又觉得这样的道路永远没有尽头。

还是艰难地错了很多次车，终于在提心吊胆中抵达山顶，竟有特别馈赠：山上的红叶公园正在举行夜间亮灯仪式！说是公园，其实只是寺内的一处空地。没有游人——这荒山野岭，又是夜晚，没有游人也属正常，但不堪寂寞的住持却在公园入口处留了张条子：“为什么会这样呢？请你告诉我。来到笠置町的观光客，每年有 50 万人。在这之中，每年来笠置山的大约有 5 万人。走到这里就折返回去的，大约有 4 万人。而最终走到磨崖佛前的，大约只有 15000 人。究竟是为什么呢？”

刚进寺内，就撞见这位不堪寂寞的住持，他远远地拎着提灯疾步走来，对我们这对深夜造访的稀客表示欢迎，也掩饰不住惋惜之情：

“红叶都快掉光了，你们能看多少就算多少吧！”山下的岩船寺内还是绿意盎然，山上的红叶却已经掉落满地，绒毯一般，是我曾在很多观光海报上看到过，却从来无缘亲眼一见的景象。这也是我见过的最美的亮灯仪式，灯光照亮空荡荡的树林，令人瞬间有些恍惚：究竟这里是外星人基地呢，还是莽撞闯入的我们才是宇宙来客？

离开红叶公园再往上走，就是漆黑一片。听说山上有成形于弥生时代的奇石，巨大的佛像雕刻于岩石之上，这些摩崖造像体现了2000年前修行者的坚定信仰。笠置寺内高达15米的弥勒佛像已经被烧毁，只剩一尊美丽的虚空藏菩萨像。我们心血来潮，决定进山探个险，被毫无光亮的世界吓到噤声，竟也摸黑穿过若干岩洞，登上山顶。回程时才觅得途中错过的磨崖虚空藏菩萨像，在仅容一人通过的山道之上，抬头只见细长的线条，依稀能辨认出佛像轮廓，却依然是美的。合掌之时，脚下的山林中传来动物的叫声，不是一两声，而是成群结队的凄厉合唱。大约是野生的鹿群吧？转念一想，又疑心遇到了熊。

“你看这山上的树，同样的水土，同样的天气，同样的种类，有的掉光了叶子，有的却还是鲜红；有的是黄色，有的依然固执地绿着。甚至在一棵枫树上，叶子也形成了红黄绿的渐变色。”

“就是这样，树也有各自的价值观，有些活得比较着急，有些索性慢慢来。在秋天，最能看清楚树木的价值观。”

我们如此大声，用比以往高三倍的声音说着意味不明的话，其实是因为内心十分害怕，直到重新见到灯光，才终于松了一口气。

灯光来自山门前的一家料理旅馆，进去打听，得知这里也招待非住客。山上的料理充满野趣，坐下来点一份套餐，主菜是野鸡火锅和铁板烧，搭配野鸡釜饭和鹿肉刺身。

“是这山上的野鸡和鹿哟。”店主端上料理时说。

“也有熊吗？”我们这两个惊魂未定的冒险客忙问。

“笠置山上没有那种东西啦。”店主笑着说。这家旅馆开了近百年，遇见熊这样的事情，一次都没有发生过。这句话带来的慰藉，远胜过寥寥四片野鸡肉。

“这荒山间的旅馆，生意能够延续上百年，不得不说日本人很厉害。”店主走后，我对K君感叹道。

“因为有需求嘛。”K君笑了，“想想什么人会住到这样的地方来？肯定是那些偷情的男女啊。”

我一时接不上话，想起从前在电视剧《古畑任三郎》和《圈套》中看过很多不伦之恋引发的山间抛尸案，岂不正发生在这样的地方？

“比起樱花，红叶果然更好。”K君突然又开口。

我刚来大阪时，一个日本女孩也跟我说过类似的话。我隐约记得她的意思是：年轻时爱樱花，成年后则爱红叶。

“为什么爱红叶更甚呢？”我问K君。

“红叶每年的颜色都不一样哟，你不知道吧？樱花大抵都一样，只是开花时间早晚不同而已。树叶在秋天会变成什么颜色，取决于微妙的天气变化，这一年更红些，下一年又淡了些，我们在每年秋天看到的色彩组合，都是独一无二、无法重现的。”

“全日本的秋天都是这样吧？京都并不特别。”

“京都的红叶大多不在公园而在寺院，讲究的是借景，有的借自然远山之景，有的借人造庭园之景。红叶不是独立存在的，要依托自然万物才能展现其灵魂。这不也是京都一贯的价值观吗？自然是神明恩赐之物，不可被人类局限，更不可被寺院独占。”

我看向窗外，旅馆的灯光照亮了一棵红得疯狂的枫树，高大挺拔，仿佛是人造的。那一刻我突然懂得了些许红叶的意义，它并不以多取胜，追求的是层林尽染的瞬间。我这一年的红叶季，便在这个瞬间结束了，在无人的山间分外动人，毋庸置疑会成为长久的回忆。

去看看今年的红叶吧，
其实也是去看看今年的自己

早些日子，我和后辈一起去了洛北的高山寺。这座早早被列入世界文化遗产的古寺，我很早之前便挂在心上，每次想去拜访时，却都

被京都的行家阻止：一定要有耐心，等到秋天，秋天再去。高山寺是建造在森林中的古寺，寺内满是高大的松树、杉树和枫树，不少日本人都见过那张高山寺的参道上铺满红叶的宣传画。和别处不同，人们来这里赏的不是树上的红叶，而是盛景过后的落叶，如同一场高潮轰轰烈烈的尾声。

高山寺周围交通不便，从京都站换乘巴士前往需要近一个小时，最后在名叫“栂尾”的车站前下车。但高山寺的石水院藏着有名的《鸟兽人物戏画》，800 年前的画师将兔子、猴子和青蛙拟人化，勾勒出一个生动可爱的动物世界，有人说这无疑是日本漫画的起点。几卷“戏画”中，最惹人喜爱的一幅展现了兔子和青蛙的相扑比赛，还有一幅画着兔子拿枝条追逐猴子，京都国立博物馆还以此为灵感，专门制作了一款周边茶杯，也体现了京都人难得的“卡哇伊”一面。

到底是来得早了些，层林才刚刚染上色彩，参道上干干净净。此时来赏红叶的人们，便三三两两坐在石水院的侧缘上，晒着秋日午后的阳光，久久眺望着群山，不时闲聊几句。毕竟是在山间，难免有不知名的虫子飞过，有一只爬至一个年幼男孩身边，他惊喜异常。“它是谁？”“是虫桑哦。”年轻的妈妈面带微笑。在后山的某个院落，我偶遇了一位老太太安静地扫着落叶，用双手小心地把叶子聚拢，装进垃圾袋。温柔地对待草木，也是京都人的处世原则。

在高山寺周边，还有高雄山的神护寺和槙尾山的西明寺，三间古寺合称“三尾”，自古就是关西地区的赏红叶胜地。神护寺也是K君曾向我极力推荐的地方，尽管要爬上长长的石阶，但山间古寺充斥着独有的凛冽空气，令这里红叶的颜色比别处更加鲜艳。从高山寺走向神护寺的一段路上，有秋日美景，道路前方永远是银杏树和枫树，呈现出大自然奇妙的红黄配色，沿途有潺潺的高雄川流过，透过枝叶的间隙瞥见河水流动不息。红叶季的晚上，山下会摆起各种屋台小摊，贩卖红豆馅的高雄团子或是热腾腾的烤红薯。我和后辈吃着团子登上山道，流连至寺院关门，在石阶前的枫树下，听着堂内钟声响起，看大门渐次关闭。想来千百年前的寺内秋日，必然也都是这样收尾的。

如果没有随着人群径直下山，在神护寺周边迷了路，兴许就能闯进高雄山间的秘密景点。例如一座溪谷之上的吊桥，是料亭旅馆的私有领地，料亭名叫“红叶家”，可见店主对旅馆的选址甚为得意。确实如此：那旧式的吊桥被红叶包裹着，几乎看不见，正当一个老头儿举着相机，痴痴拍摄眼前景致时，谷间阳光突降——果然还是要有光，有了光，红叶就像是回了魂，可光的降临也很短暂，不过30秒，就又和桥上老头儿呼出的白气一并消失在空气里了。远远便能看到，料亭采用了传统的合掌造建筑样式，我从门前的海报上得知，这个季节料亭正在推出各种红叶套餐，把秋季旬物做成红叶的造型，一定要吃的是山中的松茸。餐厅中也有展望台，可供客人观赏红叶，想必很风雅。犹豫再三，始终没有进店。这里不同于大阪，素来不太欢迎不速之客，又看见溪谷之上有搭起的台子，便暗自下定决心：来年夏天要预约一次，体验山中的川床料理。

日本人把赏樱叫作“花见”，却把赏红叶叫作“红叶狩”，一直觉得后面这种说法甚是有趣，有种狩猎秋天的画面感。古代日本人等待群山层林尽染，需要像狩猎一样不骄不躁。红叶的出现需要太多天时地利的叠加：首先要持续一段好天气，使树叶充分吸收阳光；其次也要有寒冷空气，持续几日气温低于 8℃；还要有极大的昼夜温差，且不能下雨。一旦群山尽染，静候多时的古代日本人可不只是痴痴观望，定要采集山间草花，于手中把玩——这是对于秋天的一种态度：要守，也要狩。

每年到了红叶季，京都总会涌进比往常多数倍的游人。我有个住在大阪的同事，到了此时总要去夜间特别开放的清水寺，说白天的清水寺兴许俗气，但夜灯下的红叶能显出幻境的美——尽管京都的秋夜实在太过寒冷，去过之后必然会迎来长达一周的重感冒。我很久之后才去了清水寺，内心感叹红叶毕竟不同于樱花，樱花可以是热闹的花，红叶却只适合静静观看。但清水寺中也有惊喜，去年冬天，我在寺内买到一个密封着枫叶的摆饰，据说每年掉落寺内的红叶都会有此归宿——我将此视为“红叶狩”的现代进化版本，没有比将整个秋天尘封起来更浪漫的事情。古都的红叶季偶尔也会留下暗号，也许只是在南禅寺前的哲学之道上拾起一片赤红的樱树叶，就能懂得它不是春花那般的短情之物。因为人总是很多，我并不常在秋天前往南禅寺，只有一次，寺院就要关门，我仍流连在本坊的枯山水前，在心中留下了一幅难以忘怀的风景：眼前一棵苍翠青松，墙角一棵红色枫树，墙外一棵金色银杏，让终年淡漠萧寂的枯山水，也染上了秋天的温暖。此时便想起一句话来："去看看今年的红叶吧，其实也是去看看今年的自己。"

今年一起看红叶的人，
希望明年此时也能并肩站在一起

近来到京都的友人，多数嚷着要去琉璃光院，这座只在春夏两季开放的寺院为何会突然走红，对此我深感不可思议。但我很喜欢从出町柳出发的叡山电车，是那种京都难得一见的老式单节列车，开得缓慢优哉，乘客多是沿线居民和年轻学生，深秋时还会经过一段繁茂的红叶隧道，于是我总是乐意陪人去琉璃光院，就当作是进行电车巡礼一般。

不愿意与人分享的是洛北的源光庵，在那里我能够与自己独处，度过美妙的秋日午后。源光庵的红叶只能静坐观望，透过两扇境界迥异的窗——左边一扇圆形的叫"悟之窗"，代表禅意与圆通，是广阔无边的宇宙；右边一扇方形的叫"迷之窗"，代表人类终其一生，经

第一章
好日

历的生老病死与四苦八苦。无意间抬头，发现木头天井[1]上血迹斑驳，是400多年前的伏见城之战中，败给石田三成的鸟居家300人集体自杀时留下的血迹。眼前是红的，头顶也是红的，我唯一一次感觉到红叶也有了些悲怆肃杀的气息。

从源光庵回来后不久，有位日本友人给我讲了个故事："我现在的法语老师是个推理小说家，在法国还算有点名气吧。此人一直对日本文化很痴迷，坚信日本是他的故乡，甚至他的两只胳膊上都文着《叶隐》[2]刺青。两年半前，这个法国人去了源光庵，和一个日本女人擦肩而过。顿时，他心里闪过一个念头：就是她！他当即冲过去，对那个女人说：我们结婚吧！"

"然后呢？"

"现在他们一个是我的老师，一个是我的师母。"

"所以他们用英语交流吗？"

"不，一个说英语，一个说日语。"

生活远比想象的精彩，奇迹随处可见。源光庵的和尚见我赖在寺内不走，告诉我附近还有好几间无名小寺，倚靠群山而建，寺内草木幽深，是真正赏红叶的好地方。可惜我一直无缘再去，想必那里的秋

---

1 天井：日语里指顶棚、天花板。——作者注

2 《叶隐》：日本武士道经典书籍。——编者注

天又会见证许多精彩的邂逅吧。

生命中最精彩的秋日经历，是某年误打误撞邂逅了大德寺。喜欢大德寺，因为它是我在京都造访的第一座寺院，因为茶道大师村田珠光、千利休和一休大师均与此地渊源颇深，因为石田三成的墓坐落在此地，更加因为本能寺之变的那一年，丰臣秀吉在这里为织田信长举办过一场盛大葬礼。

大德寺塔头众多，常年开放的只有三五座，余下的或是偶尔开放，或是根本不接客。那一年我好不容易盼到举办信长葬礼的总见院开放，出来后稀里糊涂跟着人群转到另一座高桐院。天气十分糟糕，红叶却多到了铺天盖地的程度，落满墙头，遮蔽了天空，人们坐在侧缘观赏铺满苔庭的落叶，无人闲聊交谈，都很有默契地静默着。后来，在兴临院冷清的枯山水中观看过红叶，又去了黄梅院写朱印。这里的朱印由住持亲自来写，不是简单地写下山号宗派，而是会先抬头看你一眼，写上一段话，末了再详细地讲解一番。远远听见住持跟排在我前面的女人讲了个关于红叶的故事，大约是绽放与凋零的无常，需要懂得珍惜，又要以平常心放下。那女人合上朱印账便大哭起来，好半天才缓缓道出：父亲和丈夫，都在这一年相继过世了。

那一天，我在日记里写下了这样的话：“离开之前，迎头撞见伽蓝的 magic hour（魔力时刻），寺院的钟声缓缓响起，便明白热爱定会受伤，然而心死于美好的一瞬，大概也好。”往后每当看见红叶，我总会想起那个女人来，又想起住持的话，不知是不是该怜惜她，只知此地不同于别地。今年红叶季之前，高桐院因为需要整修而暂时关闭了，赏红叶又要再等上两年。生活在京都就是这样，修复的人有耐心慢慢修，等待的人也有耐心慢慢等。在这个城市里，人们以千年为单位生活着，百年店铺处处可见，两年又算得了什么呢？

红叶季之后，京都的冬天就该来了。古都地处盆地，冬日彻骨地冷，吓跑了许多观光客，当地居民也对此苦不堪言。对这座城市的人来说，樱花和红叶的区别，大约就代表着春天和秋天的区别。春花凋零之后，美好的夏日接踵而至，总是朝着更加热烈的方向前去，因此即便有转瞬即逝的感伤，也还是欢喜大于哀愁；而山间红叶掉光之后，迎来的便是闭塞凛冽的冬，又是一年将尽，难免一路静寂下去，也难免滋生悲观情绪。因为悲观才要更加热烈地拥抱生活，就像因寒冷造就的红叶。这兴许是成年人热爱红叶的理由吧——人生总有要经历的孤寒和结束，在那之前，且用尽全力辉煌当下，赞美这最后的温暖吧，因为人生总要有些期待。

如果人生总要有些期待，今年一起看红叶的人，希望明年此时也能并肩站在一起。就像看红叶的时候会怀念起死去的友人一样，我终于记起在大德寺高桐院的红叶之间，见过一块木牌，上书：“生死事大，光阴可惜；无常迅速，时不待人。”即使抱紧的也许会落空，然而当下望向红叶的这一秒，确实是并肩站着的。

生死事大
光陰可惜
無常迅速
時不待人

第二章 逢人

早餐是人生的希望

不住到这个城市就无法得其要领的，是吃京都的早餐。

外出吃早餐不是日本的文化，常常有来到这座城市的友人抱怨：京都没有像样的早餐店！我懂得他们说的是这里寻不着烟火气，例如热气腾腾的小摊或是人声鼎沸的面店粉馆，像我度过少年时光的城市。我 18 岁时离开那座西南小城，如今只逢春节才回去，虽疏离远多于共处，却丝毫没有生分，根源大概也是清晨被早早叫起来，牛肉粉羊肉粉肠旺面豆花面一碗一碗地吃下去，就觉得是回到了家。

33 岁的秋天我搬到鸭川边，冬天父母商量来住一阵，我希望他们觉得是回到了家。如果是回到了家，就还是应该从早餐开始。

1

“要说京都的早餐，最正宗的还是朝粥呢。”

向京都人询问，得到的几乎是同一个结论：若想真正吃到京都的早餐，还得去瓢亭。瓢亭有着 450 年的历史，因得明治时期的政治家和大正、昭和时代的文豪加持成为京料理名店，如今传承到第 14 代，依然被城里城外的人惦记着：在瓢亭吃一顿早餐，是多么有优越感的事情。

瓢亭不只卖早餐，但它是京都的怀石料理店中唯一提供早餐的。早餐的菜式也不是日本人餐桌上常见的米饭和味噌汤，而是一碗粥，凭此得到了米其林三星。一个早晨我打电话去预约，电话那端传来老妇人的声音，询问我是不是住在日本，同行者是不是也住在日本，然后才说本馆的招牌白粥是夏天才限时供应的早餐，但从 12 月开始，别馆里能吃到“鹑粥”。

别馆距离本馆仅仅几步路，离我去上庭师课的无邻庵也很近，在周五的早上 10 点座无虚席。小菜都装在葫芦形的三段食器中，鹑粥盛在圆形小钵里，是将鹌鹑的肉切成细丝后煮进粥里。懂得它为何能成为冬日限定——热量充足，才能扛得住古都的严寒。

能够把粥煮得好的日本人少之又少。粥在日本不流行，在京都更是不多见。瓢亭的朝粥也没有惊喜，不能让中国人十分满意，但那个半熟的鸡蛋却令我念念不忘，往后只要看到“瓢亭玉子”几个字，眼前总有微微的金黄色光芒，舌尖上会泛起淡淡的酱油味道。听说瓢亭玉子比朝粥历史更加悠久，一代又一代的人打听着制作这种鸡蛋的秘技，想要总结出一些窍门来，但瓢亭的当家总是回答：“瓢亭玉子没什么特别的，更加没有什么秘技，不过是追求蛋白紧实、蛋黄黏糊而已。硬要追究的话，只是注意一些细节，比如务必用菜刀将鸡蛋对半切开，只使用薄口酱油浸泡。”如此又有人认为，把没有什么了不起的东西煮得美味至极，才是瓢亭的厉害之处。

在瓢亭总能遇到很多游客，这件事无可避免，我去过的另外几家京都米其林老铺也是如此。京都本来是小城，这些年来它成了观光都市，游客多了就藏不住，数百年延续的日常也难免变得观光化，状态十分暧昧。听闻瓢亭安排了专门负责接英文电话的服务员，接到预约之后首先要询问对方住在哪一家酒店，要打电话去住处求证。然而当地人也并不与瓢亭疏远，如果早上开门就去，照样会与那些身穿优雅和服的女人，或是佝偻着腰的老太太擦肩而过。

京都早餐店独有的东西，庭院风景是其一，在秋日的末尾会有一株树的叶子黄到最后。父亲喜欢从某个角度拍摄瓢亭的庭院，透过玻璃有倒影投射在光滑的桌面上，浮起隐隐的幻影，并不输给我在琉璃光院看过的景象。我远远看着面对庭院的一桌，坐着两位不时低头私语的日本女人，想必是预约时专门指定的位置，她们也不匆匆来去，喝着一杯热茶向庭院望了很久——我尤其中意瓢亭的茶杯，图案是高山寺的“鸟兽戏画”，去年在寺内见过一次。那两位喝着热茶的女人，成了我心中一个真正符合瓢亭氛围的画面，喝茶的人和手里的茶杯都是很优雅的，能够在瓢亭度过早餐时光，是生活尚有余裕的证明。

“这个鸡蛋，是我小时才见过的那种颜色。”母亲如此评价瓢亭的早餐。

“日本人最会煮半熟蛋，网上有很多食谱，回去也可以试一下。”我也是最近才知道，瓢亭似乎是最早发明这种半熟蛋的，据说当时日本人还没有把鸡蛋煮熟来吃的习俗。幕末时代有《花洛名胜图绘》，说瓢亭玉子是近世的奇制，令酒客食之大喜，“原本是下酒菜呢，如今被当成早餐来吃了”。

闲聊着从瓢亭走出来，一转弯，无邻庵的后门突然被推开，走出来一个人，我愣了好几秒。

“怎么了？”

“那个人是无邻庵的庭师，我上周还跟他学习了打理庭园呢。”我有点儿明白了，为什么会有人跟我说，京都这个地方很小，人和人都是邻居。

“那我们也去看看无邻庵的庭园吧。”父亲高兴起来，转了个弯走向低矮的院门。

2

从前住在大阪，和友人约会总是从中午才开始，到了京都，才有了足够的理由相约吃早餐。想吃日本人家庭餐桌上的和食，起初我想去的一直是近又。那是一家有着几百年历史的怀石料理旅馆，也是老铺旅馆中唯一对非宿客提供早餐的。我研究过近又的菜单，早餐确实是玉子烧、烤鱼和豆腐之类“日本人也觉得很美味的家庭料理”。但到底没赶上，两年前，近又悄悄取消了早餐预约，也没告知原因。

在想吃米饭的早晨，和朋友约着去了伊右卫门茶沙龙[1]。听说这里的米饭煮法讲究，菜式和近又相似，也是传统的和食早餐，将各种小菜装在小钵里端上来；而且它顺路，就在我的花道教室隔壁。这家店从那年圣诞就要停业，来年再搬到东山脚下，就不那么方便了，于是想要赶在关门前去一次。或许是早早就已预约的缘故，那日我们得到了临窗两个最好的位置，仿佛依靠着小小的庭院而坐。院子里山茶花盛开，除了常见的鲜红的一种，还有一种少见的纯白色山茶花，点缀着一株燃烧的枫树，全然是灿烂的冬天。

朋友吃了一份烤鱼套餐，我则点了冬天的特色套餐。主菜是圣护

1　这是“三得利”旗下茶饮品牌伊右卫门所开的餐厅。——作者注

院萝卜和鸡肉幽庵烧，弥漫着柚子的味道。就要到冬至了，日本人在这一天会用新鲜柚子来泡澡。又有玉子烧、牛肉片和芋头泥，豆腐上淋着一层抹茶——果然是卖茶出名的品牌，口感味道倒也合拍。为了品味米饭的无上美味，最好将普通米饭换成会津米做的釜炊饭。刚进入 12 月，有切丁的圣护院萝卜混在米饭里。

“米饭果然很好吃。”友人赞不绝口。

“7 月是生姜和章鱼，10 月里有松茸，春天的特色套餐里还有春笋呢。”我翻着菜单看，原来每个月的釜炊饭都会换一种食材，后悔没有早两个月来。

就这么吃掉那碗米饭太浪费了，无论单吃如何美味，也应该剩下半碗，问服务员要一个生鸡蛋，用从前向日本人学来的方法，小心把蛋清和蛋黄分开，专心打散一个蛋黄，然后和米饭混合搅拌在一起。伊右卫门茶沙龙的蛋黄有着特别的红色，据说这种鸡蛋叫萨摩赤玉，泛红的光芒可以被称为“人生之光”——有了生鸡蛋，米饭才有了灵魂，我一直这么想。

生鸡蛋拌饭这样的食物，可以类比中国人热爱的猪油拌饭，是将简单做到极致的哲学。从前日本第一生活家北大路鲁山人尤为推崇这道菜，我受到指引，却始终没能尝到他所描述的“世界第一美味”。那又是什么呢？“用自己的手掌温暖 30 分钟左右的生鸡蛋所拌的饭”。

如果早晨的餐桌上出现了纳豆，几乎就可以做出最美味的生鸡蛋拌饭了。吃纳豆这件事，我也是跟北大路鲁山人学的，他曾写下无数歌颂纳豆的文字，也传授过“极致美味的纳豆做法”：要依靠两根筷子拼命搅拌，直至纳豆的黏丝就像莲藕切断时的细丝一般；而酱油是万万不可一开始就加进去的，需要选取搅拌过程中某个至关重要的时间点；最后还要加入少量辣椒和细葱之类。为了重现北大路鲁山人传说中的美味，数十年来人们围绕“应该搅拌纳豆多少下”这一关键问题进行了若干研究，几年前市面上还真的出现过一款“北大路鲁山人纳豆钵”，据说会以超快速度自动搅拌，达到 305 下时，盖子会自动打开，加入酱油，搅拌到 424 下时，盖子再次打开，大功告成——若是鲁山人老师还活着，以他的脾性，一定会狠狠抨击这没有温度的机器吧。

近来期盼在早餐桌上看到的另一样东西是海苔。从前在日本各地旅行时，旅馆的早餐里总会出现几片海苔，于我来说是鸡肋一般的存在。直至某年被久居日本的女友提点：用海苔包着米饭吃，是不是很不错？不知道是米饭凸显了海苔还是海苔凸显了米饭，就跟在西瓜上撒盐也会吃上瘾一样，两种朴素的东西搭配之后，令人惊为天物。

我很喜欢的日本女作家向田邦子小姐，她有一篇名为《海苔、鸡蛋和早餐》的散文，验证了我对生鸡蛋、纳豆和海苔的迷恋。她还只有 8 岁时，和父母弟妹还有祖母住在一起：“烤海苔是每天早餐必备的，但是小孩不许第一碗饭就配海苔吃。第一碗饭只能配味噌汤吃，到第二碗饭才能拌生鸡蛋、海苔或纳豆。”每天一大早，祖母都在 8

叠[1]的饭厅里细心烘烤着海苔，这样的景象她一生都没有忘记：“那时候，不管白米饭还是海苔，看起来总是闪闪发亮的，鸡蛋既大又硬，敲破蛋壳，蜜柑色的大蛋黄相当饱满。”

但一顿包含生鸡蛋、纳豆和海苔的早餐，若是独自在家吃，难免有些凄凉可怜。然而也并不总有闲情跑去餐厅预约。京大前的十字路口处有两家并排的快餐店：吉野家和すき家（食其家），想要吃生鸡蛋纳豆拌饭的时候，我常常去这两家店。

すき家有专用的生鸡蛋拌饭酱油，因此我更喜欢光顾那里，内心称赞它即使便宜，也不敷衍了事。那是一个能将生鸡蛋纳豆拌饭吃得自然从容的地方，在叮叮当当的推门声中，年轻的学生和上班族大叔径直走向餐台，窗边偶尔有一男一女窃窃私语，我觉得他们很像电影里无所事事的暴走族[2]，比如很多年前洼冢洋介演过的那种。如果坐在面朝厨房的座位，时不时能听见哗哗的声音，门帘后有身影晃动，是店家在淘米煮饭。在很快腾起的米饭香气中，人们匆匆进来，匆匆离开，匆匆走向车站，匆匆赶往学校和公司。

如果早餐有了生鸡蛋、纳豆和海苔，就是匆匆的人生中一件很幸福的事情，在这个早晨的通勤电车上，大家应该都是这么想的。

1　叠：日本面积单位，在不同地域大小也有所不同，大约相当于一两平方米。——编者注
2　暴走族：即摩托车飙车党。——编者注

3

京都人吃早餐还有另一个去处：喫茶店。当地人的心头好是三条的 INODA（日文：イノダコーヒ）和 Smart（日文：スマート珈琲店），但因为离我太远，作为常去的早餐店实在不合适。不久后在出町柳三角洲附近发现了 maki，招牌上写着 1966 年创业，全年无休，早餐供应到中午 12 点，正是周末睡了懒觉后的去处。

在周末的早晨 10 点，maki 门口是有很多人在等位的。从隔壁城市来旅行的老年夫妇，讨论着早餐之后的游览路线：应该沿着贺茂川走到京都植物园，再一路溜达到金阁寺，5 公里是一个合适的距离，还能顺道买一些鲣节作为伴手礼。住在附近的年轻男学生，坐在门前的椅子上沉迷于一本不知道名字的书中，并不抬头看周遭一眼。两对夫妇把车停在门口，在角落里点燃了烟，有一搭没一搭地闲聊着。玻璃展示窗中摆满了专业的过滤工具，咖啡极为缓慢地滴下，仿佛在昭告着 maki 的“运行速度”。在这里，翻台率是很低很低的。

平日里不用排队，径直推门进去，空着的座位还有很多，可以熟络地挑一个自己喜欢的位置坐下。店里的时间也越发缓慢了，人们拿着报纸和小说在读，用餐结束后也可以将谈话没有尽头地继续下去。京都这类老式喫茶店通常备有当天的报纸，熟客在中午 11 点 55 分匆匆走进来，对年轻的服务生说一句“set”（套餐），一口气喝完刚端上来还漂浮着冰块的水，像迫切想要了解世界上正在发生什么一般快速摊开报纸。没有多说一个字，彼此都了解需求。

熟客点的是 maki 的招牌早餐套餐，挖空一片厚厚的吐司，其中盛满蔬菜沙拉、火腿、土豆泥和煮鸡蛋，再将挖出来的面包抹上黄油，烤得诱人无比。2018 年秋天我从芬兰旅游回来，还沉浸在对肉桂卷无法割舍的痴迷之中，惊喜地发现 maki 也有一道肉桂吐司，从秋天吃到冬天，在寒冷的日子里尤有治愈身心之功效。也很爱吃那里的鸡蛋三明治，刚开始会不小心点错：叫鸡蛋三明治的，是把鸡蛋煮熟切碎后拌上蛋黄酱，再用吐司夹上的一种；叫和风鸡蛋三明治的，才是在吐司中夹上玉子烧的那种，是京都人热爱的口味。

吃一份早餐，再点一杯混合咖啡，然后打开电脑工作到中午，是我在 maki 的习惯。店里循环播放着音量小到可以被忽略的音乐，很适合写稿，若是坐在朝向河流的一侧，偶尔抬起头来看见窗外阳光明媚，世界即将进入冬眠期，心中觉得安静；若是坐在朝向开放式厨房的一侧，时而回过神来，能听见清脆的打鸡蛋的声音，豆子在烘焙机里转动的声音，开水壶在炉子上呼呼冒气的声音，或是邻桌两个女人低声谈论高野山逸事的声音，也觉得被生活慰藉。maki 有一座高大的西洋立钟，是如今见不到的款式，每隔半小时就哐哐哐地响起来，听它报时也是我的乐趣，时而觉得有欢乐的节日氛围，时而觉得像典型的杀人现场。

去 maki 时的欢喜心情，从沿着鸭川走向它时就开始了。这一带有许多大学，所以我常常和染着紫色头发的男孩或是背着老虎图案双肩包的女孩擦肩而过，个个年轻可爱。如果是在初冬就更好了，能够享受到这个季节最后的暖阳。鸭川里有大鸟呆立在水草中，鸭子成群地游来游去，它们是真正的鸭川住民，在它们生活的世界里，有浓得化不开的云和清澈凛冽的空气。晨跑者跑过贺茂大桥，朝着下鸭神社去了，人们骑自行车经过河岸，连成一条蜿蜒的线。不远处樱花树下的长椅上，坐着裹着厚厚的棕色羽绒服的两个人，那棵树来年春天也照样会开出缤纷的花。

我曾听谁评价过喫茶店，说它们不同于咖啡馆，就像是一根用来栖身歇息的树枝。在喫茶店里的 1 小时，大约坐下 5 分钟后店家会端上食物，10 分钟用餐，剩下的 40 多分钟只管喝咖啡，无所事事——喫茶店是这样，是充满了人类空白时间的地方。东京也有许多喫茶店，但如今留下的只有一些资产强大的连锁店，几乎没有京都这样的私人小店，因而失去了趣味。在东京，利用通勤途中仅有的空隙喝杯咖啡，是忙碌世界中的一个片段，却无法感觉到文化的底蕴：不能读报纸的喫茶店，算什么喫茶店呢?

前些日子，我在 maki 写稿，在七条的友人发来消息：快看，天上有彩虹！我匆忙跑出去，阳光中正飘着零星小雨，跑至贺茂大桥，终于看见远方的北山之上，有一条长长的彩虹挂在那里，没有要消失的迹象。听闻这一天在车水马龙的日常风景之间，市内各地的人都见到了彩虹。

4

和食料理与喫茶店，我意外地喜欢后者更多。日本的早餐界分为两大“党派”：米饭党和面包党。几年前，某家电视台做过一档名叫《世界不可思议排行榜》的节目，记者到京都取材，拦住街头行人问：你是米饭党还是面包党？节目组起初的设想是：在这样一个古老而传统的城市，当然人人都是米饭党。不料，无论是京美人还是顽固老头儿，竟有九成的受访者表示：我是面包党！记者又跑去花见小路拦住舞伎，暗想：这下总该选米饭了吧？舞伎却也以一口优雅标准的京都方言笑着回答：当然是面包啦！无论面包还是咖啡，京都都是全日本消费量第一的城市。人们住在旧式的街道，其实热爱着崭新的东西，这也是京都难以被人察觉的一种气质。

读插画家大桥步的生活志，她也说自己是坚定不移的面包党，胃养成了习惯，一大早就吃米饭会觉得身体沉重。这样的观点我很赞同。从前和我一起住过的日本人，早上无论如何都要煮一锅汤，看着嚼面包的我严厉批判：真是应付事啊。“可是我也挖空心思四处去发掘美味的面包了啊，”大桥步说，“总不能一大早就出门去买面包，所以总是前一晚就买好了放在冰箱里。”去花道教室的时候，我会顺路去买进进堂组合装的谷物面包，或是四条通上某家酥脆的菠萝包。下鸭神社附近有家面包坊，肉桂卷牛角包和红豆面包都非常美味，可惜经常不到中午就售罄了，需要很早去排队。还是在那档电视节目里，我看过一个数据，说京都本地的超市里有超过60种面包，数量惊人。我经常买的是玉子烧三明治和炒面面包，稍微烤一烤，也能烤出不输给喫茶店中面包的微焦外皮，令人满意。

父母在京都时，我也想做一顿和食早餐。有一个名叫“京都食文化”的料理教室，请来了各家知名料亭的亭主传授做早餐的技巧，菜式有青花鱼味噌煮，秋刀鱼南蛮渍，都很吸引人。我没赶上时间去现场参加，但网上也有视频和食谱，就跟着学了。如何熬高汤，如何切秋刀鱼，如何烹饪茄子、青椒和菜花，都是很快就能学会的。

虽然菜式各有不同，又随着季节变化，但和食早餐基本保持着“一汁三菜”的形式。我选取了菜谱中最简单的，做了烤三文鱼、南瓜煮、玉子烧和味噌汤，又用北海道的男爵土豆和大理的松茸一起煮了饭。已经力求省事了，例如三文鱼买的是超市里用味噌腌渍好的，高汤和味噌汤底都是速食包装，南瓜也是切好块的，但做起来还是耗费心力，不比做一顿晚餐节省时间。

何必要如此大费周章做早餐呢？我独自喝着咖啡吃着面包的时候就会这么想。但视频中有一位京都老铺的亭主，是一位不苟言笑的白发老人，在教大家制作早餐前，他首先十分认真地说道：做早餐这件事，日复一日地重复，是为了全家人一起享用，是为了家人的团聚。除了食物本身，也能感受到家庭的存在，这才是和食的文化。

深夜的酒一个人喝也能尽兴，清晨的米饭一个人吃可就太寂寞了，也许这才是早餐的意义，是我们称它为人生希望的原因。变得十分热爱早餐以后，朋友再来做客，渐渐也会有人带着早餐来。想想一生中能同吃晚餐的人数不胜数，能一起吃早餐的人却十分有限，便下定决心要格外珍惜这些能一起吃早餐的朋友。

插花这件事，是旅途，也是人生

1

还住在大阪时，每周我都要去一次京都六角堂的池坊花道教室。池坊是日本最古老的花道流派，我之所以来学习，倒也不是冲着它500年的悠久历史，只是因为偶然在图书馆里看到了一本书。

那是一本池坊花道教材，其中有一幅生花作品的照片，是一盆荷花。它弥漫着盛夏意境：最前面是一片漂于水面之上的浮叶，往后是低矮可爱的阔叶，依次渐高，点缀着花苞、花朵、卷叶和莲子，纷纷呈现出摇曳在风中的姿态。按照配文所解释的，每一处布局都暗藏细微隐喻：浮叶和莲子象征着“过去”，满开的荷叶和花朵象征着“现在”，花苞和卷叶象征着“未来”。莲蓬朝背阴处倾斜，意味着“过去的已经过去”，最高的一朵荷花含苞向阳，意味着“未来可期”，另一朵花苞则默默藏于荷叶之后，是想要传达未来的玄机潜藏于当下不易察觉，显露出某种清静高远的格调。

我被荷花的侘寂[1]氛围感动，加上彼时沉迷于爬山，见到了各种未曾见过的花草，急于填补知识空白，便去了花道教室。到了这里才知道新手不能立刻接触生花，要从自由花入门——这是一种诞生于明治之后，为了配合西洋住宅的陈设环境而出现的插花形式。自由花多装饰在玄关或客厅里，对花型没有那么多严苛要求。老师并不教授插花方法，讲究随心而为，以至于很长一段时间我都是一通乱插，并且不太喜欢这门艺术，觉得花材太繁杂，颜色太艳丽，外来风格过于浓郁——如果再遇上康乃馨或是勿忘我之类“俗气”的花，简直就是件棘手的任务。

花道教室有 4 个老师，轮流上课。那天是盐野老师的课，她见我把几朵粉色康乃馨弃置一旁，便特地对我说：“丁桑啊，花道这件事，就是要把不喜欢的东西也处理得很好啊。”盐野老师说自己 30 年前刚学花道时也怀有与我同样的心情，但现在早已懂得了从另一种角度审视：即便是第一眼看上去不那么喜欢的花，亦有它在自然中存在的姿态，与其考虑内心喜好，不如关注草木本身的立场，才是生命的

1　侘寂：日本美学概念，指朴素又安静。——编者注

实际。

“把不喜欢的东西变成喜欢，这不是一件很厉害的事情吗？”盐野老师拿起一朵粉红色的康乃馨，稍稍矫正了一下根茎，将它插进了我的那盆花里。

后来盐野老师告诉我，学习自由花的意义在于认识花材本身。修剪枝干的方法，摘下叶子的方法，让一朵花存活得更久的方法，以横竖斜不同角度体现阳光与风的方法……把这些基础都打下了，才能顺理成章地进入生花的世界。

如此过了一年，我才第一次有了接触生花的机会。生花是古老的插花形式，诞生于17世纪，以展现草木花材与生俱来的姿态为初衷，包含着万物与太阳之间的互动关系，常装饰在日式住宅的床之间[1]。优秀的生花作品，从中能看到草木尽力生长的姿态。因此花材的数量、枝干的长短、花朵的方向、阴阳的调和，都有规矩要遵循。

练习插生花时，盐野老师和我讨论得最多的，却是规矩之外的礼仪和情感。

“生花中一定包含着某种心意。插在最前面的一定是花苞，是还没有绽放的部分，为的是给来访的客人看。在一盆生花之前，通常主

1 床之间：又称凹间，位于日式住宅客厅内部，类似于壁龛，可用来挂条幅，放置摆设。——编者注

今ここで頑張らずに
京都大仙院尾関宗園

人坐在左边，客人坐在右边，因此花苞一定要朝向右边。花苞不是会在明天或后天绽放吗？主人就是借此向客人表达：我正为了你将来的幸福而祈愿。”

一次，我跟盐野老师说起了教材中的那盆荷花，她听了很惊喜：“10 年前，我决定正式进入花道世界，契机也是一盆用荷花做的立花。”立花是花道中最古老的形式，也是完成难度最高的一种，始于 15 世纪的室町时代，以表现包罗万象的自然景观为主，并通过花材搭配，体现太阳和大地、水流和风之间的调和关系，可以说是将整个宇宙原理融入了其中。生花和立花表现形式不同，但在生花作品与立花作品中，荷花生命的本质是不变的。“自古以来，荷花都是供奉于佛前的花，有着无法用语言描述的美丽，那盆荷花立花令我感动得流下泪来，无论如何都想纵身投入花道的世界。”

那之后不久，我又无意中看到了池坊花道 45 代当家用荷花创作的自由花作品：半朵花也没有，全是颓败在池塘里的枯叶，满满的死寂意味。

花道世界里很少有这样的作品，我从前见过的作品，多少都会展现出生机。直到后来知道了 45 代当家的故事，我才理解了这件作品：当家的祖父和父亲在两年间相继去世，为了继承六角堂，他被送去比叡山山麓的寺院，日日修行。空隙里，他不但要练习插花，还要和师兄弟去河边打水、扫除、洗衣做饭，这对于年仅 11 岁的他来说非常艰苦，他寂寞地思念着母亲。

在他的记忆里，永远留着一个画面，是从山麓上看见的遥远城镇上的灯火，是某次母亲来探望他时，时隐时现的月光下出现在雪地里的零星枯荷。冰冷的双手被冻得发肿，呼吸像白烟一样消失在清冽的空气中，而荷花只是默默绽放，默默凋零，又在泥土中孕育着新的生命。

“在寒冷中枯萎的莲叶也是花朵，其中孕育着生命。”

时过境迁后再审视绝境中的人生，也许会得出同样的道理。

2

待在花道教室的日子久了，越发感受到日本人对于“旬”（应季）这一概念的重视：庆祝正月到来时所用的花材首推松、竹、梅，象征着吉祥如意；迎接端午时用的是水陆两生的花菖蒲；迎接重阳的花材则是黄白二色菊花，都有好兆头。春天的花材以梅、桃、山茱萸、木瓜、连翘为代表；夏季当数杜若、河骨和荷花，都是高洁的水生花，花菖蒲和海芋之类的水陆两生花也很受青睐；秋天以桔梗、女郎花等秋草为主角，红叶和挂着果实的枝叶也很常用，唐胡麻、紫苑、大波斯菊，都是从初秋延续到晚秋的热门花材；冬天是松、竹、槙、黄金枇杷、叶兰之类的绿植最青翠的时候，水仙和山茶也是格调高雅的隆冬花材代表。

8月里插得最好看的是朝颜。在花道史中，最广为流传的一个故事也是关于朝颜的：丰臣秀吉听说千利休家的庭院里开满了美丽的朝颜，便动了在那里开一场“朝颜茶会”的心思。茶会当天，秀吉来到利休家，却看见庭院里的朝颜已全被铲平，一朵不剩。秀吉勃然大怒走进茶室，此时地板上摆着一瓶插花，那仅存的最后一朵朝颜，姿态绝美，令人惊叹。

也想插一次朝颜试试，但朝颜插花毕竟是茶道大师千利休集侘寂于大成的作品，因此很是胆怯，不敢动手。朝颜也确实难以利用，一来这花枝蔓细长，细弱而无法自立，需要攀附于其他物体之上；二来它毕竟是短命的花，早上开放午后便会凋零，有人说它是“一日花”，其实只是半日花。据说善用朝颜的人，会在深夜里小心地摘下一朵花苞插上，置于户外使之充分吸收露水，到了次日清晨，无论叶子还是花朵，都会朝着太阳向上舒展开放。

紫藤也是很难利用的花，它的根部修剪方法特别讲究，要使花朵能够充分吸收水分。据说高手还会往插紫藤花的水里加一点白酒，非常有趣——“紫藤是酒豪，微醺了才能活得比较健康”。

在秋天，比起花来我更喜欢红叶。此时游客在京都的寺院里赏叶，花道教室里的诸位学员却在苦苦思索着如何将红叶插出漫山遍野的群生状态。若想做到这一点，就必须了解一个自然现象：多受阳光照耀的场所，也是多受霜冻影响的场所，叶子会红得更深，红得更快。因此在一件全部由叶构成的作品中，最红的一枝总要插在最顶端，中间变成黄叶，下部甚至还有些绿意——这是红叶的野趣，可以借由插花做出一座微缩的山，山顶的红叶已开始落下，山下却还绿着。

猫柳是水边的野生植物，也被叫作川柳，深秋开始出现在花道教室里，枝条修长而坚硬，却很容易被弯曲成各种弧度，若是学会了把握力道，就能将它做出微风吹拂时的形态。越接近冬天，猫柳越会呈现出一种更深的红，用盐野老师的话说，“这种红色是死亡的准备”。在冬日里即将枯萎凋零的植物，面朝死亡时有这样一份世界观：如果无论如何都要死，就要以最鲜艳的状态完结。

古都的冬天无处不在的是茶花，从冬至持续到春分过后，在樱花到来之前一直绽放着，算是花期非常久的花了。有一年冬天和友人坐在町屋里喝酒，突然下起漫天大雪，那寒冷的房间里留了一扇窗，望出去是栽种在狭窄天井里的一株山茶树。纷扬的雪花飘落下来，翠绿的枝叶中，一两朵红色的花苞静静地开了——这是古都冬日的美，是缓慢飞扬和仰头承接。此后再看到山茶，都想重现那种冬日雪景的韵味，只盼把它插得也好似古诗一样。花道中有一种说法：山茶花中寄宿着春的灵力，在万物凋零的季节，并不失艳丽和奔放。

梅花就要“狰狞”得多，是初学者把控不住的花。我看过很多作品，无一不强调它苍劲的枝干——比起花朵，如何处理枝干才是首要问题：如何取舍，如何修剪，如何弯曲出微妙的弧度……因为梅花的枝干实在太硬，很难弯出弧度，为了展现它的风骨，有时候还要刻意选择枯死的枝条，最好是上面爬满了青苔的，而青苔是活的。

有一年友人从和歌山考察归来，和我在大阪站匆匆见了一面，递来一束含苞的蜡梅，说是和歌山特产。我发了一阵愁，不知要如何善待它的凛冽，终于找来一只圆形瓷罐，梅花在其中直耸耸地向上生长，像把锋利的剑。毕竟是在风雪凌寒中开花的植物，两三天后它突然爆发出浓郁的芳香，那个寒冷的清晨我睁眼醒来，开始懂得梅花的好，懂了它为何独得古人青睐。

水仙也香气宜人，12 月时还只是花蕾，被称为“初花”；过了 1 月就当季了，开得气势汹汹，露出浅黄色的花蕊；2 月里叶子稍稍垂落，末梢开始枯黄，却也颇受喜爱，有人说这展现了临近死亡的美。水仙是群生的花，从不单独出现，若是一大束聚集起来，放于陶罐中，尤为宜人。这清雅素净的花，日本人还叫它“雪中花”，也不知是因为它开在雪里，还是它本身就像雪花一样洁白。

杜若有些特别，终年开放，属四季花。如何体现它在春夏秋冬的不同长势，也是插花时要琢磨的事情。春末夏初，深紫色的花朵绽放得最为绚烂，根茎也肆意伸展；深秋隆冬，在自然万物的枯萎衰败

第二章

逢人

中，突然开出一朵低矮的浅紫色小花，是最自然的姿态。

有个词叫“一花三季”，是说每朵花身上其实都存在三个季节：初绽放时是“初花”，满开时是“当季之花”，将开败时是“名残之花”。如同人类生老病死的不同阶段，花的一生也值得玩味：初花无论色彩还是香味都幽淡，散发出青春的光辉；当季之花绚烂，就像人生处于高潮的巅峰期；名残之花是最值得玩味的，余晖自有余晖的魅力。知道了“一花三季”的概念，便能对花材多投入些感情，也能对季节多投入些感情。

在花道中，“生花”这个词可以直译为“在这个季节生长的花”，指应季的花；而被时间抛下、迟于季节的花就变成“残花”了。花材的季节感不仅被运用在花道中，也与传统的衣食住行密切相关，京都很多穿高级和服的旧派人家，一定会随着季节变换更替和服上的花朵纹样。

盐野老师常常教导我：人也好花也好，都拥有支撑其活下去的“命”，如何用优美手法体现“命”于根源之处的姿态，即是花道的精神。因为每天遭遇的阳光、雨水和风都不同，草木的“命”也会随之发生变化，这是花道中“和”的精神。并不只是优美绽放的繁花，顶端枯萎的叶子、被虫啃噬的叶子，甚至枯枝，都和鲜艳的花朵一样，拥有草木之“命”，并能以这种与生俱来的姿态生长下去。在花道中，“命”的概念比单纯的美观更加崇高，也更重要。

3

在京都的花道教室里，打动我的不只是花材，还有一些人。

一个年仅 10 岁的小男孩，据说某天突然对花道产生了兴趣，缠着妈妈和姐姐陪他每周来这里一次。他插花要比其他人花费更长的时间，因为他总是犹疑不决。有那么一天，他始终将枝叶朝向某个方向，转了一次又一次，终于盐野老师对他提议："不要用自己理所当然的认定去插花，利用花材本身的枝干使它们互相支撑如何？"话音刚落，男孩的眼泪夺眶而出——大约是立即懂得了话里的意思，又无论如何都想让眼前的花材完美站立起来。

一个平面设计师，每次插好了一盆花，都会得到老师盛赞，他却定要全部拔下来，从另外的角度重新插一遍，各种能想到的表现方式都要试一次。对此他自己的说法是：虽然插花和平面设计使用的是大脑的不同部分，但在花道中学会的空间感，对设计有着很大的启发。

一个约莫六十几岁的老妇人，多年来一直照顾着卧病在床的年迈父母，看护工作终于结束后，就满面笑容地来上花道课。只有在这里她才能得到一些属于自己的时间，能够悠闲地沉浸其中，哪怕时间短暂。

人各自不同，治愈每个人的东西也各不相同，但能够被草木花朵治愈的人，也许拥有更敏感的内心。来到这间花道教室的大多都是这样的人。对于被生活追赶着的他们来说，插花是和自然对话的珍贵时间，是和自己对话的时间，也是一段疗程。

花道教室里还有一位叫今川的男老师，男女思维不同，在插花中也会有有趣的体现，所以偶尔我会专门去上他的课。一日花材是白色的桔梗和盛夏翠绿的枫叶，待我插好自己那盆花后，今川老师走过来问："今天在想些什么？"他的开场白一贯如此。

"也许有点儿奇怪，但我想要给桔梗花举行葬礼。"

"不是什么太好的意象呢。"今川老师笑了。

"墓地不是这样吗？在茂密的森林里，于死亡之中亦有勃勃生机。"我去过许多墓地，无论日本还是其他国家，印象深刻的墓园中总有高大繁茂的树林，高野山的奥之院如此，莫斯科近郊图拉的托尔斯泰墓也是如此。生命力过于旺盛，就不太能察觉死亡的气息。

今川老师沉思了半秒，缓缓道："那么，要有风。"

"风？"

"既然是在森林里，总要有风穿过的缝隙吧。如同你在墓园里听到的风声鹤唳。"他用一种男性的果断，剪掉了那盆花中的大多数枝叶，"这样，就能看到风流动的线条了。"

那之后我知道了，插花的时候，不只要考虑山野，还要考虑风。

4

一年秋天，我从花道大教室换到了盐野老师个人的小教室，常常在京都静谧的周日午后去上课。起初只有四个学生：在《京都新闻》做了几十年编辑的北岛桑，一个市内的女大学生，一对家在附近的母女。大家的花材各不相同，插花的形式也不太相同，但总是交流着心得，淡淡地聊着天，喝茶吃点心，散漫而随意地，渐渐也变成了相熟的人。

次年正月的第一堂课，北岛桑穿着一件和服来到花道教室。“今天有什么特别的事情吗？”我惊讶地问他。他一贯是淡淡的：“没什么啊。”是对待插花这件事的仪式感，因为在新年之始。

北岛桑插出的花总令我惊叹，其中藏着某种纤细感，可以推测他内心的细枝末节。渐渐地，我在花道教室中学到的也不仅是自然观，亦有人心，人学会观看自然，自然也可见人心，难怪传授花道的人总说：插花是和自己的内心对话。

手边正读着一本川濑敏郎的书，他舍弃了传统流派，真正成了一个自由的花人，随心而为。他如此说道：“所谓自然式插花法，是再现自我心绪的花。不要将那份思绪困于心中，打开心扉，是插花的第一步。在身体中沉睡着的崭新的自己，各种各样的自己，借由插花这件事，去和他们相遇吧。所谓自由花，是没有答案的。昨天找到的答案，也不会回答今天的问题。花的生命在自然四季中日日千变万化，并将继续变幻下去。”

盐野老师是个感性的日本女人，总告诫我不要只盯着眼前的花，要纵身于世界，无限投入自然之中。去年冬天我去西伯利亚旅行，收到她发来的消息：“无论是一个人旅行，还是此刻有谁在你身边，旅行这件事和插花一样，都是和自己对话，是不断感动的过程。旅行吧，再回来的时候，也把这份感动用插花表现出来吧。”

也不知是不是受到了她的暗示，每次旅行结束，总觉得插花的意境又变化了一些。最近一次长途旅行归来，总觉得自己插出来的花过分狂野，全然没有周围日本人的含蓄、委婉和纤细。

“自由花是内心的投影啊。”盐野老师说。

“所以投出什么来了？”

“世界中旅人的心。”

而在下一秒，我和北岛桑把作品摆在一起时，大家不约而同地笑出声来：这分明体现了“进攻的中国人”和“防守的日本人”的民族差异啊。

搬到京都之后，再去盐野老师的花道教室，就不搭电车，换坐巴士了。巴士在市内缓慢绕行，给了我重新打量这个城市的时机，每每开过三条大桥时，若是天气晴好，能看见鸭川尽头清晰而分明的山线——不管看过多少次，这番景象还是能令我泪目，这是初心。到了春天，小小的教室里涌进了许多新人，是盐野老师在附近大学上课时教的学生。年轻的学生来了，插出大胆又狂放的花，能看出他们的心绪与阅历。

我本是个热情难以持久的人，却把插花这件事长久地坚持了下来，大概也是因为能从中清楚地感觉到“进步”。那年夏天，在我的苦苦央求下，盐野老师终于答应让我插一次荷花试试看。

从来都放在走廊中的花桶，那天被小心地搬进了室内，盐野老师又把空调调低了几度，因为荷叶容易枯萎。还是从自由花开始，搭配紫色的桔梗和黄色的朝天椒。

挑选了花道教室中最大的容器，在里面装满了碎石子——只有这样才能让高高的荷花立得稳固；第一次学着用注射器把水注入莲茎，水量充足之后，荷叶的中心会冒出粒粒水珠，像残留的雨滴；又要把一种护手霜抹在荷叶的背面，如此叶片便不易起皱折伤。第一次想到这个方法的是谁呢？真是个天才。

果真如想象中那样，只把碧绿的叶片插上，下面一朵亭亭玉立的花苞，就觉得已经足够了。

“完成了。不能再美了。”我笑着对盐野老师说。

“我也这么觉得。”盐野老师这次意外地没有笑。

荷花在花道教室中实在受宠，我只插到一半，大家就纷纷围过来看，赞叹它仪态端正。年轻的学生赶着去打工，离开前和我交换了联系方式："实在很想知道它会变成什么样子，完成后请一定把照片发过来给我看看。"

傍晚的花道教室里，又只剩下了最初的四个人。

"最近我家附近的超市里也开始卖荷花了呢。"我说。

"因为马上就是盂兰盆节了，日本人要用荷花供奉先祖。"那位住在附近的妈妈说。

后来我又专程去超市里买了荷花和莲蓬，因是用来供奉的佛花，没有荷叶，于是又买了木莓的叶子。已经是秋天了，我又没有注射器，不注水荷花是养不活的，但我还是非常愉悦。在结束了工作的深夜，我一边吃着新上市的无花果，一边插着荷花，想起了一些往事。

小学时候的暑假，我总是在外婆家度过。外婆家门前有一棵无花果树。每年暑假我都吵闹着要去外婆家，这份吵闹却没能延续到初中，因为外公突然脑出血，倒在了麻将桌上。外公病重的那一年，我每周只去探望一次，记得他总是躺在临街小屋的单人床上，用枯瘦的双手拉着我口齿不清地说话。我坐不住，不过几分钟就厌倦了，绞尽脑汁想找借口出门玩。一次逃出门来，撞见那棵无花果树枝叶茂密，挂满了绿色的果子——那是我第一次留意到，无花果树原来是结果的。此时我吃着无花果，看着荷花亭亭而立，想起我瘦骨嶙峋的外公来。为什么十几年来都没有吃过那棵树的果子呢？

不久后荷花就枯萎了，无花果也下市了，再然后就是冬天了。冬天里有外公的忌日，那一天我也去了花道教室。

在无邻庵打理庭园

第一次知道无邻庵，是在一本杂志特辑上，说它近年来在外国人中很有人气，又评价它虽然小，却是京都庭园的一个代表。此园本是明治开国元勋山县有朋在京都的别墅，以园中巧妙的借景闻名：“要说这座庭园的主山，就是那耸立在前方的青色的东山。”山县有朋请来“植治”的第 7 代传人小川治兵卫建造无邻庵庭园。“植治”是一间始于江户时代宝历年间的造庭屋，如今仍在京都，造庭技术已经传承到第 11 代。

据说在建造无邻庵之初，山县有朋提出了三个要求：一是要打造明亮的草坪空间；二是要弃松梅等主流植物，栽种冷杉和圆柏等当时被视为庭园配角的树木；三是要引琵琶湖疏水，在庭园中开辟蜿蜒水流——日本庭园的惯常做法是造池，山县却偏爱流动的水。听了许多故事，某年 3 月我终于陪友人去了那里，也许因冬日尚未逝去，无邻庵满是光秃秃的萧瑟景象。我心中失望，认为它名大于实，记住的只有那个需要躬身进入的低矮门洞而已。

再想起无邻庵来，是搬到京都之后的事情。花道课上了几年，一日突然想了解日本的庭园植物，一番打听，知道无邻庵有庭师讲座，而且似乎不只是单纯的知识性讲解，还真能够动手实践，跟庭师学习。

造访是在9月初，京都难挨的酷暑势头稍弱，早晚开始有了凉意。夏秋转换之际，是庭师最繁忙的季节，园子里日日都在发生着细小的变化，花草的修剪、树木的修剪、水流的清理、草坪的打理……一项都不能疏忽。

此时需要修剪的花草是燕子花和花菖蒲。这两种花依水而生，要将渐枯的叶子整片摘掉，使它们保持生机。夏季要赏花，而秋季花朵凋零之后，果实会成熟裂开，能从果皮的缝隙中窥见赤红色的种子，小巧可爱，亦有情趣。

无邻庵的草坪上生长的全是野草，不同季节常有各色野花冒头，庭师们也格外珍惜这些野花，为了让它们顺利生长，一年之间时时都要打理草坪。夏季尾声，草坪上黄色的花朵是小连翘，白色的花朵是高三郎，我在花道教室里不曾见过它们，中国人会拿它们做药材，但日本人只是任它们生在水边田端，欣赏山野风情。

每周一次，庭师们要用竹扫帚捞出水流里的落叶和水藻。夏季藻类多生，常使清澈的水流变得浑浊。枯叶不仅会堵塞水流，亦会影响流水的声音，庭师们能够听出清理之后的水声将如何变得轻快。明治时代人们给琵琶湖疏水，原本只是为了通水路、建设城市，但疏水的技艺却被巧妙地引入庭园维护之中，是风雅的古都人最擅长的。

那个下午，无邻庵的庭师教授的，主要是如何打理用砂石铺成的园路。“庭园的路之所以出现在那个位置，一定有它的理由，如果只是俯视，并不能理解其深意，要身处其中才能明白。”那位庭师如此说道。又说园路是庭园的骨骼，时而凹陷，时而膨胀，庭园才有了空间感和生机，何时山穷水尽，何时柳暗花明，也要事先设计，使人置身其中便像走进了一个立体的故事，营造起伏感和紧张感是很重要的。

无邻庵园路的砂石来自安云川河底，大小适中，踩上去触感柔软，颜色在黑白之间——若是纯黑会显得自我意识过强，纯白则会显得太过明亮，令人不能放松心情。清扫砂石路是庭师每日的功课，因为这最能显示出庭园有没有被精心打理过。人们常走的地方砂石会减少，露出下方的泥土，要常用竹扫帚将土从路两边扫往中心，均匀铺好，左右留出清晰的两道，又要捡出草坪和苔藓里的石头与枯枝。

“庭园也有自己的语言，你知道吗？”无邻庵的主理庭师是个中年男人，和所有常年与植物打交道的人一样，他总是沉默，唯独谈及庭园之事，才能绵绵不绝地说下去。他指着一处低矮的竹栏：“看到它就知道前方不能进入，也许有危险，也许正在修复。”这样的竹栏

叫“一文字垣”，有时更简单，只是在一个小石块上用蕨绳系上十字结，横于路中央，名曰“关守石”，提醒人们前方的地形和路况有变。“庭园不需要文字和标语，它有自己的语言。”中年庭师说。

我们又去修剪杜鹃的枝，这里的杜鹃春天修剪过一次，此时又长出了高高的枝，要全部剪掉，将花团修成圆球状。这也像我所了解的日本人性格，追求整齐统一。有些生命力旺盛的杂草从灌木丛中生出来，不能用剪刀清除，必须连根拔去。笹竹也要先清除底下的杂草，然后再把前一年的旧叶剪掉。这一天下着雨，参加活动的多是些上了年纪的主妇，很喜欢说笑，冷不防就有一只手伸到我面前：“看，是杉树的果子呢。”一个圆圆的青绿色果实，长满了刺。

这位太太说，她是专程搭新干线来的，跟庭师学习一个下午，然后在京都住一晚，次日再来听另一场庭园讲座，就愉快地度过了周末。“你不知道这些活动的人气有多高，往后的课程都约满了，只能等着人取消呢。”

“回家以后，您也会这样打理庭园吗？”我问她。

“虽说如此，但还是在这里时心情更加愉悦呢。”她说自己为了实现拥有一座大庭园的梦想，退休以后搬到乡下去了，“庭园看着很美，其实打理起来相当麻烦，夏季虫子多得不得了，如果不是真心喜欢，很快就厌倦了。”

闲聊之时，工作人员山田小姐走过来，指向不远处：“你们看那一株，夏天时被阳光灼伤了树叶呢。”我抬起头来看，一株枫树顶端红了大半，若是从前，我会以为它是因为秋天的到来才变红的。

“那不是红叶，只是树叶的伤。”山田小姐说。树木也会受各种各样的伤。无邻庵利用琵琶湖疏水来灌溉植物，每年要洒水两三次，但今年夏天京都异常酷热，日射强，雨量少，所以罕见地洒了八次水。“洒水时有一个要特别注意的细节，不能让树叶沾水，否则水滴会成为透镜，叶片很容易被晒伤。”

洒水之后，如同雨季之后，植物中最美的是苔藓。苔藓无根，叶片吸足了水分，也会像花朵一样绽放开来。重视苔藓之美是日本庭园美学的典型特征之一。我从中年庭师那里听说，山县有朋在造庭之初更喜欢草坪，因为明治开化，他看到了英国的自然风景式庭园，觉得甚是接近日本的里山风景。但是，在京都的高湿度环境中，苔藓立即就显出了它们的优势。在青绿色的茂盛生机之中，又长出了无名的野花，不久之后，山县有朋感受到了苔藓的美好，如今园内种植的苔藓竟有 50 种以上。

结束了课程，我坐在园内主屋廊前听潺潺水声，喝一碗抹茶。秋天正在降临，眼前树木缓缓由绿转红，若是又有蓝天白云，会更为美丽。刚刚还在上课的庭师们又走进了庭园，继续修剪和清扫的工作。中年庭师抱着一筐落叶走过来，见我拿着相机拍照，示意我看看眼前的低矮灌木。

“灌木上这种长得很像苹果的东西，名叫草木瓜，是山县有朋为了纪念故乡风景种植的。坐在你这个位置眺望东山时，灌木就会进入视线范围，因此要尽可能将它们剪得矮一些，又要保持自然姿态。4月里开着红色花朵的草木瓜，夏季结果，秋季果实成熟后就要摘去。”

“然后吃掉吗？”我看着那些刚刚染上了黄色的野果，无论如何也不像很好吃的样子。

“这种果子奇酸无比，不能直接吃，但如果蘸上蜂蜜，倒是非常美味。”

一个多月后，我在脸书上看到，无邻庵的草木瓜已被全部摘下，装进了大玻璃瓶里酿制果酒。工作人员兴奋地介绍：明年春天，没准就能喝上草木瓜酒了，现在就开始期待吧！

“怎么想起来做这样的活动，请庭师来给大家上课呢？”那日我问中年庭师。他说像草木瓜这样有趣的东西，园子里还有许多，他们想将这些分享给大家，两年前试着办了讲座，反响非常好，便两个月一次，将庭师课继续开了下来。

“下一堂课教你们打理松树的方法哟。”离开之时，中年庭师说。

“知道啦，”我说，“晚秋时再见。”

回家后我没能申请上晚秋和初冬的课程，如那位搭乘新干线来上课的太太所说，庭师课人气实在太高，只能等待临时取消的空位。我心中挂念着打理松树的事，不知道好运会不会降临。在等待的日子里，我听说无邻庵还会组织一些别的活动，例如野鸟讲座，介绍周边野鸟的生态和习性，还有从鸟的眼中看到的庭院风景图；例如苔庭制作，利用无邻庵种类众多的苔藓制作小小的庭园模型；例如和歌讲座、和服讲座和能剧讲座，在能够眺望庭园景致的主屋中学习日本传统文化；亦有我非常感兴趣的茶道课与点心课，学习制作京都二十四节气的生果子……一日在手忙脚乱的工作之中，突然收到无邻庵的邮件，说是一周后的庭师课突然空出了一个名额，“是不是依然想要参加呢？”

再去上课的那一日很热闹，无邻庵头一回参加了每年举办两次的京都市非公开文化财产特别展会，限时 10 天展出了馆内所藏的与山县有朋及天皇相关的贵重艺术品，又做起了文化讲座。园内涌进了比以往周末更多的人，像美术馆和动物园一般人声鼎沸。

教室中央放着巨大的松枝，这个季节最重要的是打理松树。为了让新芽顺利生长，要将多余的老枝去除。“京都各地方法不同，左京区的做法是顶端留三枝。”中年庭师说着，手法娴熟地摘去了下部松针。我们随后也去园里照做。去年的老叶，今年长在既无日照也不通风的地方，很快就会枯萎，因此需要剪去。不能使用剪刀，用手完成，才能使整棵松树呈现出柔和氛围。每年的 11 月到次年 2 月，无邻庵的庭师们会不断重复着这些动作。

这天有了新面孔，是一个年轻庭师，他纠正着大家的手法，递过来刚剪下的一枝:“闻闻看，松树的味道很好闻吧？”黑松坚硬，去除枝叶难免手痛；赤松柔软，摘取起来更为轻松，却有另一桩麻烦事——为了防止害虫滋生，要用竹手帚扫刷赤松树干。年轻的庭师在最高的一棵赤松树下架起梯子，向大家示意如何清理树皮，碎屑四溅，直至树干变得光滑。

“要不要爬上梯子看一下？”他提议道。于是我颤颤巍巍地爬上梯子，至赤松枝干分叉处，眼前突然呈现出美丽的东山景致，又能望见更远处正在红起来的比叡山。再过一周或是两周，古都的红叶季就要到来，无邻庵的庭园将变成彩色的世界，庭师们要为植物做各种各样的过冬准备，繁忙中依然有一件值得期待的事情：11 月下旬，庭园里要举行夜间亮灯活动，在灯光下赏红叶，树木草地亦有不同风景。

修完松枝尚有时间，我们又开始打理苔藓，将冒头的灰藓从鲜绿色的杉苔中拔掉。灰藓体形大，繁殖迅速，不是庭园中受欢迎的植物；野草会迅猛生长，也要连根拔掉。拔草后地上秃了一小块，也要铺上栽培的苔藓，像是打补丁，又像是在做植发手术，很是有趣。苔藓没有根，不能从土壤中获得水分，养分直接来自表面叶茎吸收的雨水，所以将盖在苔藓表面的枯叶和垃圾去掉也十分必要。

我拔着苔藓，时而眺望着庭园中央的水池。浅水之中，倒映着微微红起来的树叶，无风无波，仅有光线变幻，也如同缤纷的大正硝子[1]一般。

“红叶留几片不好吗？”我看着年轻的庭师把苔藓上的红叶悉数拾走，内心有些不舍。

“早上打扫庭园的时候，落叶全部都要捡掉，”他看出了我的心思，伸手摇了摇树干，叶片纷纷落下，“这样，留下的就是新叶了。”

此时我才察觉到无邻庵的庭园有些不同。京都的庭园，多以禅寺的枯山水为主，讲究的是“侘寂”二字。而无邻庵的庭园却有些生活感，是一个更加日常而自然朴素的空间。无邻庵的草坪是日本草坪，和四季常绿的西洋草坪不同，到了秋冬就变成了茶色，若是见过长满茅草与稻穗的日本里山，便看得出这里的草坪与它有着同样的颜色。

“心情很好吗？”年轻庭师问。

“心情变得好起来了呢。”我突然羡慕起了能整天做这份工作的庭师，“每天都要这样打扫庭园吗？”

“每天早上打扫一个小时，平时是两个人一起打扫，这个季节比较忙，变成三个人。”他告诉我，再过一段日子，野花不再冒头，草坪就要全部割去，以度过萧瑟的冬天。来年5月，又要从摘取松芽开始打理庭园，接着修剪花草、枝叶、灌木和针叶树，从3月到11月，每天都要清理水流、整理砂石、施肥施药，说是造庭，其实是育园。

1　大正硝子：日本小樽著名的玻璃工艺品。——作者注

结束了课程，我照例坐在寺内主屋前眺望东山，中年庭师又抱着工具走过，停下来和我说了会儿话。

“这里借了东山的景，其实不只是能在庭园里看到东山，还要让更多东西看不见。”他递给我一张纸，比出了园内树木的起伏线。我这才知道，原来庭园外层的树木，形状和高度都有讲究，既要营造起伏感，又要遮挡住外界种种，最终视野里只剩下庭园内景和东山，仿佛天然地融合在一起，不被外物打扰。

中年庭师又说：“所谓庭园，是每时每刻都在变化之中的。无邻庵的庭园，这一秒也和前一秒有所不同。”不一样的主要是光线，其次是风声、树声、人声。“清晨很早的时候，能看见从东山升起的朝雾，笼罩着庭园的树木。中午的一个时刻，太阳升得很高，水面会泛起耀眼的光芒，让四周阴影中的树木明亮起来。傍晚时分，夕阳包围着庭园，东山的斜坡上亦有灿烂晚霞。”

“深夜的时候，能看见东山上的那轮明月吧？”我脑海里浮现出了一个画面。

“是的，能看到传说中的东山圆月。无邻庵也会举办中秋明月会，只是要再等一年了。”他想起什么来，突然神情雀跃，“在那之前，可以先静候春天。下一次再打理松树就是春天了，摘取多余的新芽，让每根树枝上仅留一簇。一定要参加春天的庭师课呀！”

静候某时——我每次来参加庭师课，总会被赠予这句话。我突然又明白了一点儿打理庭园的乐趣，因为总是期待着植物的变化，又因为心里清楚它们会怎么变化，想着要如何善待它们。我到这个城市来，了解一草一木，才算进入了世界，时时反省自己从前不懂生命。我听说事物都会凋零，才要学习精心打理，这是与宇宙相处的一点儿小小技能。

京都的迷人之处，就在于能学到许多别处所学不到的。从那之后，我每次走过京都街巷，看见那些裹得严严实实蹲在门前打理庭院的妇人，就总有敬意，尊敬她们与自然共处的每一天。

游客散尽的日常

京都的游客季是随着 12 月的到来结束的。由春至秋，古都的时间流转在永恒的热闹之中，只有进入深冬后的短短两个月，人潮才会哄然散去，这座城市才会露出久违的寂寥神情。

有一年冬天，我因为工作滞留在京都，晚饭后独自从河原町走回先斗町的民宿，以往总是人潮汹涌的四条通十字路口人迹寥寥，视线所及不再只有灯光明亮的高岛屋和大丸百货，而是那些在岁月侵蚀中斑驳了色彩的老铺招牌。偶有身穿和服裹着围巾的年轻人骑着自行车从木屋町的小河边经过，对岸的居酒屋已早早收起门牌，调暗了灯光准备打烊。

外人不来，是因为京都的冬天非常寒冷。冬夜走在鸭川边，风从河面上刮来，人就会生出一种仿佛刚刚从河里爬上来的凄苦感。但次日清晨起来，坐在民宿一楼正对着河水的阳台上吃早餐，眼看着朝阳从远处升起，在鸭川上投射出一片金光灿灿，岸边只有一两个晨跑者——这未曾见过的萧条，却是我目睹过的京都最动人的一瞬，陌生又不全然陌生，像是从川端康成或梶井基次郎的小说中跳出来的场景。游客终于把京都还给了京都人，这是不必再尽景点之义务，心安理得回归日常的京都。

因为这难得的日常，冬天便成为京都最好的季节。我不愿意错过这转瞬即逝的时光，每周都要出门几次，远离市中心，去往偏远的洛北。

每周雀跃出行，像在跟京都谈恋爱。一日的“约会”通常从京阪电车的终点站出町柳开始。出町柳站也是叡山电车的起点站，是去往比叡山或贵船神社的必经之地。我钟情于在距离出町柳三站之外的一乘寺下车，这条街是京都拉面的“激战区”，讲究的京都本地人从来不会去吃一兰拉面或是来来亭之类的连锁面店，要去那种只开一间，仅能容得下10人的小店，若是门口还常常排着队，就更加印证了食物的美味。一乘寺的拉面小店最多，每家店面的拥趸气质各不相同。附近有很多大学，叫“高安”的那一家店在学生中最有人气，汤底油脂丰厚，面条分量多，炸鸡也很大块，能够吃得饱足，许多学生毕业多年仍怀念着它。

有“京都第一拉面”美誉的面馆“极鸡”也开在这里，每次路过时，门前总有长队，我从来没勇气接近，无从猜测其中滋味。直到有个冬天在京都考完试，无所事事，就把“去极鸡排队”作为娱乐活动，精神抖擞地去了。去了才发现原来要先拿券，到了券上写的时间点才能开始排队，而那还需要再等一个多小时，就先去附近的便利店买了一个热腾腾的肉包，边吃边在附近溜达。

在一乘寺溜达，通常的路线是径直朝西，大约几分钟后抵达惠文社书店。这家 1982 年开张的书店，因入选“全球十大最美书店”而声名在外，也是各路文艺青年的朝圣之地。

因为第一代店长的文艺气质，惠文社至今都很擅长选书：向来不是有什么新书便上架，而是由店长挑选自己觉得值得一看的书。我在这里买到过很多有趣的杂志特辑，最近又寻到了土门拳和冈本太郎的几本书，立刻和店长有了共鸣，惠文社也因此变得和别处不同。其实第一代店长早已不在惠文社了，他在市中心的街巷里又开了家更小的书店，偶尔举办读书活动，我去了一次，却再没找到在惠文社时的那种相见恨晚之感。惠文社也售卖一些生活杂货，有年冬天我随手买了一包叫“一乘寺冬”的咖啡豆，竟然泡出了温暖治愈的香气。后来专程再去那里，大多不是为了买书，而是为了买这包只有冬日才卖的豆子。

那天我照例去惠文社买了咖啡豆，又重新回到极鸡。该怎么形容我终于吃到的那碗面呢？面条端上来时，我和同行的日本友人面面相觑，听得邻桌的两位也“咦”了一声，发出了“真奇妙啊……”的感叹。日本友人是没有见过这种拉面的，而我，立刻就想起了上大学时常吃的那种叫“热干面”的食物，于是笑着对友人说：“有机会一定带你去吃正宗的热干面。”但不久后我就和这位友人决裂，而那也是发生在冬天的事。

据我观察，京都人喜欢排队。和聒噪的大阪人相比，京都人显得更加有耐心。要说特长，京都人的特长恐怕是“等待”。一次星逸来找我，说一乘寺有家蛋糕店，每周只营业三天，而且开门不久蛋糕便会售罄。“绝对是我吃过的京都最好的甜品店，”星逸说，“不如一起去排队？”

那天我们喝酒聊天到了深夜，次日一早打车去了，在居民区七绕八绕，终于停在了一户普普通通的民宅门口。蛋糕店上午 11 点半才开门，此时才 10 点多，门前就已经坐了四五个人，看起来都是附近的居民，彼此熟络，有一搭没一搭地聊着天。我们也搬了椅子坐下来，一会儿一对推着婴儿车的年轻夫妇来了，一位开着车的老妇人来了，又来了个老头儿，驾轻就熟地指挥着大家排队。

“往这边排比较安全呢，如果有车开过来的话。”他又想了想，“但是队伍长了，这边难免会排到别人家门口，会打扰别人吧。”

“很难把握呢。”开车来的老妇人应和着他。

不久后我们对着满柜子的蛋糕游移不定时，指挥排队的老头儿又来了，用手一指：“试试这款！”又凑过来了另一个老头儿：“没错没错，是用比利时啤酒的泡沫做的，最好买两个。”我们唯命是从，又买了红茶苹果果酱，也是因为指挥排队的老头儿说：“看中的就要赶紧买，这家店有个特点，这次有的东西下次来就没有了。”

“您经常来吗？”趁店家包装蛋糕时，我问那个老头儿。

“每周都来吧。”老头儿很得意。

另一个老头儿说自己在左京区役所负责给外国人登记，我说自己前不久刚去那里办过迁入手续，他很高兴：“那么没准我们是见过的。”见到我们手里的蛋糕，又惊讶道：“你俩要吃四个吗？！”

“您买几个呢？”

“我也买四个，那是因为家里还有两个人等着呢！”

在居民区中的蛋糕店看到这样热情洋溢的老头儿，也是十分有京都特色的事情。我常常批评日本男性的大男子主义，可是他们无论老少都高调地热爱着甜品这件事，令我觉得十分可爱。走出店门的时候，两个老头儿在我们身后一直挥手：“下周再见啦！”

“下周也是周六一早就来吗？”

“也有可能是周日哦。”

“那就周日再见吧。”

和星逸拎着蛋糕，沿路买了咖啡，路过黄灿灿的柿子摊，一路朝着河流的方向走去，终于在鸭川的暖阳下，度过了甜蜜的午后时光。

也爱去与惠文社反方向的狸谷山不动院，从车站溜达到那里大约需要30分钟，沿途经过诗仙堂的竹林和与谢芜村的墓，皆是清静的去处，还有一棵大名鼎鼎的矮小松树，常有人在树下驻足拍照，传说是宫本武藏与人决斗之地。从狸谷山不动院的入口到山门有一段长长的路要走，首先要穿过一片居民区，冷不丁会蹿出一只野猫来。岁末之际，家家户户会雇工人修剪松柏树枝，做好过冬准备。

市区中心的寺院大多建于平地之上，像狸谷山不动院这样位居高地的山寺，就特别讨人喜欢，何况这里传说还是狸猫的地盘，寺内遍布着数百尊大大小小的狸猫石像，连御朱印账上都印有狸猫图案。

冬日来这里，为的是去看看只限时开放几日的本尊不动明王像。作为一尊佛像，它背后有着一个传奇的故事：寺院某年借来专业机构的 GPS（全球定位系统）设备测量方位，得出一个惊人结论——近 300 年来，这尊不动明王像的视线始终望向高野山的金刚峰寺。

那天我终于登上山顶，低头看见红衣白裤的棒球少年一字排开，从寺里长长的阶梯上跑过，大概是在进行体能训练；又有飞机从头顶飞过的声音，夹杂在几声鸟鸣之间。几分钟后，当我坐在本堂里凝视不动明王那狸猫一般的双眼时，不知为何，身边的女人突然掩面痛哭，空荡荡的本堂里只剩我们两人。

女人毫无征兆地哭了起来，不知为何我也红了眼眶。在京都那些人迹罕至的寺院里，我常会遇见这般情绪失控的日本人。曾有位年轻的和尚告诉我："就算是那些不信佛的日本人，感觉人生艰难时，也一定会去寺院里。"

在人生这些艰难的时刻，有一个地方可以去，于世界上就算有安身之地，这人间就不算是太糟糕。丧失感和达成感，常常会同时降临于一个人身上。我想，这就是为什么常有人说，我们都尚在人生途中啊。

京都的山里就更加冷了，但也许是因为冷，人的记忆变得更清晰。一个冬天的下午，山里的天色正逐渐暗淡下来，我坐在一张陌生的沙发上，正对着一片空白的屏幕，想着：不久后夜幕会降临，应该出去吃些热腾腾的锅物，在山里，这个时候能吃到野猪牡丹锅吧？回来之后，或许大家可以一起坐在这里，看一部关于冬天的电影。在另一个房间里，有人已经睡着了。我窝在沙发上继续温习那本少女时代最爱读的书，偶尔望出去，能看见客厅里窗户上的雾气正在渐渐散去，窗外一棵枯树枝干舒展，露出冷峻而苍老的表情。那是一棵樱花树，我心里很清楚，再过几个月，枝头就会春光流泻，而房间里的人都会忘了此刻的心情。眼前有一块尚未开封的牛奶布丁，一罐啤酒喝得只剩最后一口，炉火噼啪作响，发出蓝色的微光，白色的水壶冒着白烟，晚上睡觉之前，需要加些灯油了。

这样的一刻真是接近幸福啊，是我从未度过的山居时光，我昏昏欲睡地想着。虽然它只存在一瞬，也从来不属于我，虽然人生已经够苦了。

搬到京都的冬天，山里的田中先生给我打电话："要不要来我家参加火锅 party（派对）？”阴差阳错，最终没有机会前去。我时常想念着那个午后，度过了独居清寂的每一天。晚上喝酒读书，读到藤泽周平说某年忙于写小说，过着隐居般的生活，没空去市中心，几乎整年都没有看过电影和展览，旅行也是难得的，冬日更甚，连散步都没心思，“只是像只獾子般缩在家里”。

我竟然也过上了獾子似的生活。最冷的时候，早晨已经不能坐在阳台上喝咖啡了，唯一的乐趣就是晚上得了空，扔一袋银杏在微波炉里，噼里啪啦 30 秒，当作下酒菜，再开一瓶从芬兰带回来的西瓜伏特加。

仍有许多艰苦的时刻，也许比过去更多，多数时候都在咬牙坚持、默默等待。幸而我喜欢这些不易察觉的努力，倒也没有任何乐观的天性在支撑，但就是惯性使然，就是仍然希望能够纵情地活——准确地说，是纵情、快活，而又随性地活。

在这样安宁的冬天，最后一件要做的事情是扫墓。我最爱的作家司马辽太郎明明是大阪人，却葬在了京都，墓地就在离清水寺不远的大谷本庙。我在这座城市里没有亲人，每年到了 2 月他的祭日时就会去庙里一次，仿佛在精神上也有了根，是漫长的久别重逢。

每次我都会带上一束司马辽太郎热爱的菜花，在墓前站立片刻，总是真切地感受到一个信号：古都春天将至，严寒终于要过去了。

LEAPT THROUGH

第三章　一隅

不然你搬去鸭川啊

一年春天来京都赏樱，来得晚了些，一场大雨过后，处处只余花季尾声。一行人放弃了前往寺院神社游玩的计划，在清寒中沿着鸭川向北游荡，过了出町柳的鸭川三角洲，河流便分为两条，一东一西，朝着更北的山线而去。东边的一条名叫高野川，沿岸比市内稍加寒冷，樱花也就还没来得及凋零，如大朵的绯云一般连绵于河堤。我和众人闲聊之际，瞥见一株巨大的樱树下有个女人在安然地等候公交车，河对面有人牵着狗悠然走过，当即对这安详静谧的景象惊叹不已：能生活在这样的地方，想必需要一定的运气。

移居日本后，因为工作关系一直住在大阪。内心觉得它和大多数都市并无不同，刻板而无趣，缺少人情世故，又无自然变迁，因此常常一有空就往京都跑，经过三年，直到春天才终于下定决心：不如搬到京都去吧。在京都买到这间房子也十分偶然，彼时一心想在出町柳的北边找个房间，后来竟在高野川沿岸的公寓里，寻得了一间空房。

那日去看房，打开阳台的门后大吃一惊：对面不正是那一年在樱花树下看到的公交车站吗？这幢公寓建成大约已有30年，外部近年来翻修过，看上去还算新，但内里仍保持着旧式和室结构，格局狭窄，需要大幅改修。之后我又被带去看了另一间公寓，价格差不太多，房子很新，拎包即可入住。但从那崭新的公寓阳台望下去，只有满目屋顶，电车轰隆驶过，我便知道自己已开始怀念那看得见鸭川的房间了，于是转身对做房屋中介的朋友笑道："房子兴许和男人一样，一旦令人对未来有了想象，便不太能自拔了。"那时心中想象的画面是春季樱花开放时坐在客厅里工作，新绿的夏夜坐在阳台上喝酒，秋天沿岸红了叶，冬日的清晨河上突然飘起小雪。

此后是冗长的签约、贷款和过户一类的手续，在等待的日子里又去公寓看过一两次。从出町柳车站走出来，在附近的以色列餐馆买一只牛油果三明治，再去便利店买一瓶麦茶，坐在正午的樱花树下吃着。初夏河水尚浅，大约只到脚踝位置，细瘦的白鸟立于水中，不久便受惊飞走，岸上几只不知从哪户人家飞来的鸽子却毫不畏惧，比我更加悠闲地望着河面，河水里两条黑色的鲤鱼摇动身子，并排向下游而去。和记忆中一样，鸭川的岁月从来都是不变的悠闲。又一日试着过了桥去，发现人们手里拎着印有紫色图案的袋子经过，摇着团扇，才明白过来那日是"下鸭古本纳凉祭"的初日，去得早的人已经满载而归，我于是也跟着人群一路往热闹处走去，原来此地到下鸭神社竟只有五六分钟的步行距离。再后来，我得知河对岸大约不到 300 米处有一座院子，谷崎润一郎曾经住过的潺湲亭就在其中。

搬家狂人谷崎润一郎一生共换过 40 多次居所，鸭川上游的这间大宅子，容他度过了 63 岁到 70 岁之间的一段岁月，总共住了 7 年，是他居住时间最长的地方之一。谷崎在鸭川河畔翻译完成了《源氏物语》，又创作了小说《少将滋干之母》和《钥匙》，他对这处居所有着怎样的感情呢？搬离此地好几年后，他写了《梦之浮桥》，小说里的那间“五位庵”即是潺湲亭的化身。他如此写道：“因为常有‘五位鹭’飞来院子，自祖父时就习惯把这宅邸称为‘五位庵’。夜鹭至今仍会飞来，虽然少有目睹，但‘嘎嘎’的啼声常常耳闻。”他又说此庵的价值不在房屋，而在于千坪[1]的庭园：“从东到南有套廊围绕，栏杆是勾栏式。南面有意避开阳光照射，棚架伸到池面上，野木瓜一片茂盛，池水被木瓜的叶子遮盖住了，水面延伸到勾栏边。倚栏眺望，池对面的深林中有瀑布落下，春天有迎春花，秋天有秋海棠，水流穿梭而过，少顷便作潺潺溪流汇入池中。”我一度也想去听听谷崎故居里的潺潺水声，细细打听才知道：旧宅早就卖给了一家叫“日新电机”的企业，并不对外开放。所幸，当时出售宅子的条件之一是“希望它能保持原状”，所以尽管潺湲亭如今已经改名石村亭，据说内里

1　坪：日本面积单位。1 坪 =3.3057 平方米。——编者注

还是谷崎居住时的样子。谷崎润一郎在鸭川的生活无缘窥视，我搬家之后，倒曾偶遇过他所说的那种“五位鹭”好几次。它们肥胖硕大，站立于鸭川水草丛中，有时候清晨打开阳台门，也能遥遥听见它们在鸭川上乱叫，果然是“嘎嘎”的叫声，并不清脆婉转，却因此让我有了种和谷崎润一郎做邻居的感觉，很是穿越。

搬到鸭川的事情就这么定了下来。拿到钥匙那天，站在楼下的公交站拍照，一个老爷爷从我身边走过，突然又折了回来，领着我往后走了几步，指着一座小型停车场的方向:“喏，拍那里吧。”顺着他手指的方向，我看到东边的山上，有一个清晰的“大”字。哦，是大文字山，是京都的生活感。但那一天我并没能立即入住，要先将房子交给装修公司，因为公寓管理严格，只有周一到周五能够施工，下午 5 点之前就要结束，保证不影响左邻右舍的正常生活，加上中间又有几天盂兰盆节假期，前后总共要花三个月时间才能完工。开工之前要先去公寓管理处递交申请，在搬运建材的走道上铺好塑料纸，保证不损坏公共空间，又要跟左邻右舍打一次招呼，这些事都由装修公司的老板替我完成了。

这家小小的京都装修公司，老板尾方桑是广岛人，据说住处离我的公寓不远，大约只有 5 分钟的步行距离。“这一带四处有树，因此夏季凉爽，不必太受古都盛夏的炎热之苦，但是到了冬天就惨了，气温要比市内低好几度，又是在河边，风一个劲儿呼呼地吹，阳台的玻璃门上百分之百会结冰。”尾方桑熟悉这一带环境，因此建议我：“不如把玻璃换成加厚的，地暖最好也装上。”我原本就对装修的事一窍不通，便放心地把诸事交给尾方桑，又拜托他帮忙在福冈的一间家具工坊里定做了家具。一天他拿来一堆木头样本：“你不是喜欢木材吗，不如用这种木头在客厅里做一面木墙？钱就免了，反正都是从前装修时剩下的。”某日我感叹，想对着鸭川赏花喝酒，他便替我在阳台铺了木地板，知道我在学习花道，就在玄关处打了座木台，算是弥补了这里没有日式凹间的缺陷。

尾方桑每天用手机拍下装修情况发给我，开工一个月，我才第一次去现场看了一眼。正值盂兰盆节的假期，一到就看见门上贴着装修注意事项，墙上挂着好几张装修进度表，具体到每一天的任务是什么，哪一天送家具，哪一天休假，都写得清清楚楚。屋内干干净净，想必每天都有人打扫，比我亲自监督效果更好，便再也不去管装修的事情。

9 月初又去了花道教室，闲聊间老师问起搬家之事，我表示对整理家当颇感头痛，因为在日本处理家具实在太过麻烦。“这么一说我想起来了，之前看新闻说有个外国人实在不知道怎么处理迷你冰箱，就把它偷偷扔在了阪急电车的行李架上。”老师觉得这事很好笑，转而郑重提醒我：“日本人容易患上搬家抑郁症，你一定要多加注意啊。”回家上网一查，果然有种病叫搬家抑郁症，诱因大抵是对旧生活的不舍和进入新环境时的不安，整理家当时过度劳累焦虑也是病因之一，“特别是平日里做事认真、追求完美的人，更容易患上搬家抑郁症”。

不久又听刚搬家的朋友说他找人拆空调花了两万日元，我想到移动空调的麻烦，拆分组装家具的烦琐，竟然焦虑得失了眠，决定凡事不能亲力亲为，上网搜索从大阪到京都之间的搬家费用，跳出来数家公司，又有各种套餐：针对独居者的，针对老年人的，针对大家族的……一一比较，最终选定了口碑最好的一家——我常常看见楼下有这家的货车停着，黄色车身上的熊猫图案十分显眼。当晚我就在网上申请了报价书，日本人便是这样有趣，装修要做报价书尚可理解，但搬家竟然也能报价。次日一早，搬家公司便来了电话，打听清楚了具体是从哪里搬到哪里，理想的搬家时间是哪天，约定了派工作人员过来实地考察。两天后，搬家公司的池尾桑就带着一袋大米上门了，在房间里视察一圈，听了我的各种需求之后，便现场做起了报价表。更加有趣的是，日本人买菜不太能讲价，搬家却是可以现场砍价的。且不说最终价格令我满意，在和池尾桑闲聊中我就长了很多知识，例如搬家时间分为午前和午后两种，午前通常是从早上 8 点开始，午后搬家则可以便宜两万日元，因为开始时间不固定，须视前一家搬家情况而定，风险比较大；又如 3 月到 4 月之间是搬家公司最繁忙的季节，因为毕业季和入职季都集中在这时，搬家费用是淡季的三倍多，七八月也很忙，因为是暑假，很多有孩子的家庭选择在这时搬家，月末年末通常都很忙，但月初就很闲，常常会有折扣。

“对了，丁桑不能搭搬家公司的顺风车哦，”池尾桑提醒我，“日本交规对驾驶执照和车辆类型有严格要求，搬家公司的车辆只能载货，不能载人。”他又向我推荐了一份安心保险，只需交 1000 日元，搬完之后工作人员会对空屋做简单打扫，一个月以内家具若是坏了，即便是自己弄坏的，也可以保修。

10 月初的傍晚，按照约定好的时间，池尾桑推着一辆小车给我送来了搬家的纸箱。“这个是大箱子，这个是小箱子，这个是垫食器的包装纸，最后别忘记用胶带把箱口封好。”他又叮嘱我冰箱一定要在搬家前一晚清空并且切断电源，还给了我一本手册，上面详细介绍了搬家时需要注意的事项，尤其是打包行李的细节：大号的箱子装书非常沉重难搬，因此最好把书装在小号的箱子里；装衣服有专用的柜子，直接挂在里面就好；食器不仅要包好，缝隙也要用包装纸填满，以达到缓冲的效果；几个大袋子专门用来捆包被褥，官网上有视频教人怎么打包。

手册中还有一页，是“开始新生活的必要手续”，模拟了搬家前后需要解决的各种生活问题，对我帮助巨大。例如在搬家前一周，需要打电话联系自来水、电气和煤气公司，确保在搬家当天停掉旧住所的一切费用，并在新的住所开通；还需要联系电视公司、电话公司、保险公司和信用卡公司，告知对方新的住址；搬家之后，要在原居住地的市役所开迁出证明，并在新居住地的市役所开迁入证明，进行新的印章登录，更换国民健康保险和国民年金的地址，还需要去新居住地附近的警察局更新驾照地址。

搬家当天，拆空调的人一大早便来了，细心地在电梯里铺好塑料纸，又在地板上铺上被褥，垫了厚厚的好几层，避免家具电器发生擦碰。有几块很旧的毯子搁在地上，好奇之下打听，搬家小哥在繁忙中回答了我一句:“那个啊，是待会儿用来包装电视机的。”找日本人搬家就是这样，最后你会发现自己成了唯一碍事的人，好像反倒打扰了别人的工作。

日本的搬家公司不只负责搬家，甚至会教客户人情世故。我找的这家搬家公司，官网上有一个页面是教人入住新居之后如何跟左邻右舍打招呼。我从中得知，从前日本人的传统是向对面的三户人家和左右两家的邻居打招呼，如今因为都住在公寓楼里，选择去哪几家上门拜访便成了难题；打招呼的时间基本以搬家当天或次日为佳，但要避开深夜，太晚了会给对方带来麻烦；上门拜访要带上小礼物，但绝不可以太贵，这样会给对方带来压力，价格最好在 500 日元左右，以洗衣剂之类的实用礼物为最佳。

“装修之前我已经去打过一次招呼了，左边那家经常没人，不去也没关系。通常来说楼下的住户是最需要好好打招呼的，因为走来走去会对他们的生活造成影响，但刚巧你的楼下是活动室，也就省去麻烦了。”装修完毕交房的时候，尾方桑也稍稍教了我一下，“右边住着两位老太太，应该是母女俩，这家就要好好打招呼。”搬家次日，我便乖乖按响了隔壁的门铃，表明来意，吉金老太太和更老的吉金老太太开了门：“是什么时候搬进来的啊？”

“是昨天。装修的事真是给你们添麻烦了，以后也请多多关照呢。”这句话也是尾方桑教我说的。

“没事没事，以后也请你多多关照啊。”两人站在玄关，温柔地对我笑着说。

目送我离开之后，两位老太太才将家门关上，几分钟后我站在阳台上喝咖啡，听见隔壁传来聊天的声音。

“隔壁那位，是叫作丁桑？”是更老的吉金老太太的声音。

“是哟，是中国人，拿来的也是中国的红茶呢，什么时候试试吧。”年轻一点的吉金老太太说。

“什么时候试试吧。”

我站在阳台上，听着她们聊天就笑了起来。这是一种非常久违的生活感。这时我才意识到，搬到鸭川边上，我得到的绝不是一间房间带来的安全感，而是京都那令我艳羡已久的生活感。而所谓生活感，就是此时听着吉金家的老太太们闲聊的感觉，有时候我也会听见她们家的电话铃声响起，她们匆匆跑过客厅去接电话的脚步声。所谓生活感，是还没入住之前，我在一个雨天去管理处递交入住申请，房间里弥漫着植物、泥土和河水混杂在一起的味道——这是一个下过雨之后有别样味道的城市，嗅觉会在这个时候变得敏锐；但在大阪这样的都市，永远只有人的味道，嗅觉是迟钝的。

在京都生活仿佛置身于热恋期，恨不得与它朝夕相处，话虽如此，搬进来才不过一周，我就又出门长途旅行了，再回来已经是三周后，信箱里躺着两张明信片。之前，那份搬家公司的手册告诉我，可以去邮局申请免费转寄服务，搬家后的一年之中邮件和快递会被转送到新地址，现在果然派上用场了。然而百密总有一疏，次日我去役所办理地址变更，被告知迁入手续按规定须在搬家后的两周内完成。“这里，写上为什么晚了，”工作人员指着表格上的一栏空白，看我一脸茫然，又说，“比如‘工作太忙了’之类的。”于是我乖乖写上了四个字：海外出差。

如此这般，就正式开始了作为鸭川居民的新生活。

去青莲院门迹

春天完全降临前，青莲院内都是一派萧条模样，但寺院门口有两棵高大的樟树，耸立于山门两旁，像鬼怪一般张牙舞爪。它们已经长在这里800年了，大概是经过了漫长的岁月，也就不介怀过去、不畏惧当下，有一副完全随心所欲的姿态，四季青叶繁盛，毫无节制地伸展着。

我对这两棵树生出亲切感，是因为一位女友曾经郑重其事地用邮件发来它们的照片。女友是京都隔壁的滋贺县人，自高中起便在京都求学，大学毕业后曾短暂在东京工作，而后又去了法国，终究还是在京都的时间更多，这里于她拥有比故乡更多的琐碎细节。我们之所以能做朋友，似乎也是因为我作为一个外来者深爱着这座城市的血脉，她作为本国人却厌恶着这个国家的行事——这种反差让一切都变得有趣起来。

这位女友的性格有些神经质，时不时就会陷入自闭，失联三五个月，直到她完全康复，才会主动出现，继续交往。她情况好时完全看不出病态，我们结伴去市中心吃韩国菜，也去有屋顶菜园的餐厅喝红酒，她像所有待人亲切的日本人那样，面对面与人谈话时会故意躲避深刻的话题，但她爱写长信，我们在信中的交往更加亲密，从一本书聊到一段经历，日子久了，我渐渐也能大致拼凑出她的人生。这世上有些人一眼看过去就知道带着难以痊愈的伤，她便是如此，因此在人前总是不合时宜地流露出拘谨和被动，又时常想要逃，最后也真的仓皇而逃。

她大概清楚自己的这种特性，失联多时，再见面时她总是道歉，长此以往我也渐渐习惯了，不追问不安慰，只静静等她好起来。无论是谁，活到了40岁，都只能按照自己的既定轨迹前行，旁人的意见永远是毫无用处的。

她在某次自闭期即将结束时给我发来巨樟的照片，说：“青莲院门口的这两棵树似乎想要传达些什么，我总是在傍晚路过，希望你也去看看。”

我并不知道青莲院的两棵樟树想要说些什么，它们在三月最后一个星期一的午后4点，表现得十分沉静。偶尔有风吹过，树叶会发出细微的沙沙声，也不易被察觉，端庄而克制。后来在青莲院的庭园里，我又遇见了另一棵巨大的樟树，听说在落叶时节，光是清扫工作就让寺院的工作人员伤透了神。

我第一次站在树下，想起女友曾问过我：“你有过被讨厌的人拯救的经历吗？”

我还没回答，她又接着说：“我有。”

“那个人代替我去死了。人生真是奇妙，明明直到最后我也不认同那个人的价值观，可是，没有他，死的就是我了。”

到最后我也不知道这是一个怎样的故事，女友没打算继续说下去，我也就照例没有再问，也许永远都不会知道真相。但那不重要，我第一次看见青莲院巨大的樟树时，感慨在京都总有那么多历经漫长岁月的事物活在眼前，想起村上春树常在小说里写“不知道时间在哪里发生了扭曲，但这个世界已经不是原来的世界了”，就有一点儿明白了人生的齿轮会在某处发生奇妙的误差，但在误差中也会以新的节奏转动下去，也就有一点儿明白了这所有的一切，都只是平凡的人在平凡的人生里受了点儿平凡的伤而已。能带着这样的伤活下去，就还算好。

一定是这样的，我心里有点儿高兴，因为我第一次去看青莲院的樟树那天，女友终于又结束了持续整个冬天的阴郁期，给我写了封信：“我们去吃鸡蛋三明治吧，半年前排了好久队也没能排到的那家。”

又有一个春天，我特别害怕有人约我赏樱，好几次都本能地推脱掉了。一个无事的下午，想着好久没去，决定到青莲院逛逛。那天看见青莲院门前立着一块牌子:“也去将军冢看看吧。”我对将军冢所知甚少，只知道它在青莲院的后山之上，其实并没有真的埋葬着将军，只有一尊将军铜像而已。又见那牌子前贴着一张小小的地图，说绕过隔壁公园的后门，有一条登山道，可以通往山顶。

于是上了山。沿途先是经过了坂道上的几家高级料亭，都开在私家院子里，女侍穿着昂贵的和服站在院内，门口几位西装革履的出租车司机在恭敬地等候着，大约是在等客人出来。我以一副无所事事的样子经过，众人齐齐转过头，仿佛见到了可疑人物一般，目送我离开，我简直疑心坂本龙马或是西乡隆盛正在餐厅里与人密谈。

几分钟后便到了山路入口，那里也立一块牌子:“前往将军冢请走过木桥。”过了桥连路也没有了，只能沿着前人踏出的小径蜿蜒向上。在京都待久了，常常进山去，多数步道整备完善，山的性格也温柔平和，并不担心危险，只是此时突然联想起几天前在鞍马山看到的“有熊出没”的告示，不免对眼前这空无一人的荒山忐忑起来。幸好我平日随身带着小小的铃铛，于是沿途一边摇着铃，一边反复问自己：以我现在的身手，能爬得上树吗?

熊并没有出现，只是到了山顶，将军冢早已关门了。我闲晃至山顶展望台，原来在这里可以俯瞰京都全景，旁边不知道是欧洲哪个国家的电视台，正架起摄像机准备拍摄落日。从这个角度看到的京都，与我脑海中既有的画面稍稍有些出入。比起东寺古老的五重塔，最显

青蓮院門跡

眼的其实是京都站充满动漫感的京都塔。古都原来是这样，全然是现代风貌。

也想看日落，但走到山顶巴士站看了一下时刻表，末班车早已开走，若不立刻沿着山路向下，天色再黑时下山可就不妙了。心中感到惋惜，也只好匆匆往回走，走到将军冢门前，又有两个骑自行车上山的欧洲人正站在紧闭的大门前踌躇，看来是和我一样没确认过开门时间便贸然前来的。我告诉他们观景台上可以看日落，两人欢喜地去了。

对于日落之前的时光，日语里有个词叫“逢魔时”，指的是昼与夜交替、临近黄昏的时刻。我走下山的那一段路，一天之中最后的阳光停留在山林转角处，乌鸦也处于一天之中叫得最凄厉的时候。站定下来，能准确分辨好几种植物在风中发出的声音：潮汐一般的是树叶，小雨一般的是草丛，如蛇群出动一般的是蕨类植物。草木的声音迷人，但我却不敢逗留太久，光线正在迅速暗淡下来，人在山中的视野变得很差，下一秒不知道会遇见什么——就算没有熊，野猪总是有的吧？手里的铃铛于是摇得更响了。

山脚的路径直通知恩院后门，大门紧闭，隔着栏杆能看到那口巨大的梵钟。我推测白天下山的人应该会从这里进入，横穿寺院，再从正门回到街市之中。此时门推不开，也看不见寺院工作人员，我已经找不到来时的入口，不知道出路在哪里，或者是不是真的有出路，唯一清楚的是：无论如何都没有可能再折返山顶，只能慌乱地在四处打着转，希望能找到一条路。

就在慌乱之中，我撞见了一座看上去废弃多时的木屋，像是自带光源一般，它被落日残晖灌进了满屋的明亮。我停下来观察那屋子，揣测它曾经的主人出于什么原因居住在这里，又想到山顶的两个欧洲人此刻也许正在对着缓缓落下的太阳惊呼赞叹，如果那里有其他日本人，说不定还鼓掌了呢。我想到整座城市被金黄色笼罩的美丽，而眼下我却找不到出路，不免懊恼起来。

转身正要离去之时，才发现身后有一座老旧的亭子，里面坐着一个老头儿，正用寂寥的神情看着我这个不速之客。一件灰色羽绒服挂在亭檐下随风飘动。他身旁有个睡袋，我抑制不住好奇心探头去看，发现睡袋里躺着一个老太太。

什么人会在周一的傍晚跑到山里来睡觉？我心里一惊，想着还是不要深思这件事为好，又匆匆去寻找出口。随后我就走进了落满山茶花的墓园，卒塔婆[1]上的木板互相碰撞着，哗啦作响。所幸，也在这碰撞声中，我横穿过墓地，敲了好几道门，终于找到了出口。

那个春天，我特别害怕有人约我赏樱。闯进青莲院的山里，未必是出于偶然，也许我需要迷失独行一段山路，以审视一段不敢面对的

1　卒塔婆：又称塔刹，指墓园中雕刻成塔状的木石。——编者注

心情。看着那些木板互相碰撞，我终于想起来了：去年春天，有一个约我赏花的朋友失约了。

我在这个城市又过了一年，不太想得起这个朋友来，但那个傍晚我知道自己记得一切，很久仍没有释然。我记得我们在深夜喝酒，聊起人生的挣扎，那时候的她住在首尔的高楼里，拥有一个高级白领该拥有的生活，短暂地来到大阪学日语，犹豫着要不要放弃拥有的一切，来这个她喜欢的国家重新开始生活。她有时候会后悔自己没有和前男友结婚，有时候又觉得自己应该更加忠于内心，不要被世俗的价值观左右。她是一个拥有能量的狮子座，严肃地抱怨过韩国的腐败，说想要改变祖国，也曾开玩笑说："干脆努力一下竞选总统好啦。"最后一次见面，是在她回韩国之前的夏天，众人结伴去宇治游玩，路过长满樱花树的河岸，大家互相约定："明年春天再来，我们一起赏樱。"不过是明年春天嘛，并不是很远的事情。

那时她和我都刚刚迈入30岁，许多事情都猝不及防地变了，像我也想在山顶从容地观看一场日落，却不得不匆匆赶在天黑前下山；像我在山间找不到出路，而天色越来越暗。可是如果我真的看了那场日落呢？如果我在黑暗中摇着铃铛下山，如果我拜托两个骑自行车的陌生人载我一程，是不是比较不会有遗憾？如果和亭子里的老头儿搭了话，他会变成天狗飞走吗？或许会告诉我一段温暖的故事？指给我出路在哪里？如果不着急也不慌乱，故事的结局是不是就会改变，记忆也会变得更好看一些？

我还在继续当初的挣扎，她如果还在，境遇应该也是大同小异。可是这些所谓的挣扎，真的只是一个平凡的人在平凡的人生里受了点儿平凡的伤啊。如果你在春天傍晚走下山，你会看见人们在八坂神社许愿，最后的夕阳落在了四条通大道上。

那之后我又去了几次青莲院，次年春天也去宇治赏了花。平等院对面新修的星巴克里有巨大的落地窗，屋外满开的樱花装饰了它，从透明玻璃外扑面而来。后来我拜托父亲，让他给我拍了一张我坐在河岸樱花树下的照片。从青莲院回来，我不再害怕了，不再害怕漆黑的山路，又一个人去了沙漠和荒原，尽量挑人迹罕至的路走。走一段未知的路，如同见到陌生的人，心里没有了慌乱。多亏这样，我才没有错过许许多多的落日和星辰，下次也想去看看将军冢的落日。

亲爱的 Kim，你的命运太过离奇，连死亡的原因都那么扑朔迷离。可是亲爱的 Kim，你没有改变那个国家，却多少改变了一点儿我的人生。

我今天也很想念你。

当冬夜渐暖，我最喜欢轻

还没有搬到京都之前，每周都会来这个城市一两次。

从大阪搭乘京阪线，在祇园四条站下车，再从 5 号出口走出来。我会喜欢京阪电车，多是因为森见登美彦，但也并不全是如此：电车搭得多了，我发觉车上到处都是有趣的人。

所以这一天，我坐在车上读村上的《刺杀骑士团长》，正读到男主角用芦笋和培根做意大利面酱汁，再把生菜和小西红柿做成沙拉，瞥了一眼邻座，发现他也在读着文库本[1]。书包着皮，看不到书名，但我看到了书页上的一个小标题：兵は偽りを厭わず。

兵不厌诈。哦，原来是《孙子兵法》。

从祇园四条站出来后，转身就到了四条大桥。无论白天黑夜，总

1 文库本：指平装、小开本、廉价而便于携带的书籍，内容多为已出版过的经典作品。——编者注

有人在桥上卖唱，JPOP（日本流行乐）、爵士、摇滚都有，也有带着全套厨房用具表演打击乐的人，也有脚边立着宣传海报，表示自己正在举办全国巡回演唱会的人。四条大桥有种魔力：我从没在这里遇到过特别糟糕的表演者。

高野川和贺茂川在出町柳的三角洲汇合，形成了鸭川，流过丸太町，流过三条大桥，一直流到四条大桥下。我最喜欢站在那里，遥望这一条我最喜欢的河。天气好的时候，总能清晰地看见北山，山脊纤细连绵，像东山魁夷画中的样子。

我曾在京都北边的深山里遇见过一间小而隐秘的寺院，司马辽太郎曾把它写进随笔。他常来这寺院小住，说在此地曾有许多灵异体验，看到过幽灵飞来飞去。后来他把这个故事说给宫崎骏听，就有了《幽灵公主》。

在那座交通不便的寺院里，有一条很凶的狗和一个总是在发脾气的住持，每天去那里的游客寥寥无几。寺内不允许拍照，但凡来了个陌生人总是会被追问：你是怎么找到这里的？也是在那里，我看到了鸭川的源头。

河流的源头，是后山陡峭的石壁上，连续不断渗透出的水珠，一滴一滴。若非曾经久久站立于四条大桥之上注视河水，我又怎么会相信，这一滴一滴的水，竟能汇成河流？

我爱站在四条大桥上，因为那里能望见北山，让我想起这条河的源头。想起一滴水来自深山，流经了20公里，此刻就在脚下。这是一滴水，最终能够做到的事情。

在四条大桥的西边，要穿过几条小巷子才能找到我在京都最喜欢的小路，一条只有60米长的小路。因为巷口种着柳树，所以它的名字叫作“柳小路”。柳小路上的柳树很有意思，初冬的时候依然坚挺地茂绿着，临近春天，反而气数耗尽，枯萎了，光秃秃的，丝毫没有蓄势待发的激情。

我一直对京都怀有某种迷信，比如坚信狸猫和天狗在这里真的存在。起初我寻找柳小路很久，开着手机导航，却总是被带往奇怪的终点，比如一个废弃的停车场，或是一间建在厕所隔壁的街道派出所。后来我就放弃了，在我放弃的第二周，我在京都迷了路，最后，我发现自己走到了柳小路。

这就是你不得不相信在京都真有神明存在的证据，包括会捣蛋的、淘气的神明。我站在柳小路上，认真地对着这里供奉的八兵卫明神鞠了两个躬，希望这只狸猫不要再戏弄我了。京都的神明大多术业有专攻，有的负责升官，有的负责发财，有的负责婚恋，有的负责平安，但是八兵卫明神是其中特别任性的一个：它能实现你的八个愿望，什么都管。

愿不愿意替你实现就是另外一回事了，毕竟，如果你想去找它，也是会被玩弄一番的。谁叫它是狸猫呢？

第三章
一隅

八兵卫明神的隔壁有家店，店里有森见登美彦本人的亲笔签名。但森见没有在小说《神圣懒汉的冒险》中告诉我们的是，在京都的某处，还供奉着六兵卫明神和七兵卫明神，它们也是两只狸猫。

住在大阪时，我每周去一两次京都，拜完八兵卫明神，就去上花道课。稍微绕一点路，就可以把锦市场从头走到尾。我并不那么喜欢锦市场，因为到处都是游客，被挤得寸步难行，沿途会被踩掉好几次鞋跟。

之所以一定要去锦市场，是因为那里有一家花店。在某个苦寻山茶花未果的冬天，我最终摸到了这里。老板细心地把店内所有的红山茶筛选了一遍，包好两株花苞饱满的，又把钱推回给我：“这个季节的山茶怕是不太好开花了，这两株勉强有希望，就当是拿回去碰碰运气吧。”

不是每个故事中都会有奇迹发生，那两株红山茶到最后也没有开花，花苞一个接一个掉下来，像不了了之的恋情结尾。

从那之后，每次去花道教室的路上，我总会绕到锦市场买一束花。能在京都市场里买到的花，很多是我在过去 30 年的生活中，只听过名字，却没亲眼见过的。

而之所以会去上花道课，也是因为这些没见过的花。我想搞清楚它们叫什么名字，开在什么季节，有怎样的习性。在花道教室的最初两个月，我总是有困惑：每次出现的花材总是比想象中更多、更繁复，日本的原生花和西洋的舶来花搭配在一起，又是那么不和谐。

在课上偶然遇到喜欢的花就像是中了六合彩，某位老师似乎看出了我的困扰，说："难道你不觉得，正是把完全不搭配的花融为一体，才是花道的乐趣所在吗？"

难道你不觉得，把那些难以容忍和无法承担的事情变成自己的一部分，才是人生的乐趣所在吗？

有一段时间，我读了某位身患癌症的艺人在报上连载的康复日记，偶尔会闪过一个念头：要不我也写一本康复日记吧。谁说中年恐惧症不是一种病呢？和 30 岁做斗争这件事，远比二十几岁时想象的更加艰难。

偶尔有国内的朋友来京都找我。那些能够被称为"朋友"的人，我们见面不聊工作，不聊感情，不聊大数据，不聊用户需求，不聊赚钱买房，不聊上行受阻，不聊明天未来生小孩，这些事我们都在别的场合聊烦了。

有一阵子，我们喜欢聊起一些特别自由的人。那些我们分别认识的，素未谋面或是相见恨晚的人，此刻正在地球的某个角落，追随自由而去，也将继续被自由带走。

在他们的人生关键词里，没有买房，没有养老，没有逃离任何一座城市，没有对抗大时代鄙视小时代；在他们的人生关键词里，只有无穷无尽的自然和宇宙，只有从一站到下一站，像是升级游戏一样，只有沉入海底时背着的氧气瓶，只有漆黑森林中的指南针。

他们不是为了给青春增加筹码，也不是为了给人生增加阅历，只是一路这么活过来，仿佛也只能一直这么活下去。

我们会讨论：你想要哪一种人生？一切皆在掌握之中？还是不知道明天会在哪里？也许两种都想要，才是人类的本性，因为不够偏执，因为不够坚信。

见到久违的朋友，多少让我的情绪好转了些。如果知道这个世界上还有那样自由的人在自由生活着，知道有人在自己想要去的那条路上走得特别远，就不会那么慌了。当聊起那些人的时候，我们总会有股不可阻挡的勇气："啊，竟然有那样的事？我也要去做！"

不知道也就罢了，既然知道世界上还有那样的事，就无论如何都想去尝试。许多时候，我们被困在世上的某处，并不是因为只能待在那里，而是因为知道得还不够多。

如果有一种选择是用这样的一生与时代对抗，那么应该也有另一种值得尊敬的选择：用这样的一生，和更多未知对话，包括自己。我喜欢做后一种选择的人，他们根本不关心时代，只想知道如何与自然沟通，与宇宙相处。只有自由的人才知道：这个世界上，不是只有人类。只有自由的人会说：我从不选择我的路，我在等命运把我向前推，让我随波逐流。

每次去上花道课的路上，我都会经过第一次来京都旅游时住的那家酒店，然后走进隔壁寺院，穿过本堂，有 5 日元硬币的时候就往塞钱箱中扔一个，合掌并不许愿；没硬币的时候就径直穿过寺院，从侧门走进花道教室的大楼。

能和这座城市如此相熟，也是当时身为游客、住在那家酒店里的我，怎么都猜不到的未来。就像在家庭餐馆里被误端上来却烤得恰到好处的汉堡肉排，如果说生活中存在微小的奇迹，这就是奇迹。

在人们都谈论着大时代的此处，我最喜欢轻。就像我喜欢在花道课结束之后，有短暂的放空时间，坐在窗户边看寺院里那两只白天鹅游来游去。它们并不像是飞来过冬的，因为一年四季，它们始终在那里游来游去。

就像那院子里的好几棵枝垂樱，眼下还是光秃秃的，但是再过半个月，就等半个月吧，满开也不过在一夜之间。

在人们习惯性地将筹码在手中越抓越多的时候，我果然还是喜欢轻啊。像村上在新书里写的："像是在体内最深处沉睡了许久的动物，终于察觉到正确季节的到来，越来越接近醒来的时刻。"

我今天又去了那家花店，紫色的杜若和菖蒲，橘色的罂粟和白色的山茶正在静静开放，而在一年前，我连它们的名字也叫不上来呢。

山顶的风终于吹到我的脸上

“那是印度之旅的最后一天，”田中先生坐在我对面，陷入记忆的黑洞，“那个晚上，我发起高烧，情况严重，终于失去意识。恍恍惚惚之间，眼前出现了两个地球，环绕于我两侧，各自周围都有星辰密布。我的视线则是从更高处投下的，俯视着它们。”

“莫非，是我们称为灵魂出窍的那种时刻？”我举起手中的啤酒罐，和田中先生的碰了碰。

“事后回想起来，大约是的。”田中先生继续说下去，“后来，一个地球离我越来越远，另一个地球离我越来越近，直至远离的那个再也看不见，地球只剩下一个，宇宙的幻象才从我眼前消失。我醒过来，发现自己躺在床上。”

“所以，您也是死过一次的人了啊。”那天大家都喝得有点儿高，没人质疑这个故事的真实性。这才是我第二次见到田中先生。年初因为要写京都专栏去了京北山间，与田中先生很是投缘。他年轻时游历世界，20多年前移居此地，如今在这里经营着两间农家民宿，一间名叫 Banja，另一间名叫五右卫门。

“农家民宿”是这两年在日本颇为热门的一个概念，一种提供给旅行者的新型住宿形态，大多由农家打造，住客不只可以过夜，还可以体验各种农活，比如收割水稻啦、采摘蔬菜啦、制作荞麦面啦。对于那些想要深入了解日本文化和习俗的外国人来说，这是亲近一片土地的最佳方式。两年前，田中先生将一栋从江户时代传承下来的古屋改造成农家民宿，延续着旧时日本农村的居住模式，可以围坐在屋子中央的地炉前聊天喝茶，度过悠闲时光。

回来后我跟国内的朋友聊起田中先生的民宿，朋友对那间古老而明亮的农宅十分喜欢，不久后来日本旅游，吵着闹着要去住一晚。我们两人从大阪出发，翻山越岭地去了——京北真是个遥远的地方，先要搭半小时电车到京都站，又要换乘每小时只有一班的巴士，再耗上一个半小时，临近傍晚才抵达。

田中先生开了车在巴士终点站等候我们，沿途经过京北的民居和河流，这一年的春天比往年更迅速地暖和起来，远山丛林中已经有了些许粉色。距离晚饭尚有一段时间，又没有安排特别的观光活动，田中先生于是提议道：“要不要去散个步？”

京都民宿的夜晚，便从一场寂静世界中的散步开始。我们路过一间已经关门的手工玻璃作坊，门前有几株满开着绯云般花朵的高树，

需要认真辨别开的究竟是梅花桃花还是樱花；路过一条潺潺的溪流，据说夏季的夜晚萤火虫会在水上乱舞，此地水源清澈，田中先生家的民宿有水井，烧饭做菜都用它；一个任性的红茶店主自作主张给店前的马路和停车场都取了名字，对街的农家正在菜地周围搭起栅栏，据说是为了提防野猪出没，田中先生熟络地和他们打着招呼："这么晚了还在忙？"

"是熟人吗？"我随口问道。

"住在这样的山里，人与人没有不熟悉的，大家都很清楚彼此的事。"田中先生笑我少见多怪。

又去了一间神社，院内生长着两株高大的垂枝樱，说是到了满开的季节，当地人会在树下野餐，还会限时贩卖日式草莓点心。正要离开，住在神社门前的老太太回来了，以一种羡慕的眼神看着田中先生："今天又来客人了啊。"听说我们是中国人，她兴奋地表示自己几十年前也去中国旅游过一次，却连一个地名也说不上来了。

"记得有一个地方，很出名的，有好多好多大坑。"老太太努力回忆着。

"是兵马俑吧？"我翻出手机，搜索出兵马俑的照片给已经八十几岁的老太太看。"没错，正是这个！"

"这你也猜得出来？"大家一齐笑了起来。老太太又热情邀请："明天早上来我家吧，附近的欧巴桑（大婶）们要一起做艾草团子哦，你们也参加吧！”

老太太转身直奔田坎而去，采下一枝嫩绿的野草举到我们眼前。哦，原来是艾草。每到初春，日本人都要做绿色的艾草团子。此时的艾草带着嫩芽的香气，清新可口，只是他们喜欢在面团里加入了大量砂糖的红豆馅，对我这样的恐甜症患者来说，避之唯恐不及。听说中国人也会做艾草团子，但多数时候不放馅，又轮到老太太大吃一惊了：“那样能好吃吗？”

像在农村里闲话家常一样，我们就这样聊起了兵马俑和艾草团子，渐渐地，似乎永远聊不到尽头，拖了半个小时才终于和老太太告别。朋友觉得好笑：“我以为今天回不去了。”田中先生也笑：“子女都不在身边，老太太一个人生活，很寂寞吧。”

那天的晚餐是 Banja 的招牌菜，大家一起围坐在地炉前 BBQ（烧烤）。食材有从京北的小河里刚刚捞上来的鱼，有当地的土鸡和声名在外的 5A 近江牛肉。听说 Banja 还有牡丹锅，是山间特有的野猪火锅，附近的猎户会亲自把猪肉送来，充满野趣。但和捕螃蟹一样，在日本，捕猎野猪的时间亦有限制，野猪肉只能在冬天的一段日子里吃到。

晚餐是田中先生的太太 Nami 准备的，端上菜后她便回家去给几个孩子做饭了，留下田中先生和我们吃饭聊天，说起他年轻时游走过的世界，也曾计划回到美国定居，终于还是留在了这个只有 6000 人的村落，也是有奇妙的因缘偶然。聊起民宿里特别设计的五右卫门风吕（浴缸），才知道有一个名叫五右卫门的大盗曾被放进热锅里煮死，这种风吕即以此得名；又说起常听到樱花树下埋着死人的传说：“为什么日本人总要把美好的事物变阴森呢？”如此不觉喝酒到深夜，问起田中先生：“迄今为止，有哪次旅行改变过你的人生吗？”于是就有了文章开头那一幕。

之后说起身边的年轻朋友都感叹人生艰辛，田中先生有一种久居山中的透彻：“幸福是什么呢？如果在刚刚散步的时候，你感觉到了幸福，那它就是那一刻真实存在的东西。幸福并不是那么虚无缥缈的东西啊。”

我只记住了这句话，第二天醒来时 Nami 已经又在柴火炉上做起早餐了，她笑着跟我道早安：“今天天气很好呢，要在院子里吃吗？”于是我们把桌子搬到屋前，正对着朝阳下的群山，三明治、沙拉和南瓜汤一一被端上来。

Nami 难得有了空闲，也坐下来喝咖啡，闲聊了几句，才知道她原来是大阪人。“你和田中先生是怎么认识的呢？”

“那时候我俩都住在京都市内，有一天去寺院，田中先生就在那里。”

“难道田中先生是佛像吗？”我说着，眼前有了画面，笑了出来。

结婚后他们两人搬到这座山里，从我们吃早餐的地方看过去，可以看见一间工坊，是 Nami 制作手工陶艺的地方。她的作品在民宿里被摆得到处都是，得意之作是一尊女性神明像，她说那是“来自金星的朋友”，也暗藏着自己的某种宇宙观。在京北的道之驿里可以买到 Nami 制作的杯子，住在田中家民宿的客人有时也会跟着她体验陶艺。

“昨天你哭着闹着要去看鹿，还记得吗？”喝着咖啡，朋友问我。

“所以看见了吗？”我是个酒后失忆症患者。

“看见了啊，有三头呢，在田里直愣愣地注视着我们。”朋友很是满意。

大概只有住在京北的农家民宿里，才会有这样特别的夜间观光活动。城市里的酒鬼们，大半夜要去哪里看野生动物呢？

这时田中先生背着双肩包出现了，听说在我昨晚喝断片后，众人就“明天是去做艾草团子还是登山”这个问题讨论了良久，终于达成一致：去看京北的山。吃完早餐，Nami 轻轻带上门，也和我们一起出门登山。

“不用锁门吗？”

“这里很少有人这么做呢。”

山几乎就在京北的正中央，进了山才知道山上有古城遗址，原来是明智光秀修建的，是战国时代的典型山城，可以与大名鼎鼎的竹田城媲美。虽然城墙已经被推倒，但随处可见崩落的石块，它们几百年来就在那里。未曾重修过的石垣山城，即便只剩下石阶和地基，也是十分珍贵的存在，所知者寥寥无几，便更加清幽了。

京北的山很多，这一座众人都是第一次爬，带路的是田中家刚刚考上大学的长子汰树。沉默的少年在山间健步如飞，令人惊叹，我这才知道他常常独自爬山，十分熟悉地形，也拥有城市少年很难享受的乐趣。一小时后抵达山顶，田中先生从背包里拿出两大瓶乌龙茶和矿泉水，大家喝过之后，各自久久地发着呆，度过全然寂静的午前时光。

田中先生拿出一本书来读，是佐伯泰英的《泥醉小籐次》。他说最近很喜欢这本武侠小说，每天都饶有兴致地读着。

Nami 干脆倒在一棵树下睡觉。“家里有三个儿子，又都在叛逆的年龄，会很辛苦吗？”我问她。

“也许是在这样的山里成长起来的缘故吧，我们家的孩子几乎没有叛逆期，倒是我自己年轻的时候，非常叛逆。”下山的时候，Nami 不走山路，和汰树两人在山间乱跑。这些年认识了不少日本人，能够活得像她这般舒展的，终归还是少见，不知是不是也多亏了山居生活的缘故。

春天的活动就该有郊游的样子，临近午饭时间，大家决定不去餐馆，在附近超市买了便当，见到了红豆馅的艾草团子和包在樱树叶中的樱饼——是为了即将到来的赏花季准备的，也一起买了。去了河边，坐在潺潺的水流边吃午餐，是京北人日常的浪漫主义。

少年站在河边打水漂，百发百中。Nami 用河滩上的石头砌起小塔，像一位修行道人在祈愿。田中先生依然在读着那本武侠小说，初春正午的阳光令人昏昏欲睡。听说到了夏天，河里可以游泳，还能捕捞香鱼——即便是游历过世界的人，也很难不被眼前这丰饶的自然和缓慢的生活打动。

晒够了太阳，我们又开车去了山间的古寺，寺门口已经停了三辆车，田中先生惊叹道："今天人可真多啊。"原来这里从前是座空寺，起初是北朝时期厌倦了俗事的光严天皇躲避政事的隐居之所。院内一株在开山时种下的垂枝樱已有 300 多年的历史了，它是比京都著名的八重樱更难得的九重樱。寺内的时间仿佛停滞了，不禁令人屏气凝神，即便在赏樱季和红叶季，这里也不会像市内的寺院那样熙熙攘攘，有着难得的沉静。据说光严天皇的遗愿，就是不要令这里变成观光景点。它一味地寂静着，果真是心灵的安息之地，有京北的气质。

离开京北之后，我短暂地离开了日本，踏上了中东之旅。旅途中偶尔会收到田中先生的消息："特拉维夫的沙滩和海很漂亮哦，也要好好享受夜店。""戈兰高地应该也到了早晨吹来凉爽的风的季节了。"他也会时常叮嘱我："你现在距离叙利亚很近，千万要小心。""一定要活着回来哟。"以色列也曾是田中先生漂泊世界的其中一站。

又有一天，他发来几张照片："京北的樱花满开了哟。"照片中正是那天我们坐着吃午餐的河岸，一周前还只是胀鼓鼓的花苞，如今已开得灿烂。如此一来，我即便不在日本，也没有错过这一年的花季。

第一次去山里采访的时候，田中先生告诉我，像京北这样的乡村，在日本并不特别，哪里都能找得到。“可是我们能让外来者感受到一种生活，如果客人心血来潮提议做点儿什么，那我们就立即去做。”这也是我们第二次造访时友人的感受，她念念不忘那日爬过的山，觉得不像是在异国旅游，而更像是家庭出游，是属于日常生活的记忆，“站在山顶喝水时，我就像是和爸爸妈妈，以及兄弟姐妹在一起”。

而令我怀念的，却是已经很久没有感受过的，来自山间的风，在那天临近山顶的一段路上是如何拂过我的脸，令我想起从前在黑泽明的自传里读过的一段话：

> 山顶的风终于吹到我的脸上。
>
> 我所说的山顶的风，是指长时间艰苦地走山道的人，快到达山顶时能感到的迎面吹来的凉爽的风。这风一吹到脸上，登山者就知道快到达山顶了。他将站在山之巅，极目千里，一切景物尽收眼底。

我短暂地感受着来自山顶的风，眼前田中家的少年正俯视着脚下的村落，他站在半截树桩上，像京北的杉树一样笔直。我也觉得自己看到了这个世界的广阔天地和笔直大道。

悪縁を断ち 良縁を結ぶ
縁みくじ
安井金比羅宮

第四章

脚下

就这样被祭典守护着

50 年不遇的特大台风突袭京都的那个下午，我上完花道课时，窗外的大雨已经淹没了视野。

“如果不介意，我的花材请你带回家吧。”我对北岛桑说。

北岛桑在《京都新闻》做编辑，此时正逢选举大战，即便是周末，他也要赶回办公室等候消息。

“嗯，因为我现在要立刻去鞍马寺。光是雨伞和相机已经不太好应付了，恐怕雨衣也要穿上为好，实在无暇顾及这些花。”

“鞍马寺，是要去看晚上的火祭吗？”盐野老师插进话来。

“没错，一年一度的鞍马火祭。”

“但是这种天气火祭还能照常举办吗？”北岛桑担心地看了一眼窗外，“白天的时代祭都中止了。”

“在鞍马火祭的历史上，因为大雨而中止的先例，还一次都没有呢。”我把握十足。

观火，在鞍马火祭

在京都北部的山里，有一座鞍马寺。传说此地是牛若丸向天狗习得兵法的地方，是一座能抵挡平安京[1]自北而来的邪气、镇护王城的古老寺院。另有一种谣言，说地狱大魔王会在鞍马山顶降临。我曾去过鞍马寺几次，总觉得那里洋溢着一种诡异气息，不像是人类的领地，总有将要遇到天狗的错觉。

京都人常常会表现出一副深信这座城市里生活着天狗和狸猫的样子，鞍马寺门口立起的硕大天狗像，一年冬天被大雪压垮了鼻子，有人路过，拍了照片发到网上，网友笑道："什么嘛，原来天狗的真面目是个不高兴的大叔啊。"寺院干脆在"大叔"的鼻子上贴了块大型创可贴，上书"现在正在治疗中"，如此面貌持续了整整两个月。

不管怎么说，对于天狗大人掌管的鞍马寺，我一直期待着 10 月 22 日的夜晚。每年的这一天，山门前狭窄的街道上定会火光灿烂，人声鼎沸至凌晨。已经有千年历史的鞍马火祭，和 4 月里今宫神社的安良居祭、太秦广龙寺不定期举行的牛祭合称为"京都三大奇祭"。

午后冒雨上山，人迹寥寥。出町柳车站没有出现预想的混乱场

---

1 平安京：京都的古称。——编者注

面，车厢里只坐了几个前来猎奇的外国人。往年的景象可不是如此，很多去过的人都会提醒：观鞍马火祭，一定要做好心理准备，届时寺内会涌入成百上千的观光客。由于这天私家汽车禁止出行，人们会先搭京阪电车到出町柳，然后换乘叡山电车进山——通往鞍马寺的叡山电车只有两节车厢，拥挤不堪，尤其到了祭典散场，那时已过了凌晨1点，人山人海，电车一时停运的前例也是常有的。

这天我从鞍马站走出来，才刚到下午5点，雨越发大了，天色完全暗淡下来。几个小时之前，寺里正式发布消息：火祭照常举行，但请大家务必注意安全。车站的广播里循环播放着："敬请注意，如果台风瞬间风速过大，列车将随时停止运行。"言下之意是：各位请做好来了就回不去的准备。距火祭正式开始尚有些时间，先到的观光客占据了山门前的各家饮食店，我走进车站前的一家乌冬面店点了一罐啤酒，狂风把木拉门吹得哗哗作响，里间的墙上挂着泷泽秀明在某部大河剧里扮演源义经的古装海报，底下坐着几个哧溜哧溜吸乌冬面的欧洲人，场面甚为有趣。这才想起来，某年春天我在这家店里买过一只和纸做的天狗。在我去过的诸多京都店铺中，这里能买到最多的天狗纪念品，从冰箱贴到马克杯再到能剧面具，可爱或狰狞，无所不有。

鞍马火祭上倒是没有天狗登场。长达4米、重约120公斤的大型火把，是这场秋季祭典的象征。游行中，这些火把会被鞍马地区的青壮年高高举起。此外，也有专为中学生提供的中型火把和专为儿童提供的小型火把。小型火把长约 1 米，因其可爱的造型被称为“酒壶”；中型火把要大一圈，少年们举起来也是很吃力的。

傍晚 6 点，穿着浴衣的孩童会首先出现在街道上，在父母的陪同下举起火把游街，因为都是街坊邻居，路过每一家门口时，屋里都会传来加油打气声。此时沿街的家家户户门前都燃起篝火，我试着将那条街道从头走到了尾，沿途溪水哗哗作响，举着火把的人们高声吟唱着咒语，有种异样的感觉：这里实在太像魔界了，就像《千与千寻》中的画面，仿佛下一秒便会被某个烧火的妖怪吃掉。

和京都著名的祇园祭不同，鞍马火祭从不设置观众席，免去了抢票的烦琐程序，但游客们只能靠自己摸索出观赏的最佳位置。来过一次便会知道，最佳观赏处绝对是山门正对面。据说往年人们下午 4 点就来蹲点，但在台风天，我从街道上溜达了一圈回来，山门前仍然尚余空位。游行至晚上 9 点，赤裸上半身的男人们便先后举着火把登上山门前的台阶，在咚咚的太鼓声中，大家一齐喊着的奇怪咒语，逐渐演变成高亢的大合唱，直到上百只火把全都聚集在一起，火光乱舞，溅至围观者身上。

和观光者挤在一起的，是被淋成落汤鸡的京都府警，游行的队伍后，还跟着手握水管的消防队员。纵观京都其他祭典，风格类似者再无其二，无论葵祭、祇园祭还是和鞍马火祭在同一天举行的时代祭，走的全是典型的古都式优雅华丽风格，观众隔着警戒线，只是远远地坐在一边静看。

晴天的祭典或许会更加井然有序，但暴雨亦带来了无常的惊喜。火祭将结束时，我躲进某家的屋檐下擦拭相机，门前一个老太太招呼我："过来一起烤火吧。"我的头发还滴着水，火苗的热意立刻蹿上脸颊，我和老太太并肩看着远方燃烧的山门，就像在观赏京都历史上一场烧尽繁华的大火。但鞍马的火，是迎接神明的火，是清洁街道的火，是照亮道路的火。

"虽然台风给街上游行的人添了麻烦，但能像今天这样近距离地悠然观看火祭，还是头一次呢。这还多亏了台风。"老太太说。在10月底的京都山间，阳光灿烂的日子不穿上衣尚且很冷，何况是台风天。游人们举着雨伞瑟瑟发抖，游行的男人们擦肩时互相打气："再坚持一会儿！"多亏台风的缘故，一场秋日祭典褪去了观光色彩，人们只是为了按时完成传承至今的祭神活动——就像这一仪式最初诞生时那样。

近距离观看鞍马火祭，恍惚觉得自己看了一场"百鬼夜行"。这么想的人可不止我一个。在森见登美彦前几年出版的小说《夜行》里，鞍马火祭就是一条最重要的线索，是一个不明所以的异次元入口。隐约记得小说里也是在一个暴雨夜，人们相互打着气："鞍马火祭即使在雨天也不会终止哟！""这么大的火把，在雨天也能燃烧！"

第四章
脚下

在那个雨夜，如果误入了杉树林中，也许就会进入另一个世界，从此音信全无，变成失踪人口。

只是我们都不知道，从鞍马火祭上消失的，究竟是某个失联已久的朋友，还是根本就是自己。

六道祭：幽灵总在水井里

另一场让我想起“百鬼夜行”的祭典，是六道珍皇寺每年盂兰盆节期间举办的六道祭。这是一座小到根本不会被写进观光手册的寺院，在京都居民中却相当有人气，他们亲切地称呼它为“六道桑”。

京都的秋天始于盂兰盆节。从立秋的 8 月 7 日起，连续三天从清晨至深夜，六道珍皇寺的参拜者络绎不绝，只是为了在六道祭上撞响钟，迎接先祖的魂灵归家。为什么是六道珍皇寺？因为传说这里是“现世”通往“冥界”的入口，是“六道”的十字路口。

六道珍皇寺和阴曹地府的渊源，和一个名叫小野篁的人有关。如今寺院的本尊是药师如来，本堂里却同时供奉着阎王、弘法大师和小野篁——身穿朝服的小野篁跟随在善童子和狱卒鬼之后，居高临下地俯视着参拜者。这位先生在历史上确有其人，原本是平安时代大名鼎鼎的诗人兼学者，留下了很多汉诗与和歌，但因为举止怪异，便有传言说：他白天是能干的官僚，夜晚则奔赴地府侍奉阎王。另一种说法是：小野篁每天从六道十字路口的水井前往地狱，与死去的母亲相见。

传说中的那口水井如今还保存在六道珍皇寺内，平日里不对外开放，如果你是二次元世界的爱好者，也许会在动画片《有顶天家族》里见到它：狸猫家那个变成青蛙的二哥，就栖身于此地。

有一年六道珍皇寺举行冬季特别拜观活动，短暂地开放了那口井。我特意去看了一眼，确实阴森可怕。几个月后再度造访，只能远远透过侧门的小孔往里窥探，心想动画的原作者应该也是从这个角度望进去的，才画出了一模一样的画面。后来听京都人闲聊，说起六道珍皇寺的水井是前往冥府的入口，但冥府的出口却不在这里，而是在遥远的嵯峨，藏在福生寺的一口水井里。我去寻过一次，但福生寺已废弃多时，只在不远处的大觉寺附近找到了一口水井，据说是后来新修建的“伪物”。

在盂兰盆节期间的夜晚光顾六道珍皇寺，又有与白天截然不同的奇妙感觉。这时的钟声将会持续至深夜 12 点，在光影绰绰之间，飘曳着线香的烟、蜡烛的火、灯笼的光……如果在盂兰盆节去过夜晚的六道珍皇寺，任谁都会恍然觉得这是一个不存在于现实中的世界。

六道珍皇寺门口，有一间小小的古董店，名叫“舞伎”，卖的却不是舞伎用品。一次我误入其中，买到一尊青铜制作的太阳塔，遂和店主成了朋友。常在 Instagram 上看见他更新店内动态，总卖一些令人毛骨悚然的奇怪玩偶，倒也和六道珍皇寺的气场绝搭。不远处还有一家卖糖的，店前一块破破烂烂的招牌上写着几个模糊的字：幽灵子育糖。传说旧时常有一女子深夜来买糖，次日她留下的铜钱必会变成树叶，店主好奇尾随其后，至一墓地，正有产下不久的婴儿安睡其中，遂带回寄养在寺院，后成高僧。听过了故事，糖也就不那么吓人了，心里好奇，花 500 日元买了一包，是麦芽糖的味道，简单纯粹。

比起祇园祭的大阵仗，倒是小小的六道祭更令我感受到了祭典的魅力。它让生者与死者共存，人类用一种非日常的手段，试图与死者对话、与神明对话、与宇宙对话，并坚信这样的对话一定能得到某种回应。从京都独有的六道祭上，能看出京都人的生死观，生者与死者永远住在一起；也能看出日本人的想象力——在各种怪谈故事里，幽灵鬼怪总是栖居于水井里。不信你回忆一下，贞子是不是从水井里爬出来的？

京都三大祭，哪个最有趣

京都每年举办的大小祭典多达 300 个，大多数人能说得上名字的，却也只有初夏的葵祭、盛夏的祇园祭、秋天的时代祭。它们被誉

第四章
脚下

为“京都三大祭”，又各有特色：葵祭是平安时代以来，以贵族为中心的上层祭典，看的是优雅；祇园祭是室町时代以来，以町众为中心的豪华祭典，看的是气派；时代祭则是明治以来，以市民为中心的参与型祭典，看的是创意。

那年因为台风而紧急中止的时代祭，每年都和鞍马火祭同在 10 月 22 日举行。这一天，人们将会看见全长两公里的队伍中，人们穿着日本各个时代的装束，浩浩荡荡地走在京都的大马路上，据说参与者人数已达 2000，并仍在逐年上升。它的趣味在于将整个京都的历史浓缩为一整天的表演，是古都才有的嘉年华。道具多为真品，据说其中出现的服装、调度品、祭具超过 12000 件，价格高达五六十亿日元。有趣的是，在主题从明治维新追溯至平安时代的游行队伍中，丰臣秀吉和织田信长都会露脸，分别出现在“丰公参朝列”和“织田公上洛列”中，但“战国三英杰”中的另一位德川家康却一次也没现身过，保卫德川幕府的新选组也没机会登场，这足以看出京都人对历史人物的好恶。

不记得在哪里看到过这样的话：“东京的祭典是为了将人聚集在一起，京都的祭典则是祭奠地方神明和强化地域住民意识的产物。”这一点以时代祭最为明显：运营管理这个祭典的是京都市一个叫作“平安讲社”的市民组织，市民还可以自愿报名，参加祭典表演。每年葵祭中的斋王代、祇园祭中的稚儿，其实也是从市民中选拔的，每逢名单公布之际，京都人总是聚集在街头巷尾讨论：“今年又会是谁呢？”最终入选的通常是身份地位有些说头的。而时代祭则给大众提供了更广泛的机会，但凡有意愿参加者，总能如愿以偿。如此想来，时代祭难道不是京都市的一场大型 cosplay（角色扮演）吗？

但时代祭总比不上祇园祭热闹。祇园祭绝对是京都最有名的祭典了，每年各地慕名而来的观光客不在少数。从 7 月 1 日的“吉符入”直至 7 月 31 日的“夏越祭”，祭典整整持续一个月，其中的重头戏是山车巡行（日文：山鉾巡行）：祇园八坂神社的神明乘坐着神轿，于 7 月 17 日前往位于京都繁华街市的四条御旅所，再于 24 日原路返回，祛除疾病灾难。在 17 日的前祭和 24 日的后祭中，共计 33 辆山车会分两拨进行巡游。

尽管日本有很多祭典，能看到山车巡行的却只有少数几个，在东京就更少见了。而京都的楼房都不高，这让祇园祭上那些可以与楼房比肩的山车更加令人惊叹。今年的祇园祭上，我曾拼命寻找一辆名叫“螳螂山”的山车，这也是因为森见登美彦曾在小说中写过它。那一天我跟着众人喝了好几罐冰镇啤酒，也一时兴起排了长长的队，买了人气很高的鸡蛋饼，随大流抽了一支签，等终于找到了螳螂车，发现果然有一只硕大的“螳螂”立于山车顶上，灵感却来自中国的成语“螳臂当车”。螳螂车也卖周边，其他山车卖的都是一些有好兆头的粽子之类，它卖的却是 T 恤和手绢。在人群中远远看见有人穿着 T 恤，背上写着一个“螳”字，实在有趣。

祇园祭是热闹的，但总觉得很像情人节。京都没有花火大会，总能在此时看到穿着浴衣的年轻男女约会的身影。加上越来越多的观光客涌入，周边的餐厅总是没有座位，商店里人头攒动，越发觉得烦躁。

祇园祭太热闹了，所以我更爱去看葵祭。它是京都三大祭中历史最悠久的一个，是下鸭神社和上贺茂神社举行的祭仪礼，为了展现平安朝的华丽和贵族文化。葵祭固定在每年的 5 月 15 日举办，早上 10 点半，大约 500 人的队伍从御所建礼门出发，开始长约一公里的游行。游行者穿着王朝装束，沿途人人都能观赏。从葵祭开始，京都就热起来了，因此人们都说：京都的夏天始于新绿的葵祭，终于万绿的祇园祭。

观光客爱看葵祭，首选的观赏地点是下鸭神社，每年都很难抢票。我不记得开票时间，每当想起来要买票时，总已经是售罄状态了，某年总算抢到一张，但地点不在下鸭神社，而是在出发点御所。坐在长板凳上，前后都是人头，根本无法掏出相机拍照，只看见早晨 10 点半的暴晒下，游行队伍里每个人都有一张生无可恋的脸。

葵祭的观众中常有身穿和服的优雅女性，头发或是衣服上插着葵枝，颇有古风。后来渐渐知道，真正懂得欣赏葵祭的，却是那些从来不买票，铺上野餐毯坐在后边树荫下，优哉远观的人。在街巷中沿途观看，也是本地人才有的做法，每年都不错过，也没有丝毫刻意。更懂行的人会娓娓道来：“看葵祭啊，在纠之森和加茂街道的新绿中最好。温柔的初夏阳光从树叶间洒下，华丽的游行队伍穿着王朝装束路过，其乐无穷。但因为下鸭神社人实在太多了，我一直都是在加茂街道上看的。在这一带鸭川沿岸的新绿隧道中，每当初夏的风吹过，心情也不知不觉好了起来。切记，大约在下午 3 点，从下鸭神社出来的队伍会途经加茂街道。”

如果去往葵祭期间的下鸭神社，会在鸟居的茶屋里吃到一份名物，它复原了其 140 年前的样子：申饼。这种点心也是葵祭的产物，原本是将煮烂的红豆做成御饼之后，供奉在神明之前的。京都有种迷信，吃过了这饼，便能清洁身体、恢复元气、无事息灾。功效如何暂且不论，单那申饼的颜色就令人难忘，是朱华之色，生命之色。

在没有祭典的日子，吃着这申饼，一种想要奔赴下一场夏日祭典的心情，就又来了。

写满了『如果』的奇妙世界

很久之前，就想去看看满月之夜的银阁寺。听说，寺内的白砂在阳光下、满月下和玄月下会呈现出三种截然不同的美感，依靠光影的变化，完成从有限之美到无限之美的过渡。这么说来，尽管我去过很多次银阁寺，看到的也不过是“有限之美”，并不算见过它的真面目。可是这间寺院每晚 5 点关门，夜间从不开放，如何有缘一见“无限之美”是个大难题，难不成要藏匿于后山之中？

后来知道，对银阁寺月色念念不忘的，不止我一人。十几年前，日本作家五木宽之用了两年时间在日本古寺巡礼，写出了《百寺巡礼》系列作品。对于自己居住过的城市，他写得尤为生动，写京都的两册，成为我在这里逛寺院时的重要参考书。五木宽之说，自己住在京都时也常去银阁寺，机缘巧合，得到了一次夜访的机会：“那是一个星月夜。微光中向月台和银沙滩展现在眼前的样子，令人联想起‘梦幻’这个词来。像是一个不可思议的梦。”如果银阁寺有灵魂，那应该是月光之下的枯淡，是人心中暗愁的投影，是无常与无奈之中，人并不能决定自己的命运，一生只能朝着深渊下沉。

我憧憬满月之夜的银阁寺，因此知道了寺院在京都不是一个景点，而是一种机缘。如同人与人的相遇，多数时刻是擦肩而过，不能产生精神共鸣，而最终留下来投缘的几个，会改变人生的轨迹。如果偶遇一间寺院向你展现世界观，所有的一切将会变得非常奇妙，成为我们称之为“顿悟”的那种瞬间。

在等待银阁寺之夜的日子里，我遇到了很多个奇妙世界。

如果西芳寺突然下起大雨

在京都，有那么一些寺院，参观是需要写信预约的。这其中即使写信也有可能预约不上的，又以西芳寺最为知名。

一年夏天，我和两个朋友商量着去西芳寺探一探。它有个别名叫“苔寺”，因为庭园里生长着近 200 种苔藓，占据全日本苔藓种类的 1/5，算得上是植物界奇观。彼时岛国刚刚进入梅雨季，京都燥热潮湿的空气令人心乱，却正是青苔最旺盛的季节，呈现出一个湿漉漉的宇宙。我立刻提笔写了信，注明希望的参观日期，以及同伴人数、姓名、住所和电话号码，再附上回信的信封和邮票，又担心预约不上，

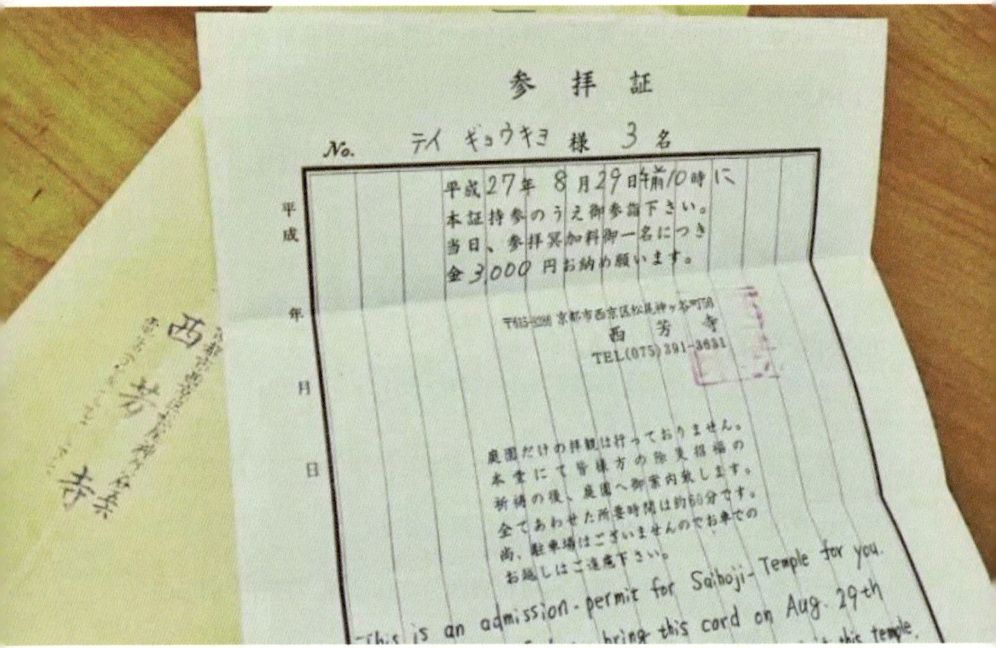

参拝証
No. テイ ギョウキヨ 様 3 名
平成27年 8月29日午前10時に
本証持参のうえ御参詣下さい。
当日、参拝冥加料御一名につき
金3,000円お納め願います。
西芳寺
TEL(075)391-3631
庭園だけの拝観は行っておりません。
本堂にて皆様方の除災招福の
祈祷の後、庭園へ御案内致します。
全てあわせた所要時間は約60分です。
尚、駐車場はございませんのでお車での
お越しはご遠慮下さい。
This is an admission-permit for Saihoji-Temple for you.
平成
年
月
日

特意列出了几个备选参观日期。两周后果然收到了参拜证，虽说期待没落空，时间却已排至夏末，院方叮嘱我们务必在早上 10 点准时到访，门票每张 3000 日元，比一般寺院贵上许多。

早几年人们进了山门，首先要抄写一份《心经》，近年来大约是观光客越来越多的缘故，连这一传统仪式也取消了，简化为先到本堂里听一场诵经说法，然后在小木牌上写下自己的心愿和名字，便可自由在庭园里转一圈。

听说过一些传言，例如当年乔布斯来到京都，也曾悄悄去了西芳寺，从而极大影响了此后苹果公司的美学理念。懂行的人认为洛西的西芳寺拥有全京都最美的庭园，日本的名庭始于此地，后来的银阁寺、金阁寺、醍醐寺和桂离宫无一不模仿了此地的样式。所谓“西芳寺样式”，是指下部的“心”字形池泉回游式庭园和上部的枯山水庭园构成的两段式庭园，由镰仓时代末至室町时代初大名鼎鼎的高僧梦窗疏石设计修建，园内的苔树竹石水，无一不体现了他关于禅宗理想乡的思考。就像他在《梦中问答集》中所写：山中并无得失，人心才有得失。

禅宗也好，造庭也罢，我都只是一知半解。从池泉回游式庭园中走过，只觉得这世界可真绿啊。夏日即将过去，青苔的长势却丝毫不减，铺满了整个园子，不甘寂寞地攀附于树木枝干之上，展现出一种带有攻击性的生命力。细流从那样茂盛的草木中注入水池，又难免展现出一丝色情意味，恐怕这也是造庭人的本意。

散步的途中，我感慨这里在梅雨季该有多美，竟然就真的被赏了一场大雨，困在枯山水庭园里的开山堂。若不是躲在堂前避雨，也许真会丧失了这份特别的意境。在短暂的没有阳光的时刻，青苔也好，枯山水也好，全都展现出微妙的鬼气，并不清楚是造庭者的意图，还是观看者此时内心的映射。

等到很久之后，我读了一本关于西芳寺造庭史的书，才明白了其中的奥妙：那日我所造访的西芳寺，其实是从前两座寺院的合体，下部的池泉回游式庭园属于西方净土寺，上部的枯山水庭园则属于厌离秽土寺——在京都的其他庭园中，我再未见过这样两座如天堂和地狱般对立，却又相互融合的园子。大约是因为其他佛寺都太过强调“救赎”，我实在很喜欢“秽土寺”这个与众不同的名字。后来又听说，枯山水庭园里的石块，很多来自后山古坟的墓石——西芳寺果真对得起它“日本第一枯山水”的名号。

在西芳寺遭遇那场大雨，已经是两年半之前的事了。当时一起出游的朋友，后来再也没有重逢。生命各有变迁，像走上了分秒闪现的岔路，有时候都来不及告别。想起那场雨下得古怪，也是命运的无常，因此偶尔想要再访西芳寺，也总担心会破坏了那份庄重。

在京都的寺院中，为什么只有西芳寺有如此茂密繁多的青苔？地质学上的原因不得而知。只是青苔的生存环境需要密不通风，常年雨水连绵，阳光直射——从客观角度来说，这样的生存环境算不上好。但在恶劣的环境中，山河大地草木瓦石亦有蓬勃，而那些在雨后才得以呈现于你生命中的景致，皆是自身的投影。

如果友人在待庵失了约

关注日本茶道的人，终究绕不过茶道大师千利休的名字，而痴迷于利休茶道的人，终究都会想看一眼待庵。这间简陋破旧的草庵位于寺院妙喜庵中，是现存唯一一间被证实的利休茶室。待庵接待的参观者比西芳寺更少，预约更是难上加难，要提前写一张明信片寄去，茶室只有早上对外开放，地理位置又偏僻，要转好几次车才能到达。

约上待庵也是在夏天，那日到了门前，同行的友人却迟迟没有出现。我迟到了些许，十分不好意思地对小和尚解释："抱歉，我的朋友不见了。"于是我成了那天早晨唯一的参观者，奇妙的是，在整座寺院里，似乎也只有这位小和尚一个工作人员。

走进寺院，首先看见的却不是茶室。在妙喜庵的长廊之后，瞥见本堂里端正地摆放着一张遗像，花篮簇拥之中，一丝青烟悠寂地飘着。日本有个说法：神社是欢喜之地，是生之场所，谁家生了孩子，必须先来此参拜；寺院是悲伤之地，是死之场所，谁家有人过世，必须在此举办葬礼。那是我第一次在寺院里看到“死亡”。小和尚见我脚步迟疑，解释道:“我们的住持前几天去世了。”说这句话时，他竟然满面笑容，像是在说一桩喜事，全无悲伤之意。我马上明白了那笑容背后的态度：没办法呀，毕竟到了这个年纪。我第一次见到“欢喜的死”，是在妙喜庵。

从本堂通往后院待庵的途中，需要经过庭园的露地。自此开始就能感受到茶道的意境，石子路、踏脚石、石洗手盆、石灯笼和废物坑，无不有一种禅意。因为待庵是后来才移筑到此地的，这庭园并非利休本人所建，但据说趣味和设计也多是基于他的构想。利休曾引用西行法师的一首和歌来解释自己的造庭理念:“麻栎叶，犹未红，飘落荒寺中，惆怅奥野细径，愁意正浓。”

尽管早就做过功课，知道作为利休“侘茶”代表的待庵是多么狭小而简陋，但真正站在那间只有两叠半的茶室中，还是满心怀疑：在这样充斥着贫穷和苦难气息的空间里，究竟要追求些什么？ 400 年前进入茶室者无论地位高下，都要窝身膝行钻入其中，与主人面对面坐着，他们难道一点儿都不觉得尴尬吗?

“正因为极其狭窄闭塞，它才能被称为利休‘茶室革命’的代表作。待庵是日本茶室的核心，也是最能体现利休个人色彩和趣味的遗迹。”小和尚向我介绍。

“大家常提到利休的茶室思想，具体来说究竟是什么？”

“有人说是脱离世俗，在最朴素的空间追求极简生活。其实我也不太懂茶道，但是无论早上还是傍晚站在待庵前，屋里总是一样昏暗。进入其中的光线有限，终日保持着那样的昏暗感，我觉得这是它最奇妙的地方。”

我再次望向茶室内部，确实，阳光从任何一个角度都无法照进最深处。房间里黑影绰绰，摆在地上的黑色茶碗和竹质花器大约是经过了漫长时间的洗礼，也沾染上了一层厚重的阴影，而泥土打造的粗糙墙壁，也在这样暗无天日的岁月中由黄转黑，共同构成了一个昏暗的黑色世界。谷崎润一郎的随笔《阴翳礼赞》描写了日本人的民族特性——一种委身于昏暗的克制。而克制或许源于自省，如这间茶室一样是一个彻底向内的世界。很难说利休的茶室思想，是不是源自他想在乱世中追求一个最接近自我内心的平静时刻。

那天在待庵，失约的友人直到最后也没有出现。离开之前，我也笑着为去世的住持点了一炷香。小和尚说：“如果友人出现了，秋天再预约一次吧。”

“非得是秋天吗？”

“人们都冲着待庵的名气而来，却很少有人知道，到了深秋，这园子里的红叶美得发疯。”

转眼就是冬天了，某日听友人说起，杉本博司在神奈川修建了江之浦测候所，里面专门打造了一间茶室，完完全全复制了利休的待庵。

“明年秋天要不要再去一次待庵？”友人问。

“为什么？”

“为了看看克制和疯狂是不是能够共存，还有，为了不再失约。”然而次年秋天，友人真正地失踪了。

如果大德寺有位住持走来跟你聊天

喜爱大德寺，因为它是与我结缘的第一座京都寺院。在京都总会一见钟情，每个人都会找到一处只属于自己的地方。自此有朋友初来乍到，我总要第一时间推荐大德寺。后来才知道，在京都的禅寺里，几大寺院各有其特征，建仁寺精通诗文艺术的高僧辈出，东福寺伽蓝建筑最多，南禅寺为武家所信仰，妙心寺有精巧的组织运营，相国寺以传承禅宗的声明[1]之美而闻名。大德寺则和日本茶道文化渊源深厚：村田珠光和千利休先后在此常住，令它成为日本的茶道大本山。

大德寺是真的大，它拥有 24 个塔头（你可以将它们视作 24 个

1　此处指梵呗、经文和回向文。——作者注

“分院”），通常开放的只有龙源院、瑞峰院、大仙院和高桐院，其余塔头则轮流限时开放。

当年第一次造访大德寺，正遇上黄梅院开放，其中有一座利休建造的池泉回游式枯山水庭园，中央是一座以丰臣秀吉的军旗“千成瓢箪”为模型的枯池，周边点缀着加藤清正从朝鲜战争中带回来的灯笼。读过一些历史书籍便会感慨，利休和秀吉曾如此要好，但政治家与文人之间的友谊难以捉摸，毕竟后来导致秀吉赐死利休的，也是大德寺三门上的一尊木造像。

那时是黄梅院的盛夏，我在院前满目的京都绿意中失了神，那样的光影流动，好似将人置于宇宙星河之中。黄梅院的寺风却很严格，决不允许人拍照，我只能将细碎的片段拼命牢记于脑海之中。次年樱花季末尾我再度造访，正遇上一股寒流席卷日本，光着脚走在木地板上透心凉，同行的友人瑟瑟发抖，却也忍不住感叹院中刚刚萌芽的生机，流连着不肯离开，回国后大病一场，仍然念念不忘：入口处花器里那朵垂头丧气的白色山茶花，可真是体现了生命的极致啊。

也曾误打误撞进了真珠庵，这座塔头由一休宗纯创建——没错，就是中国人非常熟悉的“聪明的一休”，晚年的他是大德寺的住持。知道了一休和大德寺的故事，你也许更能理解这座寺院的精神：大德寺原本是京都官方禅寺的“五山”之首，后因反对将禅宗世俗化，被掌权的足利氏踢出“五山”，跌落到“十刹”中的第九位，最后干脆沦为了在野的寺院。一休担任大德寺住持之时，在堺地豪商的支持下，复兴了这座寺院，但他仍然没有放弃大德寺严肃且激进的禅宗风格，贯彻坐禅，在禅宗的世界中独具一格。

真珠庵的方丈东庭，又名“七五三庭”，是茶道祖师村田珠光建造的庭园，因为园内收藏着长谷川等伯的障壁画等重要文化财产，平日里不对外开放。只有在每年10月和11月寺院会各选一天，在早上10点举办时长两个小时的坐禅会，来访者可以听住持讲禅，也能享用抹茶——因为举办时间太早，不住在附近很难到场参加。因此我尽管心向往之，也久未成行。而我当年初来京都时，是如何得以入内，竟怎么也想不起了，只记得园内似乎有橘子或者橙子树，果实就那么落了一地。如今在大德寺，还有另一个和一休相遇的办法：大德寺最著名的特产是纳豆，颗粒饱满，色泽黝黑，人称“大德寺纳豆”，据说是一休在乱世饥荒年代发明的食物，用来救济当时吃不饱饭的人们。

司马辽太郎在随笔集《街道散步》中，专门写过一辑大德寺，为一座寺院专门写一辑，实属特例，可见他对大德寺的爱。彼时司马辽太郎在京都做宗教记者，每天没事就去逛寺院，印象最深的，是他写大德寺内的孤蓬庵，工作人员在入口处呵斥他：“你，换上拖鞋再进去！”当时正值战后，几天前驻日美军的将校夫人们穿着高跟鞋就踏上了木地板，激怒了孤蓬庵的住持。司马辽太郎写道：“孤蓬庵以茶室‘忘筌’闻名，透过采光绝佳的纸拉门眺望庭园，感受到的美在日本绝无仅有，与此同时存在于记忆中的，是名为小堀的住持淡定平和的气场。真正的禅客，就像那里的岩石和松树一样沉静，小堀桑也有着同样的气场。这个人发怒，是一件多么难以想象、多么奇怪的事情啊。怒斥驻军家属这种事情，大概也只能发生在孤蓬庵了吧？”

这是大德寺的气质，严厉而孤高。后来我曾带人来过，总觉得吵吵闹闹的喧嚣气氛破坏了它的美感，再也不舍得与众人共享。又有一次偷偷逃离人群，溜进了大仙院，才想起第一次来访大德寺时也到过这里，当时还买下了一幅字：一期一会。我将这四个字从日本带回广州，后来又随我从广州搬来日本。在日本住得久了，“一期一会”这个词也被说滥了，变得不再珍贵，渐渐有些嫌弃起这幅字来。

那日又一次闯入大仙院，住持闲来无事，走来和坐在枯山水前的我聊天，聊起数年前他在中国开会的事，聊起利休和堺市的渊源，聊起挂在院内的禅语，简单的“吃茶去”和“云无心”里藏着多少直接的人生道理，聊起禅语如何从中国而来又如何被日本解构。我说，我开始有一点儿了解中国，是从来了日本开始的。住持笑着说：“人啊，都是离开后才开始懂得。其实‘一期一会’这个词，不也是后来再也不能相会时，才猛然顿悟的吗？”

一期一会，果然还是很珍贵的词语啊。眼下我挂念着司马辽太郎写过的孤蓬庵，在日本住了三年多也未曾赶上它对外开放，但与京都的奇妙世界相遇，总是可以等下去的。

希望这个世界上，
永远
没有战争和秃头

御发神社：秃顶的希望之光

说起京都最有趣的地标，没有比得过岚山御发神社的。要说它有什么特别之处，单凭这句就够了——“日本唯一的头发神社”。传说这里供奉着被称为“日本美发师之祖”的藤原采女亮政之，起初只有美发界人士考试之前来此祈愿，后来不知是哪位为掉发苦恼的人开了先风，竟使它渐渐成为秃顶的希望之光、克服中年危机的一大圣地，别说京都了，在整个日本都是传说一般的存在。

某个周日下午在岚山溜达，便想去寻一寻御发神社。在小巷里七拐八拐，又经过民宅前挂满橙子的大树，种着萝卜、西兰花和洋葱的菜地，最后绕到一个池塘前——小小一间神社就藏在小仓池后面。去过一次才有实感，这里果然是心诚者才能寻到的地方。

逛神社的一大乐趣，有时不在于自身所求，而是观望他人的心愿。御发神社的绘马上画着梳子的图案，而上面的文字，果真是愁断了三千烦恼丝。

“不要再掠夺我的头发了！”是面对神明的嘶吼。

“至少给我留下一点儿头发吧！”是无助又仍然“贼心不死”。

“希望儿子将来不要成为秃子啊！”是基本已经放弃了自我。

“希望日本人的头发都能够茁壮生长！”是对全人类心怀大爱。

若要在其中评出最优秀的，该是常年被挂在显眼位置的那一句。

“希望这个世界上，永远没有战争和秃头。”

这几乎可以用作诺贝尔和平奖的领奖词了。与秃头搏斗才是人生中最大的战争，是人到中年的共有之痛，无论国籍。久而久之，神职人员亦有了商业头脑，开发出了一些有趣的护身符。他们舍弃了一般神社常见的事业守、爱情守、厄运守等传统护身符，贩卖的都是和头发有关的一切：红绿两色的“栉守”，是设计成梳子样式的钥匙扣，专供希望拥有靓丽黑发的女性使用；梳子和剪刀组成的“福发守”，有粉白蓝三种颜色，保佑和头发有关的一切，建议放在钱包里；还一种“匠守”，五彩的绳子上挂着一把剪刀，据说在美发师中最有人气。

御发神社的深处，有一个小小的“发塚”，样子像常见的石墓。第一次见到时我不明所以，直到和神社的工作人员聊过后，才得知这里有一项特别的仪式：只要在鸟居前的社务所支付 300 日元，就可以进行“御发献纳”。神职人员会用专用剪刀剪掉祈愿者大约5根头发，长度在2厘米左右，将它们供奉在发塚里，这样就可以庇护祈愿者头发健康生长。

“真有人来这里剪头发吗？”我实在很好奇。

“人还不少呢。”

“都是秃头吗？”

“大多是为头发日渐减少而忧心的日本男人呢。”工作人员笑着说。

又听说，几年前有电视台来神社取材，某位有名的笑星也来此写下了绘马，这使此地名声大噪，而怪怪的“御发献纳”也流传到网上，引得无数日本秃顶人士病急乱投医。

那日在神社里并没遇见剪下头发的人，倒是有两个身穿和服的女孩站在门前净手，工作人员远远地朝她们喊：“水很冰哦，不洗也可以。”她俩走进来，看了许久才明白这里是什么地方，扔了硬币，鞠躬拍手拜了拜。我经过她们身边时，听见两人低声交谈：“来都来了，还是拜一拜吧，得罪神明变成秃头就不好了。”

电电宫：神明都是电波系

说起电器胜地，日本人的第一反应是东京的秋叶原（这是当地的电子产品购物街），但在京都人看来，有一个比秋叶原更加神奇的地方，在岚山渡月桥附近，就是位于法轮寺内的电电宫。寺内没有免税店，而是供奉着电器的神明。

乍一走近，法轮寺跟普通的寺院没什么两样，都要经过山门，再沿着长长的石梯向上，只是没走两步，就会看见一座“电电塔”，后面雕刻着两个人的肖像，仔细读过介绍牌，才知道他们竟然是爱迪生和赫兹。日本的寺院里供奉着两个外国人，这种事我还是头一回遇见，他们两人的在天之灵一定也想不到自己竟在异国他乡被如此祭拜着吧。

再向上走，就是电电宫了。这里供奉的倒是日本古代的神明——“电电明神”，他们原本是掌管雷和闪电的神明，也是阴阳融合的光源之祖。据说昭和时代日本大规模普及电波放送之后，神社突然拓宽了业务，掌管起了与电子相关的全部事情。

拜访这里的人都会许下什么心愿呢？

“拜托，请让我的 Photoshop 在数据保存之前不要崩溃。”

“拜托，不要再让我收到垃圾信息了。”

“拜托，让苹果公司不断推出新产品吧。”

也不全都是琐碎的愿望，日本的电视台、家电制造企业、电力公司、软件开发公司和各路 IT 人士都会来这里祈愿，电电宫堪称守护电信行业的一大圣地。

电电宫最有趣的还是它的御守：花 1200 日元，可以得到一张有 8G 容量的 SD 卡。这张卡可以在日本的旧式手机上使用，据说卡插进去之后，屏幕上会出现神秘的待机图像，画中人正是神社的本尊虚空藏菩萨。这里甚至还开发了一种“情报安全符”，贴在手机和电脑上，电子产品就不会坏了吧？听神社的工作人员说，近来祈求电动车行驶安全的人也不少。

去过几次电电宫，倒不是因为对电子设备有多大执念，单纯是因为神社境内能够俯视京都市全貌，晴朗的日子里比叡山到东山之间的风光尽收眼底，也是景色绝佳之地。每次都会在社务所门口看见一个电子抽签器，是的，这里连抽签都已经完全电子化，我研究了良久，始终没弄明白操作方法，悻悻而归。

后来又想，在这样的地方，能不能求到一个二次元女友呢？如果可以，倒是宅男福地。

爱宕念佛寺：石佛像中的众生相

爱宕念佛寺在嵯峨野的最深处，这一带被称为“奥嵯峨”，秋日里是赏红叶的胜地，平常却少有观光客来。沿着爱宕街道往里走，起先还会经过住宅区，家家户户都有小楼，种植着花花草草，比生活在市中心更惬意。有一户人家不挂门牌，取而代之的是爱犬的照片，另一户人家的草丛中“住着”狸猫雕像，狡黠地注视着来往过客。巨大的红色鸟居是这条街上的地标，下面有一座茅草房，名叫“平野屋”，夏天是京都吃香鱼的名店，价格也自然不菲。穿过鸟居就一路往山中去了，初春时节仍能看到林中的青松上积满了雪。

这间创建于奈良时代的古刹，也建造在小山之上。从踏进山门的一刻起，眼前便是布满了山坡的石佛。日本的寺院里罗汉像很常见，并不稀奇，可是小小的寺院里挤满了1200尊罗汉像，全日本也仅此一处了。

在爱宕念佛寺里，最大的乐趣便是观石佛。山脚下佛像最密密麻麻的一处，有一张椅子，可供人们坐下来细细观赏。佛像形态各异，显然不是来自同一个种族。多数是单人像，亦有双人或家族群像，有一对显然是夫妇，头上顶着积雪。佛像有的拿着长剑，有的抱着猫头鹰，有的戴着帽子，有的挂着佛珠，有的手中捧着一本夏目漱石，仰天大笑，嘴里被游客塞满了硬币。而最引人注目的那个，竟然在倒立。

待到山顶，石佛更是铺天盖地，像是训练有素的方阵。它们的姿态越发千奇百怪。一个手里写着“行往坐卧德始”，旁边的一个却高举着网球拍；堂前的一个举着牌子上书“色即是空”，桥边的二位却举着酒壶，正高兴地喝着酒；有的抱着孩子，有的抱着一朵花，有的索性抱着一口锅……像是八仙过海，各显神通。转过身去看，又发现每尊佛像后面都刻着雕塑者的名字。

这些石佛源于寺院前任住持的一个梦。昭和时代，战争时期，年轻的他被征兵离开了故土。某次夜间行军后，他在睡梦中看见了几千尊被毁坏的佛像，遂与它们约定：“请让我早日回到日本，我一定会修复你们。”回到日本之后，他既是僧人也做佛师，参与了京都的三十三间堂、广隆寺以及东寺的佛像修复工作。

1981 年，担任爱宕念佛寺住持的他在修理寺院仁王门时，突然想起打仗时做的那个怪梦，于是面向社会征集参与者，号召大众一起来雕刻佛像。

用 7 至 10 天的时间雕刻一尊佛像，对于从零开始学习雕刻的普通人来说，绝对是一件耗时耗力的事，然而前来寺院雕刻的人却越来越多，整整持续了 10 年，刻出了 1200 尊石佛。这些佛像的用材全都来自栃木县的大谷石，不得不终止雕刻的一个关键原因，是这种石

第四章
脚下

头已经全部被用完了。

“即便不是佛师，只要怀着祈愿的心情，谁都能雕刻佛像。”这是前任住持最初的想法，也是今天能在爱宕念佛寺看到的日常信仰。寺内的石佛是每个人心中之佛的具象，也是每个活着的人对死后自我的想象。

不知道在哪里读过：佛像雕刻不同于其他艺术，是作者心怀救赎他人、救赎自己的愿望从而打造的艺术品。至于爱宕念佛寺的石佛，这种特征尤为明显，从它们身上感受到的不是神秘或虔诚。我后知后觉地意识到，这些石佛虽然千奇百怪，却无一不露出微笑，沉浸于一种快乐氛围中。

每次坐在爱宕念佛寺里，寺内总是空无一人，连工作人员也没了踪影，除了偶尔有一两声鸟鸣，长时间都被静寂包围着。这些雕刻了不过二三十年的石佛，常年被山中风雨侵蚀，已经裹上了一层青苔，依然笑吟吟地望向来客。此时你便会觉得，看见了众生相、众生喜乐，活着也许是件美好的事情。

化野念佛寺：多少无常在其中

临近化野念佛寺时，刚到下午三点，有阳光瞬间倾泻而下，鸟群四散乱叫，带着惊慌失措的声调。这样的场面可以说非常应景了，毕竟在千年之前，此地曾是京都规模最大的风葬地之一。

每一个墓地爱好者，都应该来化野念佛寺看看。请务必闭上眼睛想象一下，在时间长河的某一刻，这里遍地白骨，荒草丛生。“化野”这个词，平假名写作“あだし”，古语中有“无常”“徒然”之意。在平安时代的京都，受到佛教影响，有地位有身份的贵族死后纷纷采用火葬，但火葬需要木材，对那些生活并不富裕，也无法建造墓地的平民来说，还是采用传统的风葬更加实惠。他们把死者运到这里，也不埋葬，就让尸体置于荒野之中，等待风化。

很长一段时间里，这里处处是死者白骨，直到空海大师来到此地，出于袪除瘟疫的目的建造寺院，埋葬遗骨，堆砌起供奉它们的1000尊石塔，又在本堂里安置了佛像，圈出一块死后容身之地。

如今，化野念佛寺入口有一条长长的坂道，院内被青苔覆盖，即便冬天也是满目绿意。寺内有小巧可爱的石像，甚至还有一座虫冢，似乎是一个蝴蝶协会修建的。

刚走入时，这里和其他寺院没什么两样，有可爱的狸猫在其中。我第一次看到了关于狸猫神的详细介绍：为人和蔼，脸上始终露出微笑；鼓起的肚子，装着冷静、决断力和大胆；身上带着赊酒账本，“信用第一”是它的处世哲学；草帽能保护自己，避开灾难；眼睛直视万事万物，始终留意着周遭变化；酒壶代表善行，不为饮食所困扰；钱袋代表财运，不为金钱所困扰；尾巴令它无论遇到什么事，都能够顺利跨越。

本堂前贴着“俗世中自以为是的十诫”，大意是：自认为高却很低的是教养，自认为低却很高的是傲慢；自认为深却很浅的是知识，自认为浅却很深的是欲望；自认为厚却很薄的是人情，自认为薄却很厚的是脸皮；自认为强却很弱的是毅力，自认为弱却很强的是自我；自认为多却很少的是分别，自认为少却很多的是徒劳。非常心灵鸡汤，日本寺院都擅长输出这种东西。

要一直行至西院的河原，才能体会化野曾经的风貌。石墙上堆满了五轮塔，院中更有惊人景象：建寺之初供奉的1000尊石塔，如今已繁衍至超过8000尊。院里有一位女人正在燃香，她告诉我：原来这些并不是石塔，而是“无缘佛”，全都是为那些没有亲人供养的死者建造的佛像。

如此一想，眼前好像出现了无数的孤魂野鬼。难怪人们提起京都的灵异场所时，总不忘说到化野念佛寺，说这里漫溢着孤魂的怨念。不知是不是出于这样的原因，西院的河原中禁止拍照。据说很多人偷拍了照片，回家后必然立即病倒，如同都市传说一般离奇。

在西院的河原里，石碑都在樱花树下，想必到了春天又是另一种景象。吉田兼好在随笔集《徒然草》中写到这里，没有提及樱花，倒是有“化野之露”一说，由此感叹：“这个世界正因为无常才有趣啊。”

在化野看见的就只有无常。观光客大多不知此地的历史就闯了进来，因为寺院里还有岚山著名的竹林景观，出现在京都的很多观光海报，甚至电视广告之中。那一片终年生机勃勃的绿意，和千年来无依无靠的死者同处一个世界，多少无常在其中。若是这个时节，你和我一样站在西院河原的石塔之下，听风声拂过墙外一棵高大的古树，就会在一瞬间察觉到：生命来了又去，何必呢？

道不尽的痴男怨女

那些在下鸭神社转圈圈的人

数年前初到下鸭神社，行至鸟居前，见两个年轻女孩在围着一棵树转圈圈，满脸专注虔诚，当场呆住：这是什么玄学？

后来才知道，那旁边是下鸭神社境内一间名叫“相生社”的小神社，是京都著名的缘结神社之一。在日本，所谓缘结的神明，大约就相当于中国的月老。

相生社之所以成为单身男女蜂拥至京都求姻缘的第一地标，很大原因是神社旁边种植着一棵“连理的贤木”，它被认为拥有整个京都最强的缘结能量。原本两棵独立的树木，在向上生长的过程中逐渐合并成一棵树，紧紧纠缠在一起，难免被加以演绎：这可真是个好兆头啊。仔细一看，自树根处正有一棵幼苗破土，于是不仅是求姻缘，亦有人前来求子和安产。更玄的是，相生社这棵“连理的贤木”还被称作“京都七大不可思议之一”。据说每当两棵树寿终正寝，总能在旁边的纠之森里找到形态相似的“继承者”，从未落空，如今已经传承到第四代。

为什么要围着神树转圈圈呢？这确实是相生社的玄学。要想神明显灵，就必须按照它的规矩来。需要先买一个缘结绘马，再回到神社正面，男性由左往右转，女性由右往左转，举着绘马绕树一周，要连续转上三圈，在第三圈的途中，把绘马供奉在神社后方的架子上。然后再次回到相生社正面，二礼二拍手一礼[1]，再许一次愿。临走前，还不能忘记拉一拉从神树上垂落下来的红白网绳，才算是结束。

实在是烦琐的流程，堪比结婚典礼，又略略带着些尴尬，大约这世上关于两性关系的事情，就没有一件是简单的——哪怕只是许个愿呢！最怕在人前抛头露面的日本人，能够在众目睽睽之下绕树转圈，实在令我惊讶。然而无论我什么时候路过相生社，那里从不缺乏转圈者，有时是独自一人，有时是三两结伴，兴许是对人生大事太过慌张，慌张到了连抛头露面也不再慌张的地步。

1 二礼二拍手一礼：鞠躬两次，拍手两次，再鞠躬一次。——编者注

那些在地主神社闭着眼睛摸石头的人

在下鸭神社看见人们转树不久后，和友人去了清水寺，才亲眼看见了更玄的：清水寺境内有间地主神社，其中有两块挡在路中央的石头。不可小视这两块石头，它们是京都市内最有名的恋爱占卜工具，人称“许愿之石”。

要借助清水寺的石头进行恋爱占卜，可比围着树转圈难多了。它们一块挡在神社入口处，另一块位于神社深处，中间是一条笔直的道路，横穿整个神社境内。必须要闭着眼睛从一块石头顺利走到另一块石头，恋情方才能够实现；若是这时有谁在旁边指引，就意味着实现恋情的关键是倾听他人意见。听说这是个相当古老的游戏，可追溯至室町时代一幅名为“清水寺参诣曼荼罗”的画。画中满开的樱花树下，有一对恋爱占卜石和一个正准备参拜的男性身影。而今的清水寺已成为京都第一观光胜地，地主神社也终日熙攘着，我去过好几次，只有一次撞见了挑战游戏的勇者，莫名其妙联想起夏日海滩上经常玩的打西瓜游戏。

都说在地主神社求姻缘灵验，一是因为它被视作京都最古老的缘结神社，二是这里供奉着名为“大国主命”的神明，和有着“日本第一缘结神社”之称的岛根县出云大社的主祭神“大国主大神”是同一个神，相比前往交通不便的出云，当然是京都更加近水楼台了。

在京都的缘结神社里，我最喜欢这一座，大约是因为在这里，我人生中第一次抽到了一枚“第一番大吉”，从此将地主神社视作福地；也因为这里的签文写得好，总会给人一种豁然开朗的顿悟。日本大多数神社的签文都是引用和歌汉诗来解释吉凶，内容晦涩难懂，令人常常一知半解，地主神社却把它们翻译成年轻人也能读得懂的现代白话，不拘泥于传统形式，一针见血地简洁说明。那签文当然也都是基于恋爱问题的种种解答，却有情感导师的文风，并不仅仅显示吉凶，还十分务实地给出了恋爱建议：要珍惜缘分，需努力经营；又或者，此时要静候，再静候。

除了摸得懂年轻人的心思，地主神社贩卖的御守也比别处更加丰富，围绕着婚恋相关的主题，竟然开发出数十种产品，且分工明确：给独身者，给单相思者，给恋爱中的人，给难忘旧情的人……有一种可以加深情侣感情的御守名叫“二人的爱”，两个一对，红色的一个女性拿着，蓝色的一个男性拿着，有点儿像恋爱信物；又有一种“幸福御守”，可以用于守护一切令人感激的相遇，若是放在恋爱语境里，也适用于单相思者和希望旧情复燃的人。最好笑的一款御守日式和西洋风格混搭，上面竟然画着一个持箭射穿红心的丘比特。这些御守也很与时俱进，上一次我去地主神社，竟然还看到了星座御守。不愧是京都的神社，商业头脑无处能及。

地主神社内有一扇挂满了感谢信的橱窗，展示那些来参拜过后实现愿望的人寄来的手写信，官网上也开设了一个名为“红线来信”的专栏，每月定期更新，无聊时刷一刷，仿佛能了解众生情感变迁，特此摘录一段——

一直遇不到喜欢的人，一年前来参拜了地主神社，回去之后，很快遇到了那个人，无论如何也无法抑制对他的感情，终于表白了。又过了半年，我们的关系越来越好，每天都过着幸福的日子。请继续守护我们吧。

在地主神社观察众生，能满足八卦欲，也能多少了解现代日本婚恋关系的一些现状。神社的宫司（神社的最高神官）爱写观察日记，我略略读过一些，大约总结出以下几点：近来到神社祈愿的人，大多是那些每天往返于公司和家之间两点一线、几乎无法邂逅恋爱对象的职业女性——可见大龄单身女青年的情感状况，在每个国家大抵都相似；和从前不同的是，如今也有很多父母偷偷瞒着子女前来祈愿，他们考虑到子女的自尊心，担心子女知道了会生气，所以神社把神符邮寄给子女时，并不写祈愿人的真名，而只会署一个“代理人宛”[1]；这

1　宛：日语书信格式用语，常写在收信人的名字和地址后。——作者注

些年来，也有很多子女独立后重新回归二人世界的夫妇前来祈求“夫妇圆满”，这是老龄化社会的特有现象，在风行“熟年离婚”的现代日本，真是令人感觉温暖。

“人和人之间的缘分极为复杂，错过有时，交会有时，牢固有时，脆弱有时。怀抱着想要珍惜眼前这份缘分的心情，诚心向神明许愿，就能够将之变得牢固而强大。如果现在的你已经邂逅了某人，请深深地感谢这段缘分吧，然后将它变成更坚定的存在，这才是最重要的事情。”这是地主神社的宫司写下的话，也是这座“良缘神社”的心灵鸡汤。

安井金比罗宫啊，是女人的修罗场

年末去了祇园附近的安井金比罗宫，门外我和一众年轻女孩擦肩而过，其中一人忽然手指神社内的鸟居大喊:“啊！是这里！”同行者纷纷驻足观望，发出“好想去啊”的尖叫声。

在京都，小小的安井金比罗宫是一个充满传奇的存在，因为它剑走偏锋，不负责缔结良缘，而是专管切断恶缘——在全日本的神社中大概也仅此一家。在安井金比罗宫，神签有两种，普通的一种只要 100 日元，姻缘签却要 300 日元，极少有人会选择比较便宜的那一种。那天我在神社里，看见一个女孩站在不远处的树下打开一张签文，随即发出一声哀号，便知结果定是不妙。

求签和许愿并不是人们来到安井金比罗宫的首要目的，他们排着长队，等着钻过一个洞：撅着屁股爬进去，再匍匐着爬出来，画面实在不算美观，旁观者往往觉得尴尬，此项活动的人气却一直高涨。那个所谓的洞，是神社正中央的“缘断缘结碑”。把自己想要切断的恶缘写在神符上，悬挂于碑上，接着从挂着神符的石头中央的小洞钻进去，就有机会实现心愿。也许人们都想趁着年末赶紧了结一切，我去的那天，安井金比罗宫里挤着满满的人，排在队尾，需要等候一个小时以上才能钻洞。放眼望去皆是年轻女性，四目相对之时，彼此的眼神中都难免有种同病相怜的感情。我看着那长长的队伍，不禁想录一集《说出你的故事》，想必能成为年度最佳比惨大会。

安井金比罗宫的“感情戏”，可以在绘马上读到。在大多数神社，绘马上写的都是“家庭平安”“生意兴隆”“考试合格”“祈求良缘”“身体健康”之类的心愿，但安井金比罗宫并不是一个和平的世界，这里的绘马上，写得最多的是“希望和某人切断恶缘”“希望和疾病切断恶缘”“希望和借款切断恶缘”。

说起来，安井金比罗宫之所以能斩断恶缘，是因为主祭神崇德天皇曾为斩断人世欲望在此闭关修行，于是这里自古就成了体现“断舍离”信仰之地。但那些迫切想斩断恶缘的女孩并不知道，后来崇德天皇的故事画风急转：他在和弟弟后白河天皇争夺权力的斗争中失败，被流放到赞岐国，在悲惨的境遇中死去，甚至和菅原道真、平将门一起被称为“日本三大怨灵”。

如此一来，安井金比罗宫又多了些阴森的气息。而更恐怖的是，日本神社有个约定俗成的规矩，在绘马上许愿必须写上真名才能灵验，所以在安井金比罗宫的绘马上，全都写着真名。

在安井金比罗宫看绘马，并不是特别愉快的体验。这里就像人性的修罗场，能够清晰感受到人类的恶意。后来无意中和京都的司机聊起这件事，他一语道出真相：“京都这个城市，自古就是偷情和畸恋之地，笼罩着弃妇的怨念，不信你再读读《源氏物语》。”所以，比起四条河原町那些热闹的商店街，我觉得有点儿阴森恐怖的安井金比罗宫才是这座城市的本来面貌，今天在绘马上写下咒怨的现代女性，和从前的贵族怨女又有什么分别呢？

在铃虫寺，一次只能许一个心愿

我的女友爱去岚山附近的铃虫寺，坚信居住在那里的地藏菩萨能帮助她找到真命天子。据说这是全日本求姻缘最灵验的寺院，它的人气有多旺呢？无论平时还是周末，从山下到山门前的 80 级台阶上，

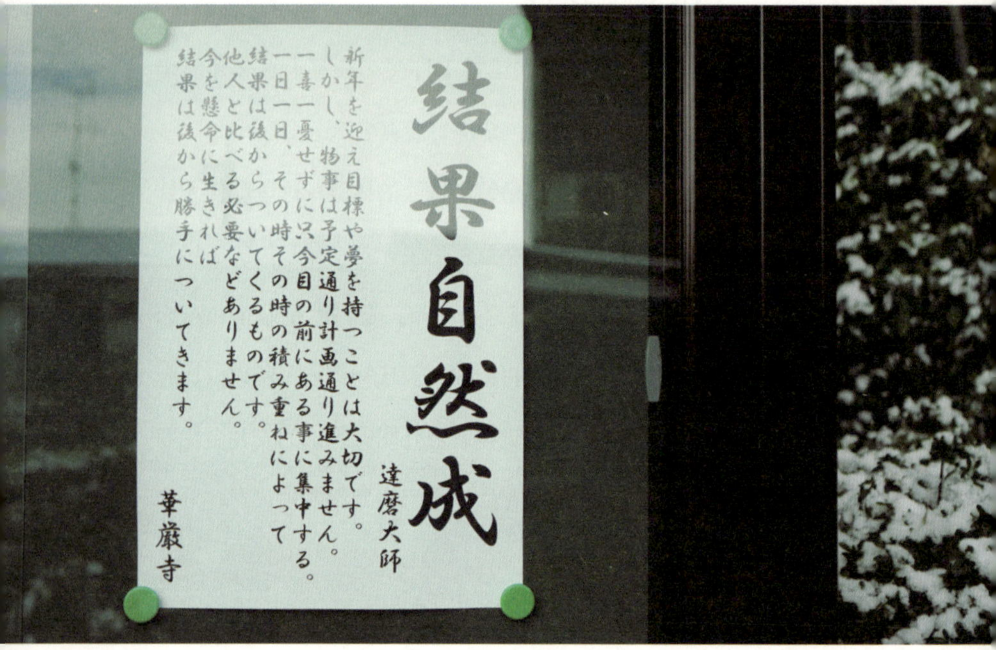

结果自然成
達磨大師
新年を迎え目標や夢を持つことは大切です。
しかし、物事は予定通り計画通り進みません。
一喜一憂せずに只今目の前にある事に集中する。
一日一日、その時その時の積み重ねによって
结果は後からついてくるものです。
他人と比べる必要などありません。
今を懸命に生きれば
结果は後から勝手についてきます。
華厳寺

没有哪天不排着长蛇一样的队伍。平日里排上一两个小时已是正常，若是到了周末，等候的时间还要翻倍。长此以往，铃虫寺的官网上也单独辟出一栏，提醒来访者每天不同时段的排队状况。

在铃虫寺山门前，有一位左手拿着锡杖、右手拿着宝珠的地藏菩萨，人称“幸福地藏”，求姻缘的人都是冲着这位菩萨而来的。传说这是全日本唯一一位穿着草鞋的地藏菩萨（其余皆是赤脚），因为地藏菩萨需要常常走下台阶，来到每位许愿者家中，替他们实现愿望——这般贴心地上门服务，不得不说是姻缘神明界的良心。

在铃虫寺求姻缘，可谓规矩多多，需要先买一个黄色护身符“幸福御守”，价格 300 日元，且最最重要的是：每次只能许下一个愿望，直至这个愿望实现，不可再有其他贪欲。

铃虫寺的本名叫“妙德山华严寺”，之所以又叫铃虫寺，是因为这里一年四季有铃虫鸣叫，也就是我们常说的蟋蟀。据说从前这间寺院有僧人在铃虫的叫声中得到顿悟，此后便开始大量饲养铃虫，到了今天寺内已有超过 7000 只。因此，除了求姻缘，铃虫寺还有个人气项目：在铃虫鸣叫中听僧人说法。一杯绿茶，一碟点心，僧人讲的大约是一些当月季语[1]和禅宗哲理，我爱去听，因为说法的僧人风趣幽默，体验丝毫不逊色于在剧场里听相声。

---

1 当月季语：日本的很多禅寺会在每个月写一句和季节有关的禅语。——作者注

有意思的是，我每次来到这里，总能发现长队里有若干对情侣，似乎都是来还愿的。去年我在寺里求到的黄色幸福御守，今年去俄罗斯旅行时送给了一个偶遇的莫斯科妹子，此刻突然略有些担心：不知道穿着草鞋的地藏菩萨，会不会因此不得不跑去海外出差？它会语言不通吗？

如果想要和前任复合，据说该去洛北的贵船神社。这间有着上千年历史的古老神社，从平安时代起就以供奉着缘结神明闻名。传说当年女歌人和泉式部的丈夫有了外遇，她就是来到此地参拜，才与丈夫破镜重圆的。无心考据此事真假，但贵船神社那种需要把神签放进水里才能显示签文的“水占卜”，还真的蛮好玩。

说起来，和泉式部的恋爱故事也算不上圆满，毕竟女歌人一生恋情颇多，情路坎坷。我来到贵船神社，总有种感觉：在这样的地方求姻缘，应该也不会太顺利。不管怎么说，在独身大国日本，许多人把不结婚视为时尚潮流，但我仍会看到人们在神社里求姻缘，于是每次都不禁想笑：原来一切都是谎言啊。

这世界上单身男女的感情戏，到了哪里都是一样的。

幸福地蔵大菩薩
幸福地蔵大菩薩

京都绿

仲夏，去了趟嵯峨野。在京都，岚山是少数几个我不太喜欢的地方，从前是日本各路文豪都要到此一游的景点，如今也因此被各国慕名而来的游客占领，熙熙攘攘。只有在梅雨时节，我无论如何都不愿错过嵯峨野——此地在岚山北侧深处，有京都市内少见的山中景致，往深处去游客渐少，悠闲自在。

每年进入 5 月，至暑假开始前，是京都相对静谧的一段时间，对淅沥梅雨感到厌烦的人不在少数，因此他们并不能察觉，古都如何在连绵一夜的雨中，长出了零星若叶[1]和繁茂树荫，只是一个微妙的转折，便铺天盖地绿了起来。

我执意称这种绿为京都绿。京都是红叶胜地，深秋层林尽染的山野，在夏季首先绿浪涌动，比别处更加浓烈嚣张。我也执意认定，最

1　若叶：日文，新叶。——编者注

能体现京都绿的地方只有嵯峨野。

嵯峨野有座常寂光寺。寺内被枫林覆盖，秋季不乏观光客。夏季游人断断续续，喧闹一阵寂静一阵，如同潮汐来去，却始终有个老头儿站在参道尽头，举着硕大的相机拍着眼前的一切：石叠参道两侧的高大枫树，在5月中旬便会抢先冒出新绿，在仁王门前站定，能看见枝叶覆盖在茅草屋顶上，清风徐来，世界微微颤动。唯一的烦恼是，蚊虫在这幽寂绿意中也会变得猖狂，成群结队围攻过来，你要抬头听风看树，它们便直直朝你眼底撞去，大概也是出于自然天性。

“要往更高处去哦，”路过那拍照的老头儿时，他突然对我说，“山顶的杜鹃开得正是时候。”

常寂光寺高处有山庄“时雨亭”，这像是一个为梅雨季而生的名字。这时节庭院里绽放着紫色山杜鹃，在日文里写作“黐躑躅”，原是京都山间随处可见的野花，却不知为何在这儿突然变异，花瓣越发狭窄细碎，零星遍布山坡，又得一不明所以的昵称：花车。在常寂光寺的山顶驻足听风，可以在风中眺望远山，能看见比叡山和大文字山的纤细棱线，亦能看到祇园和东山的微微轮廓，天气晴好。

历史上，嵯峨野是平安时代许多贵族和文人逃离尘间、隐居和避世的栖身之所。在荒芜的田园风景中，又藏有一间小小的草庵，入口隐秘，貌不惊人，游人常常三过门前却还未发觉。草庵的名字却很风雅——落柿舍，据说曾是俳句大师松尾芭蕉的爱徒向井去来的隐居之

第四章
脚下

217

所，是可以写进日本文学史的存在。

落柿舍的故事也像俳句一样充满玄机：向井去来隐居期间，这座闲寂草庵的庭院内栽满了柿子树，某年深秋，40株柿子树枝头齐齐挂满了金黄色的果实，一位来自都城的商人表示想要买下它们，谈妥价格，提前支付了定金——然而就在那个晚上，狂风大作，满院柿子悉数掉落地面，不留一个在枝头。前来取货的商人看见这幅景象，大惊失色："作为一个走遍天下的商人，我见过各种各样的柿子树，却还未见过果实如自杀般掉落的景象。十分抱歉，你能把钱退给我吗？我们就当什么也没发生过。"

落柿舍由此得名，几经拆建，风格越发简朴。松尾芭蕉倒是十分喜欢这里，前后专程来小住过三次，最后一次正巧也是在五月，留下了"五月雨や色帋へぎたる壁の跡"的俳句，大意是说：从前豪华的落柿舍，如今也破落衰败了，墙壁上残留着色纸掉落的痕迹，屋外的五月雨倒是温柔地下个不停啊。

因有了芭蕉加持，如今落柿舍小小的院落里，每天都坐着写俳句的人们。寺里专门设置了收集俳句的小信箱，供人创作完成后投稿，每年都会评选最佳作品。我坐在藤萝架下望着这些人，才意识到藤花已掉落多日，只剩绿色的藤萝爬满天井，才知道写进俳句里的都是当下的自然万物。人们之所以要跑到小小的草庵里创作俳句，也是因为在这里能够捕捉风物。院内立着一块牌子，以春夏秋冬为主题划分，分别列出了不同季节能在这座院落里找到的俳句旬物。夏季这一栏中，大约有菖蒲、百日红、都忘、紫阳花、伪宝珠、姬沙罗、黑花瓶梅和藤空木。柿子则要等到秋天了，听人说，到了深秋，草庵门口甚至有人摆摊卖新鲜柿子呢。

若是夏天有雨，或许可以去不远处的祇王寺，那里是京都知名的“苔寺”之一。雨水润湿满庭苔藓，绿地之上笼罩着绿林，堂内有圆形格子窗，坐在窗前，能从一株低矮的绿树中看出大千世界。祇王寺是在《平家物语》中登场的名寺，发生了悲剧恋情，如今常常人满为患，可若是遇到一个冷清的雨天，便能懂得它有种避世的好，千年不移。

若是艳阳高照，最好像我这样毫无目的地乱走，去一家不知名的小店吃一锅嵯峨野著名的汤豆腐，窗外有杜鹃花正在绽放，自己也如同置身画中，然再喝一瓶冰镇啤酒，带着微醺继续走过菜地和农家。农家妇人正聚在一起收拾菜地，孩子们举着网捕蜻蜓，遇到我时都高兴地打招呼：“你好呀！”路过竹器专卖店，有绿色的竹筒酒器，老竹用来做酒壶，若竹用来做酒杯，也有翠绿色的竹筒花瓶，说竹子是砍下来不久的，拿回家用水养着，不出半年就会从绿色变成黄色。路过门前站着狸猫的人家，路过荒芜的庭院与挂满果实的树，最后你也许也会看见那块写着“直指庵”的路牌，也许会因为太喜欢这个名字，便一路追踪而去。在蜿蜒小路的尽头，竹笋从竹林里悄悄冒出，竹林后藏着一座寺院。

于是，在临近关门前的半小时里，你会幸运地将整间寺院包场。坐在本堂里，正对一片漫无边际的绿意，杜鹃鸟盘旋啼叫，落日的余光穿过树叶间隙，在地面上悠悠滑动。

探访直指庵的人并不那么多，因此它被一些人称为“隐寺”。在这座小小的寺院里有留言本，记录着来访者的心情，那些让他们感觉痛苦和艰难的事情，那些人生中对谁也无法启齿的秘密——关于升学和就职，家族和朋友；关于无法传达的恋情，沉沦其中无法自拔的忏悔；关于婆媳关系困扰，健康状况的忧虑；关于老年生活的不安，看护亲人的辛劳……后来听说，因为这册写满了人生艰辛的本子，一些人专程来到直指庵。据说从 1965 年开始，寺内已经集满了 5000 多册心情日记。多少人曾坐在这里悄悄哭泣，与不知何时将会到来的陌生人分享人生，然后各自回归生活，谁也未曾再邂逅谁。

那个留言本上的一些语句给我冲击，令我不断读下去，离开时距离关门时间已经过去了 10 分钟，寺院的小和尚站在门口等我，并未抱怨半句。我匆匆踏出，听见身后重重一声，大门正在徐徐关闭。在那捡来的 10 分钟里，我站在本堂前认真地读着用毛笔写下的一段话：“朋友哟，不要随意对这世界叹息，也不要随意感到虚无，众人生下来，众人活下去，各自在各自的道路上有悲伤，各自在各自的道路上有艰辛。朋友哟，迄今为止的道路上，从今往后的道路上，内心时常感觉疲倦的，并非只有你一人啊。”

在直指庵的留言本上写下心情的人，就算无法寻得人生的答案，也一定会将自己的感悟传递给另外的人。听说在每年的春天和秋天，寺院会将这 5000 册留言本全部限时对大众公开。一定又会有人再度来访，对于自己某时的绝望心情，已经可以一笑而过了吧。

你看今天，当我走上归程，黄昏徐徐降临，嵯峨野空无一人，京都绿到天际。

第五章 喫茶

咖啡馆里的京都温度

INODA 不易流行的气质

长途旅行归来，第一件事总是把咖啡豆补上。在一座城市里，有一家固定去剪头发的店，咖啡豆没了知道该去哪里补货，都会成为安全感的来源。周日的花道课结束后，我从六角堂散步去堺町通三条，那里有家名叫 INODA 的咖啡店，是我最常去的一家。

在 INODA，我最常买的一种咖啡豆叫“阿拉伯珍珠”，有着从创店之初就一直延续下来的味道。若非对苦味和酸味有执念，那么这款口感温和的咖啡豆最适合早餐时光。袋子上印有春天的樱花和秋日的红叶的限定款咖啡豆，偶尔也会买，虽然只是包装变了，但总有种秋去冬来季节变迁的仪式感。最初也贪心，几种口味都想买回去试一试，店员一脸为难：“真的要买那么多吗？开封后一周内喝完，咖啡豆才能保持美味哦。”

住在京都的人，没有不知道 INODA 的。它首先是处文艺地标：第一任老板猪田七郎是位西洋画家，于是这里自 1947 年创立之初，就成为京都文人的聚集地，电影导演吉村公三郎和大作家谷崎润一郎都曾是店里的常客。文艺风盛行的昭和时代，店内的日常就是举办文化沙龙。第一位向我推荐 INODA 的朋友说：“京都的早晨，从 INODA 的咖啡香气开始。”后来才知道，这句话不是她说的，而是作家池波正太郎的名言。INODA 能声名远扬至东京，也要归功于这位作家：在随笔集《从前的味道》中，池波正太郎说自己每次造访京都时，总要光顾 INODA 总店，这里的咖啡“最适合日本人的口味”，后来他患上了“强迫症”，每天必须喝一杯咖啡，全拜此地所赐。他又极力推荐一款牛肉三明治，说那是“男人吃的三明治”。我认识的人中有位池波正太郎的书迷，他的乐趣是坐在 INODA 环顾四周，推测自己的偶像曾经坐在哪个位置，非常可爱。我也在 INODA 见过那些弥漫着大正昭和时代文人气息的老男人，戴着帽子拄着拐杖，一张报纸就一杯咖啡，我猜想池波正太郎当时便是同样的姿态，INODA 店内的时间仿佛凝固了。

通常来说，名气太大的店我总是敬而远之，但 INODA 是个例外。尽管它在京都市内开了好几家分店，但丝毫没有失去那种朴素的日常感，保持着怀旧的昭和摩登风格。无论什么时候走过，看到的总是坐在窗前不紧不慢喝咖啡的人们，后来和朋友相约见面，也总是在这里谈话聊天。日本俳句大师松尾芭蕉曾有四字名言：“不易流行”，说的是不变与变化同时存在于一个事物之中。从前我不懂其中深意，看到 INODA 后就渐渐明白了。咖啡店里随时有长队等候，难免也有游客来一探究竟，这让它并没有如同昭和时代的大多数喫茶店那样衰落下去，但店内更多的还是当地熟客的身影，咖啡和食物的味道都不曾改变。京都是个无意中会流露出距离感的城市，在 INODA 店内偶遇的熟人，互相寒暄谈笑，那些坐在角落里的老人摊开报纸，会看一个早上，他们会令你短暂忘记这座城市对外来者的防备心、那些微妙的人际关系，让我感叹“原来京都亦有街坊气”。如此说来，INODA 的气质也就是京都的气质，后者既是全日本拥有最多文化遗产的古都，又是全日本咖啡消耗量第一的城市——怀旧和流行，在这里永远以崭新的形态交汇并存着。

在 INODA 排队的人多是结伴而来，为了等待一张单独的空桌、些许私密的谈话空间。如果愿意拼桌，倒是随时可以入座。我从来都喜欢坐在大圆桌边，像是回到了广州日常的早茶时光。冬天从花道教室出来，饥肠辘辘，决定去 INODA 吃下午茶，才刚刚坐定，对面就来了一家三口，把店里的招牌食品都点了一遍：牛肉三明治、火腿三明治、撒满砂糖的吐司、昭和风的那坡里意面……彼此也不说话，熟练地分食着。落地窗外的庭院，此时开始有了一点秋天的红色，但主角还是高大的常青树，入口处留着一块小小的町家坪庭，在 12 月的第一天，山茶花已经开满了枝头。厨房是开放式的，喝着咖啡时，听到里面传来杯盏碰撞的声音，转过头去，看到带着白帽子的服务生正在冲泡热腾腾的咖啡，就觉得“现世安稳”这种心境原来真的存在。我也忍不住照着一家三口的样子，点了一份牛肉三明治，第一次尝到了池波正太郎口中的“男人的味道”。

有一年立夏，阳光极好，醒来便想去 INODA 喝一杯初夏的咖啡。那天难得去了距离 INODA 总店只有一个拐角的三条支店，店里有一张更大的圆桌。众人绕桌而坐，穿着白色上衣的咖啡师都站在圆桌内环中，在众人眼前冲泡咖啡。这样的位置是一个孤独者的最佳选择，人们亦是形单影只地来，喝了半杯咖啡，书也读了一半。INODA 的店员通常不和客人搭话，专心致志地煮咖啡，可如果遇上哪天人少，没准其中一位年纪最大的店员就会告诉你：“喏，靠近入口处那个座位，那时候高仓健来京都拍电影，就是坐在那儿。”

比起“咖啡馆”这个称呼，日本人提起 INODA，更喜欢说它是代表京都的“老铺喫茶店”。我被“喫茶店”这个名字打动，猜想它来自禅语“喫茶去”——在京都的寺院里经常能看见这个词，似乎在一杯茶的转念之间，就能化解一切。因为有了 INODA，京都的咖啡馆从基因上就和东京不同，和那些国际连锁咖啡店更加没有可比性。在这里，你根本舍不得拿出电脑工作，而事实上也真的没有人这样

10
2
9
3
8
4
7
6
5

第五章
喫茶

做。时间是静止的，人们是不追求效率的，倒是也有人会在这里洽谈商务，但言语中多了些感情色彩。

后来在 INODA 附近发掘了另外一家咖啡店，是如今已传承到第三代的“六曜社咖啡店”，京都特色更浓。这家店其实有两层，一层早上 8 点半开门，走的是京都传统喫茶店风格，从提供一日的咖啡和早餐开始；但真正热爱六曜社的人偏爱去中午 12 点才开始营业的地下一层，那里几乎不提供餐食，除了小小的甜甜圈外，只供应咖啡。

我坐在六曜社的地下一层，多是在一些不那么正式的场合：等待和朋友碰头吃晚饭却又不太着急赶到时，突然下起一场大雨又没有带伞时，从花道教室出来又不着急回家时……每一次我推门进去，店里总是烟雾弥漫。这里从来不禁烟，甚至会提供印着店内标识的免费火柴，因此也有人专门进来抽根烟。地上是人潮汹涌的三条大街，地下是一根烟一杯咖啡的烟雾缭绕，在喧嚣的世界里，六曜社就是这样一个承载着京都人琐碎时间的黑洞。

鸡蛋三明治是京都的温度

如果和朋友约在京都吃午饭，我多半会说：“去吃鸡蛋三明治吧！”本能寺对面商店街上的 Smart，就像是我从不变心的食堂，那里撒上一点盐的鸡蛋三明治我吃上 100 年也不会厌烦。

把 Smart 比作食堂未免有些太贬低它了，毕竟它从前是太秦电影人[1]经常光顾的地方，连美空云雀也对这里特别青睐，再过四五年，它就能跻身京都百年老铺之列了。近百年来很多人反复光顾 Smart，也只是为了一份温热的鸡蛋三明治。和便利店中煮鸡蛋切碎后拌上蛋黄酱夹入三明治的常见做法不同，这里供应典型的关西风味鸡蛋三明治，把刚煎熟的玉子烧夹在烤好的吐司里。吃过那些冷冰冰的三明治，我咬下 Smart 家的鸡蛋三明治时，第一口便被它的温柔口感征服了。没有多余的酱汁，淡淡浮上来的是鲣鱼汁里的酱油和砂糖味，此时撒上些许胡椒盐，风味更佳。玉子烧是日本普通人家早餐桌上常见的食物，但将它与三明治结合，这样的“东西联姻”实属少见，又非常惊艳。Smart 的咖啡，酸味比别处更重，本来不合我的口味，却意外地和鸡蛋三明治很搭，每次都要点第二杯才肯罢休。

Smart 的法式吐司也很出名，听说这是如今的第三代店主从祖母那里继承的手艺。吐司外皮烤得酥脆，内里却残留着湿润口感。我吃过一次，终究还是不敌鸡蛋三明治的魅力，对后者上瘾的征兆不定期发作，我甚至疑心自己患上了戒断综合征。鸡蛋三明治是京都的温度，这是你吃过一次 Smart 才会明白的道理。

1　20 世纪后半叶，京都的太秦地区有多家电影厂，如今多数电影厂已相继倒闭。——编者注

每次去 Smart，总能看见店里有学生模样的男孩在读书，又总有女生结伴而来，亲密地低声聊着天。店员不催人，无所谓翻台率，那些宁愿排着长队也要坐下来的人，可见也是中意这里的氛围。有时候你的邻桌是画风奇怪的中年机车男女，就着火腿三明治抽了满桌的烟。日本禁烟条例严格，有朋友跟我抱怨这个国家对待烟民太不友好，而 Smart 延续着从前的传统，坚持做一家允许顾客抽烟的咖啡店，而且坚决不划出禁烟区。时常也有观光客向店主抗议，令他很苦恼：喫茶店原本就是这样的场所啊，Smart 从前是学生、艺术家和思想家聚集开文化沙龙的地方，哪有不能抽烟的沙龙呢？

我因为 Smart 迷恋上鸡蛋三明治，曾经把提供这种食物的京都咖啡店都扫荡过一遍。住在京都的友人推荐我去松屋町的 La Madrague（日文：喫茶マドラグ），说它恐怕是时下最能代表日本鸡蛋三明治制作水准的名店了，并给我看杂志中对这家店内三明治的介绍：并不像传统三明治那样切得方方正正，而是别出心裁切成三角形，堆得像金字塔一般。我和友人心血来潮，在周日中午去了，被告知至少要等两个小时，不得不放弃，却一直惦记着。

那之后又去店门前徘徊过好几次，终于某天遇上刚开门，运气很好，只需等 20 分钟。吃到了那里一份只要 680 日元的鸡蛋三明治，却撑到无法站立。后来跟老板打听，才知道三明治的横切面有 10 厘米厚（有客人说它是“世界第一厚的三明治”），里面要放整整四个鸡蛋——早餐时气吞山河能吃掉四个鸡蛋的勇士们，全都坐在 La Madrague 里呢。

我之所以推崇 La Madrague，是因为它死而复生的故事比鸡蛋三明治更加动人。这幢百年町屋原本属于另一家咖啡名店 SEVEN（日文：喫茶セブン），后者在这条街上开了 50 年，已成为当地人生活中的一部分。然而，2011 年 SEVEN 的店主去世，它不得不永久停业。大约半年后，La Madrague 如今的店主在寻找京町屋时，偶然遇到这座房子，听闻了它的故事，反复思虑之下，决定将这家咖啡店经营下去。起初这里只专注于卖咖啡，老板和从前的熟客探讨什么样的咖啡才是京都的传统味道，不断改良之下，生意也欣欣向荣。

又过了一年，店里来了个新客人，他提议："既然已把 SEVEN 继承下来了，La Madrague 不如把刚刚关门的洋食店 CORONA（日文：レストランコロナ）有名的鸡蛋三明治也继承过来吧？"1945 年开业的 CORONA，独一无二的鸡蛋三明治秘方，令店主也成了京都知名料理人，2012 年 2 月宣布闭店时，他已是 96 岁高龄，体力不支，不得不隐退。La Madrague 的店主登门拜访了这位老人，老人毫不犹豫地将三明治秘方毫无保留地传授给他，并很高兴有人愿意将这份味道在京都传承下去。不久后三明治在 La Madrague 店里开售，慕名而来的客人却说："CORONA 的三明治要更加柔软呢！分量是不是也更大？"La Madrague 的店主又去请教了老人，老人很疑惑:“是大家美化了记忆中的味道吧?”那之后,店主便根据客人意见不断改良,从调味料的增减到制作时长和火候大小,再到双手力度和切割角度的把控……终于将三明治变成了今天的样子。那位客人说:“没错,就是这个味道,真令人怀念啊。”

今年,听说 La Madrague 在东京也开了分店,似乎是在相当热闹的市中心,应该也是终日排着长队吧。可是我却很怀疑:鸡蛋三明治的味道,本质是京都旧式的人情味,这样的人情味道到了冷漠的大都市东京,不会水土不服吗?我从前听说,“La Madrague”其实是店主的妻子最爱的演员碧姬·芭铎在圣特罗佩一间别墅的名字,每次因拍摄电影感到疲惫的时候,碧姬·芭铎总是说:“好想回 La Madrague 啊!”对于京都人来说,La Madrague 大概也终于成了这样一个存在。在繁忙生活中,尚有一种熟悉的味道,令人心安。

不如在京大门前喝杯咖啡吧

很多时候会突然想去京大北门的进进堂。搭乘京阪电车到达出町柳站,先在贺茂大桥上看看鸭川三角洲的风景,然后便一路向东漫步,到达进进堂不过 10 分钟距离。进进堂也有传说,它是京都第一家面包店,当年店主在巴黎留学,深受咖啡文化影响,回国后便决定在京都也复制一家巴黎店面。进进堂 1913 年开业，起初只贩卖法式面包，后来才渐渐演变成咖啡馆。如今进进堂在京都各处都开了分店，我从不在那里喝咖啡，但会专程去买面包，尤其是一包什锦杂粮面包，是我早餐的主食。

我特别喜欢进进堂宽厚的柚木桌子和长条椅子，阳光好的日子，我总会坐在沿街靠窗的位置，那里很适合读书，也可观街景。进进堂有一种令人安心的开放感，拼桌时两人的距离保持得恰到好处，安全感不会受到侵犯。后来的人在我旁边或对面坐下，多是京大的学生，在店里打工的也基本是京大男，流水般地换人，却常常都长得很帅。“京大的教授偶尔出现在店里，不乏来头很大的，没准你右边那个人，刚好就拿过诺贝尔奖呢。”也有人如此说。

进进堂的店主对这里的桌椅颇感自豪，据说是被誉为“日本人间国宝”的木艺家黑田辰秋亲手定制的。黑田辰秋在 20 多年前去世，今天进进堂的第四代店主还是会亲切地回忆：“那时候我还是个小孩，脑海里却始终记得一个画面，黑田桑在去世的几个月前还偶尔会来到店里，坐在椅子上远远地看着我们。”

一年年初去进进堂时，店内正挂着《春宵苦短，少女前进吧！》的海报，才知道小说改编的同名动画电影就要上映了。作家森见登美彦在京大读书期间，总是来进进堂写小说，坐在最里面的露天吸烟区，一写便是整日。所以在《春宵苦短，少女前进吧！》里，学长第一次和黑发少女约会，就是在进进堂碰头，可见森见对这里很有情结。森见登美彦没有提过（我猜是不舍得告诉外人），进进堂的咖喱饭十分好吃，猪肉和洋葱简单混合，咖喱像汤汁一样稀薄，配面包却是最佳，也已经卖到第 45 个年头了。

京大周边还有家秘密咖啡馆，位于东边的吉田山上，是大正末期的木造一户建，名叫“茂庵”。去茂庵，要经过吉田神社境内，一直登至山顶。秋日里顺道去过神社一次，被午后阳光下的漫山红叶惊艳，流连着不肯继续攀登。尽管需要登山，茂庵的客人却终日很多，需要先脱了鞋在一楼房间里等待。咖啡馆在二楼，坐在下面能听见地板嘎吱作响，是店员在走动。

茂庵的座位全都面对窗户，这个季节在窗前坐下，三面皆有不同景致。一面是红与黄的深秋组合，一面还全然是绿意盎然，而我总是运气好，能在面朝京都市区的那一面坐下。此时便能看清，这城市果然蛰伏于盆地之中，还有东山上的“大”字形火床，第一次看得这样清楚，想必每年夏季五山送火时，这个位置也是绝佳的观景地。

据说茂庵从前是茶苑，颇能体现“市中山居”的茶道追求——出门有都市繁华，闭门即如在深山隐居。多年前创始人谷川茂次郎去世后，这座曾经的食堂被改造成咖啡馆，而茶室清闲亭和田舍亭依然留存着，如今也会定期举办月釜茶会。没有茶会的日子，馆内也总有禅茶风景，有时是一扇能看落日的窗，远方山线上泛起橙红色，市区随之亮起点点灯光，无论是东山的夕阳晚霞还是京都的人间灯火，都有种千年不变的隐喻。冬日临近，到下午 5 点便该起身离开了，此时山里已是漆黑一片，幸好小道两侧摆满了脚灯，供人沿灯下山，是来自山顶的体贴。偶有动物叫一两声，也不知是什么动物，就静静听着。抬头有明月，在京都景致中，阴晴圆缺早就令人见怪不怪。在寒冷的冬日傍晚独自下山，店主会特意叮嘱你："一定要小心啊，前两天有人在山上摔倒了。"京都的温情也早就令人见怪不怪了。

我总觉得，京都的最后一丝矜持藏在咖啡馆里，是保持着高贵的距离感又不失关怀，能令人沉静下来的温情脉脉。这些咖啡馆是我想要搬去京都的原因，在那里可以读书，可以发呆，可以看山，可以晒太阳……让人相信这一天会有好事发生。最近听说鸭川岸边有家咖啡馆，买了咖啡装进野餐篮里，可以租借木头桌椅，于是去那里就成了眼下最期待的事。等春风拂面的日子，就带着京都的咖啡馆去鸭川野餐吧。

是杂货店，是小宇宙

松荣堂：线香里的京都四季

季节交替之时，最先发生变化的是嗅觉。古都清洌的空气中略有了些阳光的暖意，又有非常细微的植物香气，沿岸那些樱树鼓胀起来的花苞，不加掩饰地生机勃勃。

每当到了这个时候，就想买春天的线香。京都的香铺不少，我一直去的是松荣堂。它有着 300 多年的历史，即便在百年老店林立的京都，也是老铺中的老铺。初去时只是为了采访，临走买了一盒京线香组合，说是经典款，讲究的是名字中的“京都岁时记”：“轩端”有“檐前”之意，古来有“轩端之梅”的说法，是指京都春寒料峭之时，开在屋檐前梅花的姿态；“京樱”应的是樱花季的景，在谷崎润一郎的《细雪》和川端康成的《古都》中都曾登场的京都樱花，比别处更加优雅、雍容华贵;“五山”来自京都夏季的五山送火仪式，用了印度白檀做基调，也许这是思念故人的沉静味道吧;“京锦”是秋天的特色，若是你见过一次岚山的深秋，便会知道流转在千年之间的红叶盛景，果真如锦绣一般;“金阁”在白檀中掺入了桂皮，有些许不易察觉的涩味，让人联想起镜湖池中的金阁寺倒影。

在一盒线香里浓缩了京都的文化和历史，是松荣堂打动人的地方。后来又零零散散买过一些其他的香，去年夏天钟情荷花，跑去好几间寺院里观荷，直到夏日逝去，竟也在松荣堂买到了一款“荷花香”，却是意料之外地浓郁香甜。又买了这一系列的很多香送给朋友:“森林”“煎茶”和“薄荷”，都是纯粹的自然味道，而叫作“咖啡”的那一款，味道就真的有些微妙了。

爱用的香盘也是在松荣堂买的，靛青的底色中有烟花绽放。香立是七夕时节的限定款，入道云下绽放着蓝紫两色的朝颜，又有蜻蜓立在上面，是动漫里见过的夏日景象。香盘和香立搭配在一起使用，就会让人想到“短暂”和“瞬间”。烟火的转瞬即逝，朝颜的朝开夕谢，所谓一炷香的时间，也是整个宇宙变化的一瞬。

松荣堂又有一组叫“旬”的香，四种味道就是日本的四季流转:春天叫“青春”，夏天叫“朱夏”，秋天叫“白秋”，冬天叫“玄冬”。也有根据时令取名的香，招架不住的总是语言的优美:“花咲月”是阴历三月，此时需要甜蜜的桃花香味;“卯花月”是阴历四月，应该有稍稍长出新芽的樱花味道；“凉暮月”是阴历六月，需要从酷暑中沉静下来生活，便营造出水沫四溅的清凉感；“时雨月”是阴历十月，秋冬之交的阵雨忽降忽止，这个时候需要稳静的菊花香。

四季主题的香立上，更加是理想的京都模样。“花咲月”的香立以东山为背景，有淡粉色的樱花，在春霞之中满开了；“卯花月”香立上的蝴蝶飞舞在阳光下的卯花之中；“凉暮月”的香立上，则是静静矗立在水边的一只翡翠鸟；“月见月”上是被宁静的露草和芒草装点的秋夜，挂着一轮硕大的月亮——中秋时京都各个寺院神社都会举办月见会，就是在这样明亮的圆月之下；“时雨月”上是被秋雨润湿的雏菊；“霜降月”上则是一株生长在草棚里的牡丹——去年我在奈良山寺里第一次见到了这样的草棚，日本人为了防止花朵遭冰雪冻伤，总是在冬日里为它们搭起尖尖的棚子。

产宁坂上的那家松荣堂分店，因为在清水寺附近，永远熙熙攘攘，从几米之外就能闻到香气。这家店有专门的限定商品，是每个季节的“时令之香”，春天里第一次来访，店内玄关处点着一根“樱之时”，配以樱花图案的香立。

这时的季节限定香中，有一款叫“春彼岸”。“春彼岸”本指每年 3 月 18 日到 24 日的一段时间，以 3 月 21 日春分为中点，前后各有 3 天，一共 7 天。在昼夜长短相同的春分日，太阳是从正西方沉下的，因此佛教里便认为阿弥陀如来的西方极乐净土在这一天可以与人世相通，需要点燃一根香，祭拜祖先，默默祈愿。还有一种名叫“春阳”的高级线香，点上后颇有春风凛冽之感，好就好在有些许苦味。

听说松荣堂有一款叫“堀川”的白檀香，是最受欢迎的人气商品，甚至很多老铺旅馆和高级料亭都会在玄关处点一根。我曾经去过一家旅馆，因为客人总问起这款檀香，老板还特别写了一份介绍，文风是日式的心灵鸡汤：“你们在旅途中会被什么样的东西治愈呢？美丽的景色、美味的料理，还是愉快的对话？这些都是令人欢喜的存在呢。你们会被香味治愈吗？旅馆里优雅的味道，也是让旅途变得丰富多彩的重要元素呢。”

后来才知道，松荣堂最早是做宗教用香的，几百年来一直是京都和奈良很多寺院的御用香铺。兴福寺的东金堂专用“药师香”，药师寺的药师如来佛像之前会点一根“琉璃香”，东寺则点“风信香”——名字来自空海的书法作品《风信帖》……如果对清水寺、东大寺、醍醐寺、金阁寺、银阁寺、建仁寺、神护寺尚存嗅觉记忆，念念不忘的源头也许就在松荣堂。

日子久了，去寺院时总能辨别出松荣堂的味道，写稿时偶尔点上一根香，在寺院里停留的片段就会浮上心头，眼前有时候是一尊佛像，有时候是一扇圆窗，有时候是一阵雨，有时候是一缕烟，总有一种置身山寺的感觉，令人非常欢喜，又非常平静。

这时就会想起第一次去松荣堂采访时，店里的中年男人告诉我，他本来是个理科生，误打误撞进了香店工作，这里存在着一个他之前从来不知道的世界，“一个完全感性的世界”。

鸠居堂：“留白”的仪式感与美学

有一年，友人收到日语老师寄来的明信片，祝贺她顺利毕业。那张明信片上印有东京塔前满开的樱花，很符合我心中对四月午后的想象，十分喜欢。在网上苦寻一番，终于找到了鸠居堂，只是已过时节，这款明信片售罄了。

自此知道了鸠居堂。它是 1663 年创立的老铺，356 年来一直开在本能寺对面，虽然也卖香，但毕竟不像松荣堂的香那样戳中我。每次从 Smart 吃完鸡蛋三明治出来，总要去鸠居堂转一圈，为的只是满货架的明信片和信纸。随着季节变化，总有新鲜收获，连写信的心情也变得不一样了。

偶入鸠居堂的人，兴许会突然想给自己写一张明信片。这里的明信片上，几乎能找到京都所有的神社寺院和各种祭典画面，应时应景，能成为美好的季节回忆。我在三月里又来了一次，记住了银阁寺、桂离宫、月下的龙安寺石庭、雨中的清水寺本堂，也有祇园舞伎、女儿节的雏人形（人偶)、满开的淡墨樱。

此时最具特色的是应季的花草主题明信片，三月的明信片上有山茶花、洋水仙、牡丹、春兰、菜花、蒲公英花、樱草、桃花、紫罗兰、郁金香、含羞草，甚至还有荠菜。晚些时候进入夏天，图案就更加丰富了：有植物——花水木、山吹、紫阳花、蔷薇、菖蒲、朝颜和向日葵；亦有风物——西瓜、金鱼、花火、风铃、团扇、彩虹、入道云和萤火虫。秋季的明信片上是女郎花、紫式部、吾亦红、芒草、彼岸花和红叶，还有石榴、栗子、柿子和银杏等果实，自然也有一轮中秋明月。即便到了万物凋零的冬天，明信片上也有菊花、报春花、一品红、南天和柚子……货架上每月更新一次陈列，全年加起来竟有超过 200 款明信片。

这是鸠居堂最受欢迎的“四季花草风物系列”，据说是从 1978 年一张印着一朵山茶花的明信片开始的。这一款明信片如今依然在花开的季节售卖，有红白两款，硕大的山茶花绽放在明信片最上角，剩下大片空白。“留白”是鸠居堂的明信片美学，老板找来浮世绘出版社的设计师，想要借用日本传统艺术的“余白之美”。普通的明信片都是正面印画，反面写字，而鸠居堂的留白，则是想让人们把字直接写在图案旁边，因为文字才是一张明信片的主角。

“真想看看全部的季节限量款摆在一起是什么样”，经常有顾客这么说，于是鸠居堂干脆出版了一本书：《鸠居堂的明信片花历》。这本书最有意思的地方是，鸠居堂特别邀请了生活美学家吉泽久子来写明信片上的文案。在印有水仙的明信片上，她如此写道：“不记得在哪一本书上读到过，美国插画家塔莎·杜朵把水仙的球根扔到庭院里，落到哪里就种在哪里。我把这个故事说给外甥听，他也学着做了，但是庭院狭小，球根飞进了邻居家，引人大笑。你今年也种水仙了吗？”

将与水仙有关的故事写在明信片上，它就会成为一段回忆。鸠居堂的明信片令我明白，在时间被手机和电脑占据的现代，人们步入社会之后，写字的机会变得越来越少，日本人除了贺年卡之外，几乎不会再写信和明信片。吉泽久子的这一段文字看似漫不经心，好像只是在说水仙花的事情，却又非常有仪式感地分享着自己和季节的相遇，有一种令人怀念的旧式温情。

鸠居堂也卖各种纸品，信封也好，礼金袋也好，新年结婚葬礼，不同场合有不同的专用款式，还有专门用来封口的贴纸，四叶草图案的最为可爱。笔墨纸砚也种类齐全。看到这些，难免会后悔自己没有好好练字。

对了，三月里我再去鸠居堂时，惊喜地和那张“东京塔樱花明信片”重逢了。又买了一张明信片，印着嵯峨野的落柿舍，那是岚山一带我最喜欢的寂静小寺院。并不舍得写了送人，将它们带回家装在相框里，和浦泽直树笔下的《20世纪少年》插画，还有一年前从奄美带回来的田中一村的画放在一起，成了我家玄关里的小宇宙。

三条本家御帘屋：针里藏着“职人技”

如果不是专程来寻，根本就不会发现三条本家御帘屋针铺（日文：三條本家みすや針）。我每周经过一次三条通的商店街，从没察觉路口的小巷里藏着全京都针线界地位最高的老铺。它实在是太过隐蔽了：门口立着一家占卜店的招牌，占卜店似乎还挺有名气，总有两三个年轻女孩坐在门口等候。要经过占卜店继续往前走，穿过一个门洞，才会豁然开朗：眼前是一个小小的日式庭园，湿漉漉的水钵，山草疯长，与外面那条游客熙攘的繁华街道迥然不同，仿佛误入了宁静的异世界。石子小道延伸到庭园尽头，一个小小的房间立在一棵大树之下，三月的午后屋内流动着昏黄的灯光，像是茶室，却是针店。只有京都还留存着这样的店，不卖别的，专注卖针400年。

京都的一首童谣里唱道：“一条的归桥，二条的生药屋，三条的御帘屋针，四条的剧场，五条的桥弁庆，六条的本愿寺，七条的白薯，八条的竹笋，九条的葱，十条的罗城门。”说的是京都从北到南十条主道上的名物。三条的御帘屋针，就来自这间位于东海道五十三次[1]起点处的针铺，它从江户时代营业，如今已经传承到第18代，自1651年成为皇室的御用针司后，便从后西院天皇那里得到了“御帘屋针铺”的称号——制针是秘密技术，需要躲在御帘中进行。江户时代后期，又有另一首歌盘点了京都名物：“水、水菜、女、染物、御帘屋针、豆腐、生麸、鳗鱼、松茸。”可见从那时起，针已经是京都有名的伴手礼了。

即便是这样的名店，占地也只有三四坪，延续着最初的格局，柜台后面只容得下一个人。那天推门进去，已经有四名顾客站在柜台前，错身都很难。他们并没有在挑选针，而是正出神地听柜台后面的老头儿讲着日本幕末时期浪人组织新选组的八卦。

“从我们店往东走，大约两分钟的距离，知道那是什么地方吗？新选组的‘池田屋事件’发生地。从前听某位历史研究者说过，在池田屋事件中，被新选组追杀的一个长州藩志士，在事发当天逃到了我们的庭院里，”老头儿顺手往窗外一指，“喏，就是在那里，自杀了。”

“欸？！”众人齐齐转身望向庭院，发出夸张的感叹。

“还有，近藤勇死后，被斩下的首级就悬挂在这家店旁边哦。”

眼前的这个老头儿实在不像店主，俨然一副说书人姿态。四个顾客意犹未尽地听完故事，正要离开时，他仍在身后叮咛：“别忘了去

---

1 东海道五十三次：日本江户时代五街道之一的东海道沿线的五十三个驿所。——编者注

池田屋遗址看看！”

人都走光了，我才看清楚柜台上摆满了针，按长短粗细分类，装在小小的纸包里，陈列在木箱之中，数量可观。据说日式针、西洋针、刺绣专门用针等加起来，有150种之多。不同于市面上的机器制品，这些针全是由职人一根一根手工制成的。

针分为各种型号，挑花了眼，也不知买哪种好，便说是要送给友人，请老头儿推荐。

“那就6号吧，是家庭里普遍使用的型号。”他递过来一个小小的纸包，装着25根针，共432日元。

也是听老头儿说，御帘屋的针有个特点：针孔看起来比市面上其他针的要小，职人们花了很长时间将针孔打磨成正圆形，其实比视觉上更大，穿线也容易许多；而针尖必须要磨出一个不会伤害布料的角度，细微至几乎看不见。制针和煅刀一样，都是刃铁的艺术，其中的严格苛刻，是要在肉眼看不见的细微之处也打造极致。日本职人的细节控，在一根针上就体现得淋漓尽致了。

兴许是为了与时俱进，迎合年轻人的审美，店里还摆着各种可爱的猫狗造型针，也有女儿节雏人形主题的限量套装，5根针3240日元，价格真是非常“实惠”。不过最受欢迎的是装在桐箱里的家用套装，包括针、线和剪刀在内的7种产品，据说是老板娘自己平时常用的款式，也很小巧，便于携带。

御帘屋针铺虽然很小，顾客却总是络绎不绝，在容不下第六个人的狭窄店铺里，距离感突然消失，人与人短短几分钟就熟络起来。那日我临走的时候，站在庭院里看着店里的热闹，人们围着老头儿，大约是他又说起了什么新的故事。

那样的时刻，心里突然涌起信赖感——在这小小的京都一隅，尚存在着交流的乐趣；又觉得日本的“职人技”，兴许不只体现在对待物品上，也是对待人的态度。这座庭院的泥土里埋着多少针呢？那日我买好了针，老头儿是这么教我的——“用完之后，一定要把针好好地装进桐箱里，这样便不容易生锈，能够长久地使用下去。用旧了或是折断的针，最好装进瓶子里，埋在庭院的泥土里。我们家的针是用铁制成的，生锈之后，就让它回归自然吧”。

“兔子的寝床”：植物是宇宙的语言

准确来说，我是在一乘寺的惠文社书店遇到 Sola Cube[1] 的，杂货专区摆放着一个小方块，里面是蒲公英的标本。把蒲公英封存起来这个主意实在是有点妙，但标本价格并不便宜，再去时终于下定决心

1　这是一种植物标本，将植物封存在小巧的透明树脂立方体中，可用作家居装饰。——编者注

要买，却已经断了货。

“之前那个蒲公英标本吗？是从‘兔子的寝床’（日文：ウサギノネドコ）买的，或许你可以直接去那里买。”惠文社的小哥给我指了条明路，我这才一路奔到了西大路御池。也是在造访过“兔子的寝床”后，我才知道蒲公英标本会卖这么贵的理由：Sola Cube是以“植物造型美”为主题的系列装饰，将植物的种子、花朵和果实密封进4立方厘米的树脂中，也要由职人一个一个手工制成，做好一个立方体需要7~10天的时间，而蒲公英又是所有植物中密封起来最难的一种。要知道，一朵蒲公英上有超过200根的纤细绒毛，在它们就要四散的瞬间将之密封起来，需要非常精湛的职人技术。

听过了这样的故事，更加下定决心要买一个蒲公英标本，更何况店员还告诉我：“蒲公英的宙语是‘和风一起生存’哦！”

“宙语？那是什么？”

“Sola Cube中的Sola，在日文中有‘宇宙’的意思。人们在观看植物的时候，哪怕是这样微小的植物，也能察觉其中包含着一个宇宙。”

于是在Sola Cube中，最经典的松果，宙语是“反骨精神”，风船葛是“爱的证据”，鬼胡桃是“共存共荣”，水杉的果实是“穿越时空的再会”，红豆则是“幸福的护身符”……生命体无法被复制，封入树脂的植物大小、颜色和形状各有差别，各自的宇宙观亦有细微差异，每一个标本都是独一无二的。

终于买到了那个蒲公英标本，和清水寺的红叶、东京的樱花一起放在书桌上，形成了一个新的宇宙。

其实 Sola Cube 系列也有樱花标本，每年会在三月初和三月中旬各上架一次，因为很快就会售罄，很多 Sola Cube 爱好者会守在店前，等中午 12 点准时开抢。樱花标本有四种：日本人眼中樱花的代名词染井吉野、花朵最为丰满的安行寒樱、最早开花的河津樱，以及平安神宫的名物八重樱。在京都，自然就想要一朵八重樱，令人感觉留住了古都的花季。

在“兔子的寝床”，店里更引人注目的其实是各种矿物和动物标本，像是一间小型博物馆。以黄铁矿和紫水晶标本为代表的 Sola Cube Mineral 系列，据说是矿物迷的心头好。以微生物为模型激光雕刻的 Sola Cube Micro 系列，为了准确呈现微生物的细节，还找了相关的学术研究者监制，几乎可算是科学模型了，虫卵、团藻、病毒、放散虫、太阳虫……名字听起来有些可怕，标本却呈现出一种不可思议的透明之美。至于动物标本，头颅挂得满墙都是，最新推出的是海胆的骨骼标本，竟然做成了可爱的蘑菇形状。

两年前，“兔子的寝床”又在商店隔壁开了家餐厅，其中有一道“陨石咖喱”成了传说中的黑暗料理。这道以陨石为灵感的咖喱饭，端上来是黑乎乎的一盘，像宇宙黑洞。它像海胆的标本一样令我满意。近来听说餐厅楼上又被改造成了民宿，每天限定接待一组客人，住在这样的宇宙里，夜晚也许会上演冒险故事吧？

美术馆的落地窗前

我有一位日本女友，是典型的岛国文艺青年。她出生在琵琶湖边的滋贺市，高中时便独自生活在京都，从同志社大学毕业后做了记者，转职过出版社，在大企业做过公关，30 岁出头时抑制不住对印象派艺术的疯狂热爱，毅然去了巴黎，在艺术天堂待了好些年，两年前终于搬回京都，在一家日语学校做老师，学习用法语写日本题材的小说，开始大量阅读日本美术史。

女友痴迷西洋艺术，年轻时十分讨厌日本，觉得日本人缺乏个性，从不以真面目示人。然而，游遍巴黎，方觉京都好。距离感萌生了好奇心，身处异国才能感受到东洋文化魔咒般的魅力。于是她回归了这座自己最熟悉的城市，辗转于大小美术馆之间，觉得从前那些平凡无奇的，全是未曾见过的新世界。

在一般人眼中，美术馆之类的现代地标是巴黎的代名词，而神社佛阁才是京都的标配。如果没有重新审视的契机，就永远不会知道，古都里还藏着另一个天堂：京都拥有数量可观的小型美术馆，玲珑别致、各有专攻，因为收藏者个体趣味的差异，主题和风格不尽相同，有的甚至拥有室町时代传承下来的庭园和茶室，是只在京都才有的景观。

何必馆

祇园一角隐匿着一间何必馆，并不好找，一街之隔是游人如织的花见小路，不远处的八坂神社闪耀着夺目的朱红色，人们匆匆走过，很难察觉到这栋朴素的现代建筑是一座美术馆的秘密入口。然而只要踏进那扇门，就如同投身于异世界，车水马龙的喧嚣瞬间消失，运气够好的话，甚至可以独自包场。

何必馆以北大路鲁山人的展品最为知名。我从前在京都国立近代美术馆看过一次鲁山人展，总觉得冷冰冰的玻璃展示柜与其中那些食器散发的生活感格格不入，到了何必馆才见识到对待这些展品的正确方式，看得出其中埋藏着对展品的感情：备前烧花瓶里插着一朵含苞的山茶花，盛满水的双鱼钵里漂着两片蕨类植物，银彩四方钵里整整齐齐摆着三条小鱼干……食器中偶尔会出现一个正在腐烂的金橘，仔细一看，竟然是真的。

馆长梶川芳友也算是京都名士，深谙器物回归自然之道，不受那么多束缚，常常做出些公立美术馆不敢尝试的策划。例如在樱花满开的4月，将价格高昂的茶碗带往上贺茂神社（鲁山人出生于此地下属的社家），装饰于繁花绿草之间；或是在深秋的洛北名刹里，以满树红叶为背景，在落叶中放上一只信乐烧花瓶，使之成为大自然壁龛上的饰品；又将鲁山人的字画悬挂于枝叶之间，让自然催化它们“绽放出迄今从未见过的光彩”。梶川芳友数度引用鲁山人的话：

> 陶器本身并不能表现美，只有体会陶器所盛之物的美，才能随之懂得陶器的美。而所谓“懂得”，亦是与某件“物”坠入爱河的心情。

正如陶器与所承载之物的关系，承载陶器的建筑也必须与藏品风格一脉相承。让日本建筑大师头疼的设计难题之一，是如何让传统茶室跻身于现代建筑之中。梶川芳友轻松做到了这一点，他在何必馆的顶层建造了一间茶室，书法、油画、陶器、屏风，各种藏品装点其间，毫无违和感，恰是生活的还原。茶室前的天井开了一个圆洞，栽种了一株纤细的山枫，地上又覆盖绿苔，点缀二三石块，便成了庭园。

一个初春，我站在何必馆的庭园里，通过天井进入市内的微光与轻风之中，第一次看到了挂在茶室里的良宽和尚的书法：“君看双眼色，不语似无忧。”在闪过一丝恻隐的片刻，我还并不能体会这句话里所藏的忧愁的人生真意，也还不知道芥川龙之介当年出版小说《罗生门》时，曾将这句话印于扉页之上，成为他一生之中最爱的诗句。在何必馆里偶然看到良宽的书法，上书的文字与我后来人生中的许多走向巧妙地重合了。我又去过几次茶室看那幅字，看到庭园里那棵夏季有新绿、秋季有红叶的山枫树，依然细瘦，穿破了天空。

因此，逗留在何必馆，成了一件很情绪化的事情。我内心觉得这是梶川芳友的情绪使然，源于他对藏品的“懂得”，并努力想要传达这种“懂得”。他文笔优美，写策划案总是亲自动笔，谈及与藏品相遇的故事，总有一个桥段让人不自觉掉下泪来。他回忆自己开设这间美术馆，缘于 22 岁时邂逅了村上华岳的《太子树下禅那》，在画前呆立良久，直到馆员前来提醒：“闭馆了哟。”梶川芳友在那幅画里感受到的东西，就成了这间美术馆的名字：何必。

细见美术馆

何必馆擅长营造冷清气氛，位于京都美术馆聚集地冈崎的细见美术馆则乐于享受热闹，这里每年都有几场来头很大的展览，抢尽了不远处京都国立博物馆和市美术馆的风头。

某年二月，细见美术馆举办了“日本史上第一场春画展”，慕名而来的人从美术馆门口排到了马路对面的小桥上，工作人员高举牌子：队尾人员需等候 30 分钟。如此盛景，我也只在京都国立博物馆的“国宝展”和奈良国立博物馆的“正仓院展”上见过。那场展览看得十分尽兴，葛饰北斋的《喜能会之故真通》和歌川国芳的《相马旧王城》都是第一次见着真迹。因为展厅不似国立博物馆那么大，在有限而暗淡的空间里观看重口味的触手系画作和巨大的骸骨，反倒更符合气氛。

细见美术馆最常举办的就是这种浮世绘画展，这座开设于 1998 年的美术馆，创始人是大阪府泉大津市靠毛织物生意发迹的实业家细见良。平日这里以展览细见家三代的收藏品为主，其中琳派伊藤若冲的江户绘画，平安镰仓时期的茶道周边，都算是藏品中的珍宝。

美术馆本身也很有意思，外观看上去是矮小不起眼的双层建筑，步入内里才惊觉，这里挖出了三层深的“地窖”——加起来共有五层。原来，由于冈崎一带属于京都重点保护的文化景观，对现代建筑物的高度及风格有着十分严格的规定，几乎见不到高层建筑，大约以平安神宫巨大的红色鸟居为建筑最高点。细见美术馆为了确保展品有充分的展示及保管空间，索性采取逆向思维，一味向地下延伸，连咖啡馆都开在最底层，倒也有种地下宫殿的神秘。

曾听闻专业人士抱怨现代的大型博物馆：每件器物都摆得那么高，难道不知古人原本是坐在地上把玩它们的吗？细见美术馆的设计者大概曾有过同样的感触，几间展厅的陈列台高度各不相同，根据展品特点随机调整摆放位置，引导观赏者的视线。

外行人不懂这些，他们对这座美术馆的好印象，可能来自馆内从不安排任何“监视”的工作人员。即便在春画展上，混杂的人群中，工作人员也只负责疏导路线，一次也没将视线停留在聚精会神的观展者身上。

“这么做是为了让人们以最放松的状态与展品相遇。感受到来自他人的注视，人的心情会变得紧张，无法以最佳状态与展品交流。只有监视人员不在场，才能营造一方悠闲享受的空间。”

河井宽次郎纪念馆

京都是艺术家和生活家的聚集地，他们死后，便留下了搬不走的艺术作品：家。如东山住宅街内陶艺家河井宽次郎的纪念馆，银阁寺山脚下日本画家桥本关雪的纪念馆，都是故居，是值得一去的地方。有个红叶季的周末，市内游人如织，我任何寺院都不敢去，在住宅区小小的咖啡店吃了美味的鸡蛋三明治，又买了刚烘焙好的咖啡豆，想着附近的河井宽次郎旧居还从未去过，溜达着一探究竟，竟一直坐到天黑。

如果不热衷日本民艺，恐怕很难领会到河井宽次郎的美好，拜此所赐，纪念馆内参观者寥寥，我如同拜访了一户真正的人家。这个家是我心中一处理想的居所，我武断地认定，如果能拥有那间正对着庭院的茶室，任何人都能成为生活家。而在这样一个主人已经辞世的家里，会突然有猫闯入，在椅子和书桌上放肆地跳来跳去。问起工作人员，说是附近的流浪猫，“不知从什么时候开始，自作主张反客为主了，每天都来”。没有任何人试图阻止它们，似乎猫与居所就该是这样的关系：一个好的家，总是猫先来。

庭园美术馆

有一座美术馆采取预约制，只在每年 12 月至次年 3 月期间才开放茶室参观——重森三玲庭园美术馆。重森三玲是昭和时代最著名的日本造庭家，在京都这个城市里很难错过他的名字。东福寺的方丈庭园，大德寺的瑞峰院庭园，松尾大社的松风苑三庭……均出自他手。但再惊艳的公共庭园，又怎及他一草一木精心打理的自家后院呢？旧居成了重森三玲留在世上的最后一件作品，茶室庭园皆有讲究，尤其

第五章
喫茶

是园中石头的摆放，配合池泉式设计，可玩味的细节不逊色于任何一座日本名庭。

要说庭园之美，不得不提京都御所北侧的相国寺承天阁美术馆。相国寺在京都“五山”中排第二位，属于在日本地位极高的禅寺。起初和其他寺院一样，由于缺乏专业管理和保养条件，相国寺也把自己所藏的数百件国宝寄存在京都国立博物馆，以至于它们常年不见天日，不为外人所知。

30 多年前，为了纪念相国寺建成 600 周年，寺院斥巨资建造了承天阁美术馆，将寄存在博物馆的藏品全数取回，自主进行管理，常年开设展览。承天阁有种混搭范儿，外观是朴素的禅寺，内部设施却不逊色于任何大型美术馆，2007 年还特别引入了耐得住 7 级大地震的最新免震构造——如此规模的寺院美术馆，全日本再找不出第二家。

现代美术馆和博物馆有个弊病：视自然为天敌。风雨当然要遮挡在外，连阳光也会伤害展品，索性不设窗户，展厅必然处于全封闭状态。承天阁美术馆却有不一样的风情，展厅与四周的庭园紧密结合在一起，阳光和风都能进入，在开放的空间中，庭园也成了展品的一部分。

“禅寺，或者说禅文化中，庭园是非常重要的元素之一。禅寺里的美术馆是禅的一部分，能看见庭园是必然的。”

公立美术馆

京都有两座著名的公立美术馆：国立近代美术馆和市美术馆。虽然展出的都是名品，但似乎因为太规矩，有缺乏感情之嫌，总觉得不如私人美术馆那般有意境。只在每年的一两次大型展览期间，我会挑个人少的日子去看一看。国立近代美术馆的大厅里有一扇明亮的落地窗，窗外有四季风景：春天的樱花，夏天的新绿，秋天的红叶，冬天的大雪……无论我什么时候去，窗前长长的一排椅子上总有人坐着，寂静不语。

今年夏天也去了，还没来得及看展，突然接到了另一位朋友的电话，于是就坐在那排正对着落地窗的椅子上，听她无助地讲起突然被确诊为癌症晚期的父亲，讲到人生的愧疚和虚无，在真相面前假装什么都不知道的怯弱和无能为力……因为父辈的关系很好，我们自小一起长大，参与了彼此的少年时代，旁观了彼此的青春时代，走上岔路又重新交会，如此过了 30 年，眼下刚刚开始感觉人生的艰难接连袭来，意识到死亡是没有先后的，像随机发出的牌。

过了半年，接到母亲的消息，说朋友的父亲去世了。我眼前浮现出国立近代美术馆的那排椅子来，知道自己看见了一个人生的隐喻：来的时候坐满人，离开的时候空荡荡。我知道我们今后的人生必将如此，把椅子上的人一个接一个送走，终于空无一人。

像川端康成邂逅东山魁夷那样

若是在秋季造访京都，该往哪里去呢？也许该先去天龙寺或西芳寺的庭园，这两者都由梦窗国师亲手建造，令古都人引以为傲。园中有精心建造的池塘，初秋时节多雨，细雨之中，就该在池边久久站立，感受微暗世界泛起的连绵波澜。

有漂亮的字眼，称刚刚开始的秋天为“新秋”，便不觉得这个季节是苍老的，也有着不输给春天的希望。趁着还是新秋，就要去嵯峨野看小仓山的落日余晖是如何把世界染成暗红色，接着从二尊院步行去落柿舍，经过杉树和竹林之间，秋虫鸣叫声不绝于耳，从野宫神社到大觉寺的一段路走得慢些，兴许就能在土墙边看见一轮明月，终于将光辉洒在大泽池上。一间名叫“厌离庵”的寺院也在嵯峨野一带，游客鲜少造访，因而在苔藓、碎石和茅屋构建的世界中，又留有一方完全幽寂的宇宙。庭园里一株老枫还未到换上红叶的季节，但随风摇曳的白萩已完全是秋日风情，就请坐下来，喝一杯草庵主人刚煮的薄茶吧。

过些日子再去往郊外，于京都和奈良的交界处，长满了柿子树的深山里，有一间净琉璃寺，是古时的人们在田园风景中辟出的一方净土。一休寺亦是秋游的好去处，它原本叫作酬恩寺，因一休和尚在此度过晚年而得此别名。小寺内有枯山水，有简单朴素的茶室庭园，有将归于尘土的临终心绪。

这之后该是京都红叶漫山的时节了，洛西的山红得略早，以神护寺和高山寺的红叶最为有名，傍晚坐在石水院廊下，难免要想象一番秋月从山间升起的景象。然后一定要再去一次嵯峨野，去落柿舍、二尊院、祇王寺和直指庵——特别是祇王寺，虽说已经过了欣赏青苔的季节，此时却因为枯萎的苔藓上洒落着片片红叶，另有一种荒芜之美。洛东的赏叶胜地首推东福寺的通天桥，若是去鹿之谷的法然院则会流连于杉林之下小巧的茅草山门，诗仙堂的山茶花开得比别处更急，赤山禅院的枫树红得令人心惊，而曼殊院里的白砂、苔藓、飞石、松树和红叶冲撞出了最烈艳浓郁的秋意。大原之里不只有柿林和枫叶的奇妙配色，连秋风亦有声音。

三千院以红叶散落时为最美，大德寺高桐院的庭园最有镇定人心之功效，在光悦寺冗长的茶席之后，便要按惯例悠然眺望片刻鹰之峰的红叶，归途中依次经过金阁寺、龙安寺和仁和寺，慌张看一眼，雾雨就要在傍晚降下了。眼看将入冬了，最后一个晴朗的日子就再一次越过花背峠[1]，在明媚与荫翳急速变换的山间徒步，终点是大悲山的峰定寺。夕阳金光闪闪洒满了山谷，暮色渐暗，谷底升起星星点点的京都街市灯火。

每个人都有自己的京都，在各种各样的古都意境中，我看到过一个尤为动人的：东山魁夷的《京洛四季》。今年秋天，京都国立近代美术馆举办了东山诞辰 110 周年画展，我第一次在现场观赏那些可爱的小画，上文便是他在秋天描绘的片段。若是在这座城市中经历过四季，很难不觉得东山笔下的风景似曾相识，可哪怕是再痴迷于京都风景的人，也能在熟络的景象中看到一些新的细节，并不知道那是已经消失的世界还是画家的凭空想象。

不服别人，只服东山魁夷的“京都控”中，要数川端康成最有名气了吧。追究起来，东山之所以画京都，最早便是受到川端的委托。“如果现在不画，京都可就没有了。趁着京都弥留之际，请画下它吧！”川端康成说这话的时候，是 1960 年春天，正值他在京都租房常住，以城市为舞台创作《美丽与哀愁》和《古都》之际。在家屋之上和街巷尽头，总有环抱着古都的三方连绵群山，每次抵达京都之时看见这幕景象，川端便觉心中十分平静。而彼时京都的高楼洋房越来越多，他因为在京都街市中渐渐不能随处看见山而叹息，这才对东山发出邀请。东山却正准备前往北欧长途旅行，直至两年后旅行归来，才在给川端的一封回信中写

1　峠：日文汉字，指山上路和山下路的交汇处。——编者注

道:“先生曾经说过，画京都就要趁现在。我正想描绘京都的一组风景。”

于是有了这一册《京洛四季》。人们从中看到的是一年之中京都的景色变化，其实却耗费了东山魁夷六年时间创作。画册出版时已经是 1968 年，东山魁夷又拜托川端康成写序言。那时川端刚获诺贝尔奖不久，东山本来以为对方不可能回复，后来却收到长长的信，是川端从京都的一间酒店寄来的，竟有 30 页。在那篇序言开头，川端康成便说自己因为东山的画特意去看了青莲院的巨大樟树，说京都正值红叶灿烂的时节，那棵苍古庄严的老树却还满溢着嫩叶的新绿，地上的盘根错节，叶片间洒下的细碎阳光，令人感动于老树散发出的年轻生命力，而那充满生命力的鲜绿正是东山魁夷的画色。川端康成有多喜欢青莲院的这棵树呢？他甚至把它写进了小说《古都》中：秋日里太吉郎邀请妻子和女儿去散步，千重子特意拜托父亲绕道去看看青莲院的樟树，三人无言地站在树前眺望，它的枝干以诡异的角度弯曲伸展着，又互相缠绕，散发出一种令人畏惧的力量。

> “我年轻的时候，也同朋友在那棵巨大的樟树下说了很多话呢。不过那些朋友都已经不在京都了。”
>
> “那一带每个地方都是令人留恋的啊。”

东山魁夷画青莲院的樟树，却是在盛夏，一年之中最绿意盎然的

第五章
喫茶

时候。东山给那幅画取名《经年的树》，盘根错节的画面，确实能令人领会为什么川端康成说它拥有“令人畏惧的力量”。而在画家东山魁夷看来，那满溢生命力的枝，网一般覆盖地面的根，恰恰体现出了古都的厚重感，也体现出了日本人的心性：“被称为千年古都的京都，在优雅与温柔背后，藏着更为强韧的东西。”

虽是知己，川端康成和东山魁夷却从未同游过京都，也许甚至从没在这座城市中碰过面，但无论是在川端的小说中还是在东山的画作中，出现的却是面目几乎一致的同一个古都。在圆山公园赏樱，是川端的小说《彩虹几度》和《古都》里人们到了春天必须要做的事——那株穷尽春日奢华的红垂樱，矗立于远山轮廓前的一轮圆月之下，仿佛把赏花人带入一个梦幻的世界，而以这株樱花为主角的画作，也是东山魁夷最出名的代表作之一。

东山自己也常常提及这幅夜樱，说他的初衷是画一幅樱与月相遇的画面，也还真的挑了一个满月夜特意前往，在 4 月 14 日径直去了圆山公园。樱花满开，天气晴朗，他安下心来写生，回过神来已经是傍晚，在暮色中急匆匆往京都街市折返，到了下贺茂一带，就看到东山和比叡山之间升起了一轮硕大的明月。“这下完了，”东山心想，“月亮升得再高一些，就错过花月相遇的最佳距离了。”万幸的是，再回到圆山公园，月亮才刚刚升起，悬挂于樱树之上。“此刻花正仰望着月，月也正凝视着花”，也是在这个瞬间，灯笼的光和人群的嘈杂全部散去，留下一个只有月和花的清明天地。

若是看过这幅夜樱，就能明白东山魁夷笔下的京都是怎么回事。如他自己所说——

> 在画作里描绘花上的月亮并不是什么难事，但那确是我真切身处其中的一个场景。自然是有生命的，是瞬息万变的，观看自然的我们每天也在不停变化着。从初生到衰败的过程中，在相遇的瞬间，就会生出一期一会的感动。虽说这是我画作一贯的主题，但是在圆山公园的那个瞬间，我的感动比以往任何时候都更加强烈。
>
> 这就是所谓的“邂逅”吧。樱花满开的盛景如此短暂，和满月相会更是难上加难。满月不过一夜而已。若是那个晚上积起云或是下起雨来，就见不到月亮了。有了这样的景象还不够，我们还必须在那里。如果花朵永远绽放，圆月每晚浮现于天空，我们也永恒地存在于世间，那这样的邂逅也不会再带来任何感动了吧？能从内心深处感受到花的美，是一种与同为这世上短暂存在之物邂逅的喜悦，在无意识中对彼此的生命泛起怜爱之情。不只是我一个人，这是多数日本人的共同感受。

在东山魁夷的画里，有一个逝去的京都。我偏爱他另一幅叫《岁末》的画，也是《京洛四季》的收尾之作。大晦日的夜晚，松软的鹅毛大雪落在低矮连绵的京町家屋顶上，那是一个如同处于熟睡之中的无声世界。上无天空，下无人影，只有从屋子里露出来的微弱光亮，透过格子窗洒下灯影，令人想到家人围坐在被炉之前的场景，想到夜再深些，四周的寺院就会传来除夜的钟声，这是一年之中的最后一天，什么已经结束，什么又将开始？圆山公园的樱花满月夜是今日的京都仍能看到的风景，但这幅安静祥和又令人莫名感觉到暖意的街市图景却是真的不复存在了。后来读到东山魁夷的访谈，说这幅画创作在《京洛四季》更早之前。那年他在京都跨年，听了除夜的钟声，画中是他从河原町的大仓饭店里俯视到的街景，彼时御池通尽头的鸭川上还没有架起大桥，处处是瓦片屋顶的京町家。而如今古都的四角高楼果真如同川端康成所预言的那样越来越多，观光客终年吵闹嘈杂着。

川端康成的《古都》也是在一个下着小雪的寒冷清晨结束的："千重子的前发上飘落了少许细雪，很快就消融了。整个街市也还在沉睡着。"说起来，川端康成在谈及这部小说的创作过程时说过：写这个结局的那天，报纸上说京都下雪了。

京都人喜好"花见"（赏花）和"月见"（赏月），有仪式感，又有专门的地方可去。唯独"雪见"，只能在日常生活中各自默默进行。这大约跟京都湿冷的冬天有关系，人们无法在酷寒中举行大规模的户外活动，窝在温暖的家中看雪，只能成为难忘的私人记忆。日常风景的细微变化，若是亲自生活于其中反而不易察觉。后来我明白了，东山魁夷和川端康成的共通之处，在于两人虽是旅人，却又都在这城市暂住过，他们对京都的痴迷，是一种对于已经逝去以及正在逝去的事物的留恋之情。

东山魁夷笔下的京都风景，有的已经不在了，有的还在变化中，算不得永恒，时刻随着四季的交替微妙地更迭着。像京都人这样与自然亲近，能够敏感察觉到不同季节里美的微妙变迁，东京人和大阪人是很难体会的。“这是刚刚来到京都便能感觉到的事情，就算旅游业已如此发达，这个城市也还是日本人心灵的故乡，根源正是京都人与自然和季节之间的密切关系吧。”东山魁夷说。

1973 年再版的豪华限量版《古都》，东山魁夷绘制了封面，画上了他和川端康成都很喜爱的光悦垣。那时川端康成已经自杀了，东山说“要将这本书郑重地献到川端先生灵前”。京都的春夏秋冬和风花雪月，都浓缩在东山魁夷的画作之中了，那也许就是川端康成所谓的日本的美丽与哀愁，是他在诺贝尔文学奖的获奖感言中所感慨的：“以‘雪、月、花’几个字来表现四季时令变化的美，在日本这是包含着山川草木，宇宙万物，大自然的一切，以至人的感情的美，是有其传统的。”

东山魁夷只是京都的旅人：“虽然在京都有很多熟人，但我还是选择独自悄悄漫游在京都。只有作为自由和孤独的旅人，自然和风物才能够直接进入我的内心。”川端康成也只是京都的旅人，但“美的感动，强烈地诱发出对人的怀念”。在京都，旅人会涌起奇妙的乡愁——所谓乡愁，并不是祈愿与远离的事物再会的心情，而是对于已经逝去、再也无法相会的事物的思慕之心。

用古都的方式迎接新年

进入 12 月，便如同进入故事的结尾，岛国处处弥漫着真切的“一年将逝感”。各地都市中，一年的收梢大抵类似，就像东京和大阪那样，发生在圣诞节街灯亮起来的一刻。唯有京都是个例外。倒不是说它缺乏都市感，其实京都车站里也早早矗立起了巨大的圣诞树——但后者似乎只属于游客，古都人无暇顾及。

“12 月”在日语里有一些好听的说法：师走、季冬、苦寒、晚冬、穷冬、暮古月、极月、穷阴、春待月、梅初月、雪月、大吕……其中使用最多的是师走，这个词也常出现在日历上，提醒人们正式进入了岁暮繁忙时期：师走嘛，就是连和尚也忙得四处奔走。

正月里为了祈求新年幸福，供奉先祖和迎接神明的事不可怠慢，忙得四处奔走，就是在为正月诸事做准备。对传统的京都人来说，“年神”是一年中需要以最慎重的态度来迎接的重要客人，接待事宜百般烦琐万般细致。古都的新年开始得也早，从 12 月 13 日正式开始。这一天被称为“正月事始”，标志性事件是祇园的舞伎要带着镜饼去拜谢师父，每年新闻中都会报道，并出现在报纸的醒目位置。次日早晨，人们坐在咖啡馆里翻着报纸，心中也难免着急起来：哎呀，自家也要准备起来了！

过年的准备从大扫除开始，这也许在全世界都一样。在京都，你能看到各家寺院打扫卫生的场面，也算这里独有的风景。听闻在江户时代，日本全国上下都要固定在同一天做年末扫除，毕竟人多热闹，显得更有决心。如今固定在 12 月 20 日进行传统扫除工作的只有东西本愿寺。我看过新闻照片，僧侣领头，信徒随后，人人举着煤竹敲打榻榻米，声势很是浩荡，一直想亲自去看一看。

东西本愿寺没来得及去，先去了东寺。在辞旧迎新这件事上，京都人有专属于自己的方式。寻常人家圣诞节之前就已经热闹了起来：每个月例行举办一次的弘法市集（日语称作“弘法市”），将在 12 月 21 日举办一年之中的最后一场，也是一年之中声势最浩大的一场，被称为“终弘法”。

去东寺那天是个阴雨绵绵的周一，从京都车站走出来，街道冷冷清清，不禁让我疑心弘法市还会不会举办。然而只是转了一个弯，踏上东寺通，街道就立刻热闹起来。我与撑着透明白雨伞、拎着大包小包的人群频频擦肩而过，看不清楚他们的袋子里装了些什么，但是看到他们满足的神情，便清楚地知道，从弘法市上淘点儿年货，是京都人每年的固定节目。

在古都，但凡想要追究某种传统习俗的根源，总能和宗教搭上些关系。弘法市也是如此。它原本是为了纪念弘法大师的祭日，于每月21日在真言宗的总本山东寺境内举办的祭拜活动。12月21日也渐渐成为东寺一年中最热闹的“缘日”——人们相信这个日子是神佛与现世有缘之日，如果在这一天参拜，将会积下莫大的功德。

当举办具有宗教意义的弘法市成为一种习惯，生活便随之而来。15世纪初，应永年间，东寺的南大门前便出现了“一钱一服”茶屋，售卖的货物和价格如店名般简单直白：一副煎茶需一文钱。在1500年末绘制的工匠题材画卷《七十一番职人歌合图》中，便能清晰地看到当时东寺茶屋的面貌。茶屋生意蒸蒸日上，更多类型的商店接连开门，先是为参拜者提供点心和饮食，接着贩卖日用品，到了江户时代，专门为庭园提供花草的植树店和祖传药店也出现了。

现在的弘法市，每月都有超过20万人来访，只是其中很大一部分人并不为参拜而来，只想淘点儿有趣的好东西，从古董陶器到二手和服，从叶牡丹、梅花到山茶，从干柿、渍菜到京野菜，从餐具器皿到职人磨好的刀。这里能窥见京都后厨的一角，近年来，也有一些年轻设计师会在此摆摊，贩卖各种手工艺编织品和饰品……大大小小加起来约有1300家店。和欧洲的跳蚤市场不同，并非谁都可以在这里摆摊，来的大多是在京都某处有固定店铺的古董店或中古店（二手店），很有专业性。

700多年来，京都人始终将“终弘法”视作一年结束的标志，届时最受欢迎的还是各种各样的年货，以及生肖摆件和家居饰品。年老的人总是要买一盆花回家，梅花或是茶花，盆栽松树也必不可少，人气最旺的还是叶牡丹。正月挂在家门口的注连绳和松饰，有时会让路过的外国游客一头雾水，便有本地人向他们解释其中意味。来自北海道的新卷鲑和京都本土腌菜摊前，永远排着长队，店主一边展示刀技，一边用方言跟老主顾打着招呼：“多谢惠顾，来年也请再来哟！”

听说从前弘法市上也能淘到一些古董，前些年台湾的古董商曾来扫荡过，大陆收藏家紧随其后，之后便再也买不到什么漏网的值钱货了。所幸京都人也并不是来这里买古董的，因而总能遇到自己心中所想。

我在“终弘法”上第一次遇到了1970年大阪万博会上展出的太阳塔模型，是绝版的青铜制品，只要4万日元。对于古董商来说它没有多大价值，但对于年轻的粉丝，这简直是不可错过的宝物。要是觉得4万元太贵，也可以买一个自家用的陶质小花瓶，虽是仿制品，却有十足的利休风格，只要500日元。同样是500日元，还能买到一个水晶苹果，令人惊呼“这年头还能找到这样的好东西！”尽管只售500日元，老板也会用旧报纸将它精心包好，再套上一层防雨包装，笑吟吟地说：“真是让您赚到了。”500日元的二手花瓶和水晶苹果我一直摆在家中。花瓶原本有烧制瑕疵，颜色很不均匀，却在越用越旧的过程中，褪成了统一色调，最适合用来插带枝叶的大朵山茶花。水晶苹果放在电视机前，有时候我会忘记了它的存在，偶尔来做客的朋友却会惊呼：“哎呀，这不是《恋爱世纪》中的东西吗？”大家相视一笑，感到彼此有了共鸣。

但凡去过一次弘法市，就会留意到那个来自堺市、卖菜刀的大叔，他嗓门最大，动作也最夸张。大叔说他叫直次郎，已经连续 50 年在弘法市上摆摊了。他也的确因此成了名人，经常出现在报纸和电视上，是弘法市上当仁不让的第一红人。直次郎大叔的代表节目是现场展示菜刀，其实就是拿着一把招牌菜刀在木板上简单粗暴地一通乱砍：“看看这质量，今天特别半价出售，不来一把吗？”常常也有些熟客，拿着用旧的菜刀找他，他便接过来，二话不说将它们磨得光亮。

“终弘法”结束后的第 4 天，便是“终天神”市集。这次换了个由头，不是纪念弘法大师，而是纪念“学问之神”菅原道真的祭日。但主旨都是相同的，在东寺没买够的年货，就接着到北野天满宫去买。两个集市加起来，每年有 35 万人到访，京都人亲切地称它们为“弘法桑”和“天神桑”。

“弘法桑，来年也请多多关照哟！”说出这句话的时候还有些伤感，其实再过一个月，在同样的地方，“弘法桑”就会再次举办了。

那时的京都人已经听过了除夕钟声，进行了新年参拜，换了一种崭新的心情来迎接它，因此这一场市集又得到了一个充满希望的名字：初弘法。

终章

鸭川住民日记

2018 年 9 月 20 日

木曜日[1]

黄昏的鸭川是不属于人间的。朝着北边散步，河里十分精彩，叫不出名字的大水鸟立于草丛之中，不为外界所动。岸上也精彩，各种各样的人对着那些大水鸟行注目礼，有大人小孩日本人西方人。我远远地对行注目礼的人行注目礼，被夏天最后的蚊子咬出一身包。

不过是两条桥的距离，每次我都要走很久。要看的有许多，比如对岸又有人在遛狗，大狗遇见小狗，老人遇见少年；比如鸭子若是在河水中不动，就会被水流冲走，它们甘心顺流而下，因为不费劲；比如跑步的人跑到一半，突然停下来站在桥上看风景，他们背对着背，一位看向街市中心，一位眺望着北山的方向。

回来的路上，有一对白发老夫妇并肩坐在树下看河。世界在这一刻仿佛消了音。有时候我觉得，这条河两岸的时间，必定没有在流动。

1 木曜日：星期四。下文中的月曜日指星期一，火曜日指星期二，水曜日指星期三，金曜日指星期五，土曜日指星期六，日曜日指星期天。——编者注

2018 年 9 月 24 日

月曜日

第一次有朋友来新家做客，喝酒到深夜。送他们走，回家的路上看见正在圆起来的月亮。京都的月亮和大阪的不同，离人间更近，巨大且能看见表面的斑驳，在这样的明月夜，也能看见几颗稀疏零散的星星。再过半个月，又该是怎样的漫天星光呢？

已经凌晨了，还有几个外国游客在沿着河岸骑自行车，一个独自出行的女人坐在轮椅上等绿灯，打开一罐绿茶来喝。除此之外，再没有人影，只有秋虫大声地鸣叫着。

生活就是这样啊。很高兴你们来玩，谢谢你们的花。

2018 年 9 月 27 日

木曜日

连日窝居家中，计划中午出门吃个饭，从工作中抬起头来天却已经黑了。这样“饥寒交迫”的时候绝不愿意化妆，就戴了个口罩去超市买食材。

我家附近有三个超市，北边南边东边各有一个，距离都差不多，去北边那个可以沿着鸭川走一遭，去南边那个能够享受商店街的热闹，去东边那个有时候就会站在铁道边看一会儿叡山电车。要去哪一个全凭心情，取决于走到路口是向左转还是向右转的最后一秒。

今天去了东边那家，因为靠近大学，傍晚时分超市中多是学生在打工，抢购的也不都是主妇太太，多了很多学生身影，偶尔还能看见好看的少年惊鸿一瞥，还有拖着行李箱匆匆闯进来的女孩，脑海里渐渐会产生一些故事的雏形。买单的时候收银台的男孩抱歉地说：“我们店不能刷卡呢。”我也很窘迫，匆匆跑到隔壁的便利店找自动取款机，又跑回来付了钱。因为是京都，也就欣然接受了超市不能刷卡这件事。

回程又经过长长的住宅街，都是一户建的老式房子，里面纷纷亮着灯，寂静昏暗的街巷中却几乎遇不见人。要走到路口了，才有一家门口停着一辆货车，中年男人忙着卸货，两个小孩大叫着“爸爸”跳上跳下。哦，是从前在日剧里看过的下町[1]风情，我想。一户人家破旧的墙壁上攀爬着不知名的红花，我边走边吃一袋超市买来的金时红薯，腾不出手来拍照，只好在心里按下快门。这样的烤红薯是第一次吃，小小的红薯只有板栗那么大，吃起来是蒸熟一般的口感，很甜，淀粉充足。

人生中运气好的时候，就像这个傍晚一样，马路中央当当当地放下铁轨的栏杆，吃着那红薯，看叡山电车呼地开过，向鞍马的方向奔驰而去。这个时刻，就觉得自己的少年时代仿佛正在重来，亏欠我的那些无所事事和光怪陆离，正在重新上演，全部要还给我了。我喜欢住在年轻、仍在生长的地方，尽管偶尔会觉得自己不合时宜地可耻，但更多时候被那份年轻所感染，觉得万事万物尚可期待，过了冬天到了春天必然会从头再来。尽管这样，路过公寓楼下最后一个便利店，还是要走进去再买一罐啤酒。

你问我在生活里抓住的最后一根救命稻草是什么，我想大概就是这些。有一天我还会站在同一个路口，觉得不再四处逃窜也无妨。

1　下町：指市区中低洼地段，也指平民住宅区。——编者注

2018 年 10 月 17 日

水曜日

长途旅行归来，急着去左京区役所做迁入登记。路过一棵挂满柿子的树，柿子还没熟，是青涩的，高高的枝头上攀爬着紫色的朝颜，像柿子树自己开出的花，真是奇观。

又去了出町柳的银行更新地址，沿路看到了左京区的生活，牵着柴犬的老人和背着幼儿的女人擦肩而过，园艺工人架起梯子，锯下樱花树的枝干，戴帽子的清洁工弯腰在鸭川水草里捡拾垃圾，上次坐着白发夫妇的长椅上现在坐着另一对夫妇，望着那捡垃圾的清洁工，身后一只身形修长的白鹭鸟也望着他们。

商店街的花店里，红红的果子很可爱，店主说是野玫瑰的果实，又买了一枝紫菀插在一起，就很好了。上个月离开的时候鸭川河畔还是开得火红一片的彼岸花，此刻已经全然是黄色的世界了。每年这个季节我都要捡两片红叶夹在手账里，今年的红叶来自鸭川沿岸，它的颜色俗称日落色。回家吃两个柿子，喝一壶苹果肉桂茶，工作至傍晚，窗外又响起不息的虫鸣声。

从前旅游常常流连忘返，如今才懂得那是因为没有想回去的地方。归来真好，想要留住的就是这些片刻。

2018 年 10 月 19 日

金曜日

去干洗店取衣服，在巷子里转悠，脑海里开始对这个街区有了概念：哦哦这里还有一家超市，哦哦这里有专卖烤五花肉的韩国料理店，哦哦铁道旁这棵柚子树又落下果子了。这附近似乎是中华料理一条街，七八家中国人开的餐厅挤在一起，招牌上东北四川上海菜都有，还有做麻辣香锅的。

已经是第二次路过那家挂着黄色牌子上书“侦探”的酒吧了，探头进去看了一眼，光线昏暗，有种动画片《春宵苦短，少女前进吧！》的既视感，虽说叫作“bar”（酒吧），两个男生却坐在那里喝咖啡。上次路过时就被它吸引，因为诡异的氛围这次也没敢进去，一边走一边在 Tabelog（一个日本美食网站）上搜索，唯一的一条点评说，这间 bar 是一个不知名的电影导演开的，他唯一的一部也不知名的电影似乎叫什么侦探。“虽然我没看过这位导演的作品，”那位点评者说，“但去这家店真有一种置身电影中的感觉。”又看了看它的营业时间，到凌晨 2 点呢，下次一定要鼓起勇气走进去。

晚上 11 点，坐在书桌前看书，外面传来哇哇的鸟叫声，干涩枯哑，不知道是哪一种，十分热闹，仿佛在夜的王国里有什么事情正在发生。已经很冷了，走到阳台上立刻被冷空气吹了回来。眼前这一片风景过于安详，尽管心里也明白静静的生活不值得被歌颂，但仍想尽力捉紧，是知它时日不多，未必重来。

2018 年 10 月 20 日

土曜日

在 maki 吃完早餐，去出町商店街转了一圈。入口处有一家卖甜甜圈的小店，多年前住在这里的友人对此很是喜欢，前些日子特意发来短信询问：那家店最近还在卖豆乳冰激凌吗？我因此看了一眼，还好还好，四季都有。去年年底，超市对面新开了一家电影院，是那种怀旧的昭和影院风格，上映的全是文艺片，偶尔还有导演见面会，也开辟出了小小的书店和咖啡馆，卖关于电影和京都的书，也有野花野草和物理科学的书。向工作人员打听排片计划，据说 12 月会上映树木希林的《日日是好日》和松田龙平的《爱哭鬼的奇迹》，1 月还有韩国电影专场，很想抽空来看。

从超市买了食材出来，出町双叶的豆大福店门口又在排队了，眼看队伍就快排到了马路上，还有些时间，就也跟着排了会儿，研究店里天花板上垂下的五颜六色的纸片。除了招牌豆饼，这里还有秋季限定的栗饼和芋饼，柚子做的冬至饼即将登场，接着就该预订正月的年糕了。看着看着，竟然瞄到了汤川秀树的亲笔签名，晚上回家在网上查，才知道这位物理学家在自传《旅人》里就写过这家店，还说初代店主是他的同学。

经过鸭川三角洲，花店旁卖金鱼的小摊仍开着，我从未见过有人光顾。早几年的晚上，有拉面小摊在金鱼摊附近神出鬼没，今年秋天正式关门了，这成为我心中的遗憾，常去看老板的博客，默默祈祷他哪天再开。京都的千年不变之中，更有许多随时消亡的东西，正因如此，我下定决心及时行乐，不再做拖延症患者。

之后，坐在鸭川边等待友人，度过了愉快的午后饮酒时光。

2018 年 10 月 28 日

日曜日

在花道教室见到了久违的韩桑。她是今年开始来京都大学做副教授的漂亮韩国姐姐，我们第一次见面是在春天的花道教室里，她给我看手机里的樱花照片，一副下定决心要在这座城市永远生活下去的样子。

韩桑说她家西面可以看见鸭川，东面可以看见大文字山，我有些惊讶，细问之下，我俩的公寓竟然只有三分钟的步行距离。“我常常在鸭川边遛狗呢。”韩桑说，她把养了多年的狗也从韩国一起带来了，我很羡慕。不久北岛君也来了，得知我们兴高采烈的原因，这位资深京都居民缓缓道:“这样的事情经常发生，京都毕竟是个小城，严格来说大家都是邻居啦。”也是今天才知道，这间花道教室有一大半人都是从同志社大学毕业的，其中一位在旅行网站工作的姑娘说，出町柳新开的电影院也和同志社大学有点儿关系，老师学生看电影都有特价优惠。她又说从前的京都遍地都是那样的电影院，随着它们接连消失，这个城市也越来越陌生。

“10 年前的京都完全不是现在这个样子，没有那么多观光客，就是一个安静的小城。”

“京都啊，完全是安倍‘观光立国’政策[1]的牺牲品。”

“‘观光客’这个词本身就很有问题，对于那些不做游客生意的居民来说，来的根本就不是什么‘客’啊。”

“你知道吗？最近京都有个流行语叫‘观光公害’。”

最近的花道课上，聊的总是这样的话题。

1 “观光立国”政策：安倍政府推行的一项政策，大力推进旅游业，简化外国人赴日旅游手续，以此振兴日本经济。——编者注

2018 年 11 月 2 日

金曜日

三年前第一次来知恩寺古本祭，买了一套司马辽太郎全集，一路拎回大阪，重得几乎让人崩溃。今年我搬到出町柳来，朋友连连祝贺：“你终于可以放心买书了。”夏天因为将要搬家，在下鸭神社的纳凉古本祭上忍住了没买东西，心想等到秋天吧。到了秋天却完全没时间去古本祭，因为堆积如山的工作焦虑到失眠，但到底还是意难平，终于找了个“不行，我得去给某篇文章找两张配图”的借口去了。

今天遇到的是初版的《丰饶之海》，几乎是崭新的。不知道为什么我总是在古本祭上遇到三岛由纪夫，去年夏天在下鸭古本祭上买到的是一本冷门的《剑》。我对于秋天的古本祭似乎比对夏天的更有感情，也许是机缘巧合，在这里总有收获。也有可能是因为秋天的知恩寺外停着移动咖啡车，卖的柠檬冰咖啡真是太好喝了。

2018 年 11 月 7 日

水曜日

中午接到快递小哥的电话:“我在你家门口呢，有你的两个亚马逊包裹。”我立刻很是不好意思，说我现在不在家，你能明天再来吗？快递小哥沉思了数秒:“跟你商量一下，我把快递藏到你家门外装煤气表的箱子里可以吗？我会藏得很好的，保证不被人发现！”

刚刚回家一看，门缝里塞着张字条:“谢谢你接电话，煤气表的箱子里放着你的包裹哦。”打开箱子一看，果然藏得整整齐齐。

2018 年 11 月 8 日

木曜日

走过几条街去进进堂写稿，路程不过七八分钟，住到京都之后，有许多时间花在街巷之中。阳光很好，最里面的位置上已经坐了一位埋头奋笔疾书的老先生，院子前也坐着一位正在工作的中年女人，只喝了一杯气泡水。我点了早餐，是平日限量的三种面包组合。虽说已经临近午餐时分，但是在进进堂吃早餐，然后坐在靠窗的位置写稿，是我很早之前就想做的事情。

这个位置刚好能看见窗外的人来人往，秋日正午的阳光令我想点一杯冰咖啡。

“不好意思，冰咖啡在夏天结束时已经没有了。冰红茶如何？”服务生问。

不久老板亲自把茶端来，又轻轻把纱窗拉上，阳光瞬间被割裂成细碎的片段，这令我的心底也温柔起来。店里的世界仿佛也因此变了。我有些懂得了森见在这里写小说时的心情，抬头看了看墙上，那里仍挂着那张我渴望已久的《春宵苦短，少女前进吧！》动画海报。右边的台子上站着两只招财猫，身上写着“京大”二字，一定是森见某次在进进堂赶稿，也一样抬头看见了它俩，觉得一阵恍惚，才把它们写进了《有顶天家族》里吧。

后来邻居苏小姐来了，我把长野县农家寄来的佛手瓜给她，原来她的研究室很近，站在窗前就能俯视进进堂。我俩短暂地聊了一会儿天，喝完一杯咖啡她就离开了。我写稿到傍晚，去东边的超市买了食材回家。旬物有带子的螃蟹，还有两盒白子，回家一起扔进泡菜汤里，可以迎接冬天了。

2018 年 11 月 20 日

火曜日

原本约好早上送来的快递并没有来，打电话询问，等了 15 分钟才有人接。下午快递员终于来了，却说弄丢了森见登美彦的新书，要我签一份文件，会照原价赔偿。由于这家快递公司在网上口碑并不太好，快递员还带着一身烟味，我非常生气，黑着脸拒绝了。两个小时之后，那位满身烟味的快递员又来了，说：“不好意思，我们把你的包裹找到了。”

千回百转，第一个章节名就很喜欢——“沉默读书会”。

2018年11月23日

金曜日

傍晚出门，东山上挂着硕大的明月，皎洁无畏。哪本书里这么说过：我们一生中看见满月的机会，出乎意料地寥寥无几。京都却全然不是如此。去超市买了冬蜜柑、烤鱼和炒面面包。心里突然皱起来的那一块，希望有什么能把它熨平。

慌乱之时，收到邻居苏小姐的信息，说她终于空了下来。我匆匆做了佛手瓜炒肉和泡菜炒午餐肉，两人喝了许多白葡萄酒，吐槽着日本人无聊的电视节目，吃了许多蜜柑和红枣。这个季节的蜜柑非常好吃，我们两人吃掉了十几个，一种叫“田村”的和歌山蜜柑，最是我的心头好。

深夜苏小姐离去，嘱咐我：如果没有强大到应付一件事，还是逃掉为妙。我听从建议推掉了棘手事，心情愉悦多了。逃避果然很有用，逃避让人保持平静。以后除了少有的那几件需要战斗的事，人生都应该好好逃避。

2018 年 11 月 25 日

日曜日

下午 4 点，上次那个满身烟味的快递小哥又来了，见到我就不好意思地笑：“今天我好好地把快递送来了！上次真的很对不起。”

终日开着地暖在家工作，讨厌的事情也变得可爱了。

2018 年 11 月 26 日

月曜日

京都有许多花道教室、茶道教室、和服教室，但只有很少的健身房。最近因为写稿繁忙，常常连续两三天宅在家中，必须逼着自己运动。好容易在附近找到一家健身房，原来也只是小小一间，与从前在大阪常去的不可相提并论。京都的健身房不多，却有趣，见不到什么肌肉男，但常有戴礼帽的老先生进进出出，有几个长得极高的非洲女孩，还有拳打得很厉害的中年女人。

打了一小时拳，全身酸痛地走出来，路过集合住宅区，告示板上贴着预订正月年糕的广告，凑近一看，竟然是马肉馅的，吓了一跳。沿着叡山铁道继续往前，月亮隐入了云层之中，这一带深夜常有穿着连帽衫的男生骑车经过，有着令人羡慕的青春。偶尔驶过的单节列车像是从天上开来，车厢里有明亮的灯光，我有了在这个城市生活的一点真实感，虽然不知道自己是不是真的属于它。

2018年12月1日

土曜日

一平姐从东京来，我们同住了两天。

前一晚聊到天光全亮，已是早晨5点，睡到中午才起来，没有兴致观光，就在附近散步。贺茂川一侧的居民区，家家户户门前长着巨大的树木，枫树樟树松树银杏树柿子树，各自有造型，和建筑相依而生。一株金黄的银杏像是庇护着一座房子，另一株松树在窗前延伸，枝叶刚好错开了窗前的光线。这一带的人似乎喜欢栽种异类植物，猕猴桃树棕榈树橄榄树，都是第一次在京都见着。还有一户人家，在门前的植物上统统挂上了小纸牌，注明它们的名字与习性，甚是热爱分享。

走到北大路，两人决定去吃拉面，找到了很多人推荐的那家，门前排着长队。店主贴出了醒目的标语："排队请不要排到邻家门口！"排在我们之后的一家七口，是专程开车来吃拉面的，等位的时候就坐在花坛上静静晒太阳。店内的座位空着，服务员却不叫人，过了很久才一个接一个进去。我们又等了一会儿，果然店主不急，我们坐下后他不着急为我们点单也不着急上菜，慢悠悠地煮面，跟客人聊天。终于拉面端了上来，味道果然浓厚，另付50日元可以多加葱——京野菜中的九条葱久负盛名，拉面馆才有了这样的规矩。拉面很惊艳，炒饭更加美味，买单时服务员问："你们是哪里人？"我们说是中国人，刚走出门，店主又追出来："是台湾人吗？""不，是大陆人。""下次要再来啊。”他热情地挥动着双手，果然不着急回去煮面。

不想走回头路，索性放弃了去上贺茂神社的计划，朝着一乘寺的方向走去。路过惠文社，进去寻找每年都会买的“一乘寺冬”咖啡豆，货架上却还摆放着“一乘寺秋”，像是被昭告季节原来仍停留在秋天。继续往前走，想起来我每次路过时总会错过的与谢芜村之墓，便又钻进巷子，在住宅区深处寻得一个小小的山门，门上绽放着最后的火红秋叶，贴有一张告示：“寺内的红叶还在观赏期哦。”

买票进门，拾级而上，后山种植着一株罕见的杨梅树，芜村的墓地在更高处，旁边立着牌子，写着当季的俳句，原来是盘点了芜村写过的四季名句。我们念了会儿拗口的俳句，又去了山腰的芭蕉亭，这是芜村为了纪念松尾芭蕉而建的茶室。这小小的寺院与两人均有渊源，难怪身边来来回回的都是些俳句爱好者。茶室如今成了长满了青苔的草庵，里面已十分破旧，四面用柱子支撑着，似乎就要倒下。临近傍晚，一束微光从格子窗斜射而进，我恍惚地看着茶室里的光影，一知半解地读着芜村的俳句，大约是“肝脏肺腑”“鹿鸣三声”“山门日影”之类的。旁边一面墙上又写着这间茶室的建造意图，是一篇长而优美的文章，令人欢喜。

“京都的寺院几乎都去过一圈了，每次来时能发现这样一间新鲜的草庵，哪怕很小，也能满意而归。”一平姐说。从金福寺出来天就黑了，不过5点刚到，京都的冬天大抵就是这样，有漫漫长夜。人对于无光凄冷的一段时间记忆更加深刻，想来东山魁夷总有难忘的京都冬之旅，大概也是出于这样的原因吧。

2018 年 12 月 4 日

火曜日

父母来京都小住，正是我最手忙脚乱的时候，只能匆匆教会父亲使用谷歌地图和小米盒子，告诉他们想出门溜达就沿着河走，超市在北边第二座桥的位置，只要在鸭川边，就永远找得到路。

晚上下班回家，已经有了一桌子菜，又包了饺子。他们说走去了一乘寺的山里，看到了非常美丽的红叶，赞扬京都超市里的胡萝卜和白菜都特别甜，西红柿也很好吃，只是没有小葱，只有“中葱”——对南方人来说，没有小葱是很麻烦的事。

母亲给我看照片，她拍了很多狗，在我常去的超市里的那家宠物店。她很喜欢，说想起从前我们养过的思思。那时候我还是个小学生，思思是一条动辄就会离家出走的宫廷犬，但总能在另一个养狗的同学家找到它。我负责找思思回家，母亲负责给它洗澡吹干，我们也曾带它一起长途旅行。初一那年我们搬到市里，思思被寄养在外婆家，不久后生了病，靠在墙角一天一天消瘦，终于在只有皮包骨时孤独地死去了。外婆将它埋在后山的松林里，那座小山如今也被铲平了。

多年前我去台湾出差，在乡下的宠物商店遇见了一条令我一见钟情的柴犬，几经交涉，终究没能带回大陆。到了日本之后，拥有一条柴犬的念头挥之不去，心情低落的时候常常逗留在宠物店，但因为总在出差和旅游，十天半个月不在家，难以与动物建立一段朝夕相处的关系。搬来京都，公寓严令禁止饲养宠物，从此彻底断了念头。和母亲聊起思思，意识到它也许将成为我人生中养过的唯一一条狗，向往的亲密关系不会再有，心中升起绵长思念。

晚上在书房里工作，客厅里隐隐传来父母看电视的声音，就觉得又回到了童年写作业时的那些冬夜，心想尽管有些亲密关系不会重现，但偶尔命运也会网开一面，那些逝去的时间就这样微妙地重新回来了。

2018 年 12 月 12 日

水曜日

早晨出门，第一次看见东山上腾起雾气，又像是云朵坠落笼罩下来。我站在鸭川沿岸，心中有些感动，以为自己看见了一个真心而诚恳的时刻。

傍晚回家，走过御荫通，有系着白色围裙的老太太在打扫马路，聚集起满地金黄的银杏叶。一位拎着公文包的老先生蹲在地上，从一地红枫叶中挑出一片来，小心地夹进钱包。下鸭茶寮前站着穿和服的优雅女人。我上了桥，朝着大文字山的方向走去。“来年夏天就在这座桥上看五山送火了。”我这么想着。

2018年12月15日

土曜日

一早起来，听在比叡山开会的老师说山上下雪了。走出门去，看到北山和东山之上也都盖着一层薄雪，是这一年的初雪。陪同父母去金阁寺，路过下鸭神社，纠之森里很是热闹，进去一看，原来是在举办手工市集。转了一圈，有苹果造型的毛线帽、应景的圣诞花环、新鲜的咖啡豆和蛋糕，荷叶造型的盘子很是可爱。买了手工制作的玻璃耳环，造型像行星和宇宙，母亲突然回归了少女的心情，吵着要这些便宜的耳环，也给她买了一对。林间有阳光洒下来，她说是开雪眼了。

在阳光之下，头一回感觉到了金阁寺的美，也许是因为头一回看清了本堂前那尊佛像的脸。阳光照射在池水之中，让水波摇动在本堂的金箔之上，在白色墙壁和木头屋檐之上，仿佛有时间在永恒地流动着。我突然丧失了观光的心情，就这么静静地站在人群之后，看流光乱舞，懂得爱上某一事物的瞬间，那契机是十分微妙的。

再过半个月，古都就会非常非常冷了。

2018 年 12 月 16 日

日曜日

12 月的第一堂花道课，教室里弥漫着松枝和肉桂的香味，往年这个时候我总在外旅游，今年才第一次学会了制作圣诞花环。回家的出租车上，白发的司机跟我聊起今年温暖反常的天气，反常的还有近来很多年轻人也准备在 12 月结婚了。从前的人绝不在年末结婚，11 月就是最后的底线。12 月要准备正月诸事，忙乱不堪，每年这个时候的葬礼又特别多。

又被科普了结婚小常识："友引不举办葬礼，佛灭不举办婚礼[1]，从前这都是基本常识。"

"那什么时候结婚好呢？"

"当然是大安[2]啊。不过现在的人们也不管这些了，找个周末就结婚了。去蜜月旅行的人越来越少。你去的地方附近，下鸭神社那里，有很多人举行婚礼哟。"

"上周我去，大约遇到了五六对新人吧。"

"那里是结婚的名所啊。更北边的上贺茂神社更受当地人欢迎，

1 友引：日本日历上对日期的一种注释，类似于"诸事不宜之日"。佛灭：佛陀涅槃之日，通常也是不吉利的日子。——编者注

2 大安：诸事大吉之日。——编者注

去年那个谁，片冈爱之助和藤原纪香，就是在那里举办的结婚仪式。”

下车的时候司机说：“欢迎你再来乘车啊。”回到家把花环挂在门上，就这么有了年末的切实感受。

2018 年 12 月 18 日

火曜日

宿醉的一个下午，和母亲聊了会儿天，她跟我说起她患上抑郁症的朋友、为了闯祸的儿子四处借钱的朋友，还有接二连三患上癌症的朋友。“从前我总是说要过好下半生，但现在觉得这太难了，只能努力过好每一天吧。”这次她不再催我结婚，如同我从前预测的，她所见到的我的同龄人，正在纷纷离婚或上演各种狗血大戏。我觉得她倒也没有完全甘心，只是在我结婚这件事上不再争强好胜了，这是她第一次跟我说：“真遇不到就自己好好过吧，自己过好比什么都重要。”

后来，我坐在客厅里写稿，她坐在沙发上钩花，突然很高兴地叫了一声：“哎呀，你家外面的天空真好看。”于是我们并肩站在阳台上看了会儿夕阳，度过寂静的片刻。也许是离别将至，在这样的天空之下，我觉得我们是心意相通的，尽管很多地方还彼此不理解，也许永远也不会理解，但那也一点儿都不重要了。

2018年12月21日

金曜日

平日里我白天工作，父母就自己出门去探险。先是把附近几家超市都逛了，也找到了小小的电器商场，买了煲汤的锅，执意换掉了家里的冰箱，赶上了下鸭神社最后的红叶，去了好几次，拍了许多照片。我还没去过植物园和真如堂呢，他们就已经去了好几回，还在银阁寺拍了银沙滩。父亲喜欢金阁寺，觉得辉煌大气，看到银阁寺就很失望，但母亲很喜欢，我向她解释那是“朴素清寂之美”，她点头同意。他们两人搭上京阪电车去了清水寺和伏见稻荷大社，甚至去大阪买了551的包子[1]，赞不绝口。

他们因此也知道了，在京都，购物要去热闹的四条河原町，找厕所只要去便利店就行，也遇到了在药妆店打工的中国女孩，打听出人家住在岚山。母亲不喝咖啡，早晨却开始跟我一起吃面包，喜欢吐司烤得微焦的一层皮，说回国以后也要买一个烤箱。我心血来潮要跟她学做包子，低筋面粉和强力粉的比例总是调不对，并不那么成功，也欢喜地送给朋友吃。在家煮贵州的酸汤火锅，他们表扬了日本的卷心菜和金针菇，我也教会他们吃我最爱的SPAM（斯帕姆）午餐肉，

1　551 HORAI（蓬莱）是关西地区著名的包子连锁品牌。——编者注

果然也都很喜欢。我这时才能够切身感受到他们的快乐，因为从前太年轻，离真实人生还太遥远。

父亲每天背着我的三脚架出门，回家后一边吃晚饭，一边跟我分享他当天遇到的一切。他已经拍过鸭川的清晨和半个月亮，拍过了一个少年勇敢地跃过鸭川三角洲，各种水鸟栖身于河流之中。他常常感叹：要是在樱花开放的季节，那该有多美啊。因此我又从日常的风景里看到了一个崭新的世界，心中感激。

“我在你家附近看到了全世界最小的公园！只有两张椅子一棵树。”

“我们今天去爬了吉田山，那些穿着短裤的小孩，很有礼貌地向我们问好了呢。”

今天他说在桥上遇见一个老头儿，两人叽里呱啦了好一阵。

“他跟我说这边的风景特别好。”

“别吹牛了，你们用什么语言沟通？”

“反正我就是听懂了。”

他们也感觉到了人的善意啊。

2018 年 12 月 22 日

土曜日

纠之森里也有著名的米其林星级料理，星逸过生日，相约去探店，坐在柜台位上吃了一顿漂浮着红叶和青苔的午餐。年轻的厨师近来在学习中文，用不标准的普通话介绍着鱼类的名字：三文鱼、鲷鱼、春鱼、鱿鱼等等。一道料理上撒着细碎的柚子皮，因为今天是冬至。一道料理上搭着棚子，在寒冷的冬天，日本人都会为植物搭上这样的草棚，我说我见过奈良长谷寺的牡丹，就是被这样保护着不受风雪侵害的。“是的，我猜想你应该见过。”年轻的厨师说，又问我们是不是认识京大的某位外国教授，说他是店里的常客，比日本人更加了解日本文化。

因为这家店就在下鸭神社旁，店里的手帕上也印着双叶葵的图案。双叶葵是下鸭神社的神纹，也是 2000 年前就生长于京都的植物，在夏初的葵祭上常常能见到。我说我在神社的社务所见过小小的双叶葵盆栽，被告知是非卖品，很是遗憾。年轻的厨师便说：“在鸭川三角洲的那家花店里也许可以买到，不过现在肯定没有，到了四五月你再去看看。”我心中便有了计划，春天要再去光顾一次那家花店。这是很有趣的体验，在米其林餐厅里吃出了如在邻家一般的生活感。

午后星逸陪我在 maki 工作，傍晚她先离开，没几分钟发来消息："快出来看月亮！"后来我走过贺茂大桥，果真看见了一轮硕大皎洁的明月，无法被相机记录。回家听父亲说，这一天是阴历十六日。"我刚刚下楼扔垃圾，也看到山上的月亮了。"母亲说。自从来了京都，我没有错过任何一次满月。我尝试跟父母讲京都的这种好，这是唯一一个在城市里仍能亲近自然的地方。他们也喜欢周边的风景，说总是拍不够。这一天两人先是在诗仙堂拍了照，又步行去我推荐的狸谷山不动院，刚走进鸟居就被吓了回来，惊魂未定地回忆："那么大的一座山里，只有我们两个，又下着雨，阴森森的。"我拿出去年在山上拍的照片给他们看，有小小的瀑布，还能俯瞰京都市貌。如我所料，他们后悔了。

2018 年 12 月 23 日

日曜日

邻居苏小姐难得没课，拎着从“满月”买的阿阇梨饼来吃晚饭。虽然很早就在森见小说改编的动画片里见过这家店的招牌，距离我家也只有 650 米，但这是我第一次吃到阿阇梨饼。苏小姐说，真正的京都人，送礼都送阿阇梨饼，什么京八桥，完全是哄外地人的。又说：有一年北京的师兄来，所带的土特产很快分完了，我建议他去买一些阿阇梨饼，果然研究室的教授都很欢喜。

大家都很开心，把我泡了两年的梅子酒也拿出来喝了。现在我也一边吃着阿阇梨饼一边写日记呢。

2018年12月24日

月曜日

从机场送完父母回来，看到了圣诞树一般的京都塔和一个大到很假的圆月亮。出町柳车站口叫卖烤红薯的面包车，健身房里戴着麋鹿头套、穿苏格兰短裙的男教练，便利店前坐在轮椅上喝咖啡的女人，把狗拴在柱子上然后走进洗衣店的露出半截小腿的男生，朝着鞍马开去的叡山电车，公寓大堂里一棵还剩几个小时就会“过气”的圣诞树，管理处的台子上连续几天放着一份被丢弃的圣诞礼物，这是一个离别的圣诞节，今年我也没能吃到奶油草莓蛋糕[1]。

1　日本人过圣诞时通常会吃奶油草莓蛋糕。——编者注

2018 年 12 月 28 日

金曜日

今天也在 maki 写稿了，上一次点错了单，这一次终于吃到了正宗的和风鸡蛋三明治。续咖啡的时候，发现竟然有一款肉桂咖啡，这家店的老板一定有什么肉桂情结。喝了一杯，是神物，也许将成为这个冬天的人生新宠。maki 真是了不起，新年竟然也照常营业。

2018 年 12 月 30 日

日曜日

为了迎接正月，今年的最后一堂花道课上出现了若松和千两，它们有祝福和庆贺的意义，和粉红色的豌豆花搭配在一起。盐野老师说：松枝可以保持一整个月青翠，然而豌豆花脆弱，过几天就会凋谢了，自己再去花店里买喜欢的花搭配就好了。

“豌豆花是日本的花吗？”我问她。

“不知道啊，不过日语花名中最后那个字是 pea（豌豆）呢。”

“那是外来语，没准是西洋花，”我又说，“你知道豌豆花的花语吗？”

“是什么？”

“别离，温柔的回忆。”

“又来了，这些奇怪的冷知识，你是从哪里看来的？”盐野老师笑了。

“坂元裕二的电视剧里。”

“确实是电视剧里会出现的花呢。”盐野老师想了一会儿，“可是别离啊，也是人生必要的事情呢。”

下次再来花道教室，就是来年了，因此离开的时候大家互相道别：“良いお年を。”（愿你度过美好的一年。）

回到家，把插了快两个月的柏枝取出来，剪掉了死去的几枝，又和松枝插在一起。棉花装在酱菜瓶里，和干辣椒一起摆上了冰箱。

这一年很快要过去了。今天我站在河边的车站，看见光秃秃的樱花树上鼓起了花苞，对岸有个爷爷带着少年放风筝。今年的京都一点儿都不冷，往后白天又将越来越长，我真正感觉到春天将要来了。充满了很多别离的2018年，也是人生中很必要的一年。如同冬天存在的必要性，到了春天就会明白。

自
在京都

终章
鸭川住民日记

番外

鞍马·天狗

献给我的偶像森见登美彦老师，

NOSTALGIA 的真·伪电气白兰，

是人生欢愉的味道。

❶

昨天，我从琉璃光院逃出来，是在下午两点半。

能拍到水中红叶倒影的二楼人满为患，我扒开说着普通话、广东话、韩国话和越南话的层层人群，仓皇逃窜到一楼本堂，那里传来一个和尚念经的声音。几分钟前，就当我历尽千辛挤到人群最前排，抢占到最好的拍照位置时，突然察觉到某个地方不对劲——“这里是京都啊！”

没错，这里的的确确是京都，但为什么周遭却没有一个人在说日语？不不不，就算我逃到本堂，那念经的和尚也不知道在嘀咕些什么。一个满头白发的老头儿站在角落里写朱印，我偷瞄了一眼，见他正端正地落款：庆长五年九月十五日。

原本阴沉沉的天色越发黯淡下来，茶庵里传来一个声音：“你再不跑，就要被卷进京都风暴了！”于是我跑了，丝毫没有犹豫，头也不回地跑了，如果你们要称之为落荒而逃，我也绝不否认。

❷

“这可不太妙啊。”我一边跑一边想，跳上了停在八濑比叡山口站准备发车的叡山电车。电车刚开出一站，我不知为何突然想起了上周刚看完的森见登美彦的新小说，于是毫无犹疑地在 4 分钟后到达的宝池站下了车，换乘 4 号站台的单节列车，朝着鞍马的方向而去。

谷歌导航告诉我，搭乘叡山电车从宝池站到鞍马站，只需要 21 分钟。不同于早晨琉璃光院的盛况，车厢里尚有许多空位。这个季节的游客不怎么去鞍马——游客从来都不太常去鞍马，但鞍马的前一站贵船神社是热门景点，不出意外，在夜幕降临之前，滚滚人潮将不会消散。

“太美了太美了！”

“果然洛北才有正宗的古都之秋啊。”

电车开过二轩茶屋之后，隔壁座位上两个老太太对着窗外的群山大呼小叫起来，对面的乘客听到她们的惊呼，纷纷转过头眺望窗外。

随即有位白胡子老头儿吟唱起来：“霜叶委深山，此刻最悲秋。”

不过是绿色的群山之上，多了些半黄不绿的树叶，这种脏兮兮的色调，何来美感可言？我一边抱怨着一边掏出手机查看邮件，邮箱里空空荡荡，再一抬头，只见阳光普照，远处的山峦上投射着神迹一般的阳光，天空也不知何时变得一片湛蓝。

眼前风景，若说是盛夏，我也深信不疑。

“旅人去往鞍马山途中，终年阳光明媚，四季无雨无风。旅人去往鞍马山途中，若遇到这种情况，务必要记得合掌感激，此乃天狗显灵，欢迎人类。”在很久以前，某个前辈曾经这么对我说过，全然是酒醉后屡屡重复的无聊废话。

❸

事情说到这里，我应该简要说明一下我的偶像森见登美彦和天狗的关系。

读过《四叠半神话大系》和《有顶天家族》的人都知道，毕业于京都大学农学部的森见是近年来在日本宅男间声名大噪的小说家之一，和同校毕业的万城目学并称“京大双雄”。森见在24岁那年凭借《太阳之塔》拿下文学奖，从此踏入奇异的写作世界，风格越来越天马行空，终于把京都描述成了一个“天狗、狸猫和人类共存之地”。

让人意外的是，正当森见写作事业蒸蒸日上，甚至有评论家认为他将超越伊坂幸太郎和东野圭吾，成为新生代畅销书之王时，他突然再也写不出半个字来。后来他勉强出版了几本新书，看起来也都是应付差事之作，只为混一口饭吃而已。他本人也在某次接受采访时坦承：大事不妙，自己正陷入空前的写作瓶颈期，漫漫无尽头。

痛心疾首的森见粉丝追根溯源，发现偶像的瓶颈期是从写完《有顶天家族》开始的，随后传起漫天谣言：这都是因为森见暴露了太多京都的秘密，所以遭到了报复。这秘密不是别的，正是天狗和狸猫的身世；这报复也不是来自别人，而是来自天狗本尊。

传说森见的创作力依然旺盛，每天狂写一万字，但是次日醒来，那些字要么变成了奇怪的简笔画，要么就又变回空白。森见想过很多办法，试过将小说写在电脑上、稿纸上、树叶上，甚至是石头上，又或是口述给出版社编辑，但只要是森见的文字，无论以什么为载体，次日定会变成一堆乱码。

森见的写作瓶颈期持续了好几年，直至一个月前，他在没有任何征兆的情况下，推出了一本惊为天作的新书，无论故事还是文笔都天衣无缝，达到了此前作品无法企及的高度。

"偶像的天狗咒语解除了！"残留下来的几百个森见粉丝奔走相告，喜极而泣，只有几个尚存一丝理智的人表示不解："森见作品中的代表性地标下鸭神社和鸭川三角洲，在这本书里怎么只字不提了？从来不去外地旅游的森见，怎么写起了广岛飞驒[1]，甚至是遥远的津轻，不是说好了要一辈子以京都为舞台吗？”

新书上市的第一天，我一下班就赶紧买了一本，读完时已是天色泛白的早晨5点。其实，森见也不是完全不写京都了，在这本名为《夜行》的小说里，京都唯一出现的地标是鞍马寺，以及一段从鞍马寺通往贵船口的漆黑之道。

❹

回到昨天下午。

我刚从鞍马车站走出来，就看到了不远处的红色天狗立像，长长的鼻子下面漆着几个黑色的大字：天狗总本山。与一站之隔的贵船神社相比，鞍马寺游客寥寥，既没有良缘应验的传说，也没有现代文豪的作品加持，实在欠缺作为旅行景点应有的招牌。因此它就只剩下一个故事：源义经少年时期——不对，那时候他还叫牛若丸——被弃于鞍马寺，立下重誓要打倒平家一族，某日于

1 驒：日文汉字。——编者注

寺内的深山幽谷中得大天狗传授兵法，自此无敌；又有人说，后来日本历史上赫赫有名的“源平和战”，正是鞍马山大天狗操纵的结果。

鞍马站是京都罕见的寺院风格木造车站，车站前长着一棵枯树，在 11 月中旬凋落得只剩几片红叶，一群老年人表情肃穆地坐在树下长凳上，死盯着对面一辆贩卖甜品的面包车。

我曾经在杂志上看见过有关这辆车的报道，说它流窜在洛北各地，并不固定出现，去哪里全凭店主（即司机）的心情，有时候甚至只接受预约。“如果遇到了，就是命中注定哦。”店主的照片下印着这句宣传语。他是一个大约 40 岁出头的微胖男人，脸上挂着憨厚朴实的微笑，不知道怎么回事，有点令人毛骨悚然，竟和不远处红色天狗的愤怒表情如出一辙。

此时，一位服务员正把车内刚烤好的面包端出来。我想起这一天还没吃过东西，数了 6 个硬币，买了法国吐司和热腾腾的黑咖啡，在长凳上找了个空位坐下，一边喝咖啡，一边用手机浏览着鞍马寺的历史。都是些旧话：牛若丸在此地修行时，如何在后山与天狗神奇邂逅；此寺的本尊名为“尊天”，是日月大地三位一体之神，代表宇宙。还有一种在小众中盛行的说法，得到了神龙见首不见尾的“里京都真理发掘会”大力推崇，称“鞍马寺的神明是外星人，650万年前金星的护法魔王登陆了这里”。

看完鞍马寺的全部历史传说，已是下午3点50分。周围的老头儿老太太不知何时消失无影，面包车也毫无声息地人间蒸发了，连引擎的声音都从未响起。我把纸杯扔进自动贩卖机旁的垃圾桶，朝着山门走去，经过几家土产店，有漆得艳红的天狗面具，无人问津。

5分钟后抵达进山处，几个中年女人对着门口写有“净域”二字的木牌面露难色，似乎很困扰，互相说着悄悄话，来回踱步，终于转身离开。

我又掏出3枚硬币买了张门票，售票员指着阶梯上方：“搭乘下午4点的缆车上山顶本堂参拜，随后立即搭4点30分的缆车下来，不要磨蹭！这是最后一班车，再晚就要天黑了！”我看了一眼那栋名叫“普明殿”的建筑，若不是被提醒，根本想不到它只是缆车站。售票员似乎还想再多说些什么，但看了看墙上的钟，有点慌张：“还有5分钟，快去搭缆车吧。”

❺

周四下午搭末班缆车去鞍马寺的游客有十来人，两分钟后大家在山顶下了车，整齐一致地疾步踏上山径，每个人看起来都轻车熟路，只有我是初来乍到。我心里有些疑惑，因为他们看上去压根没有观光的心情，没有人掏出相机拍摄沿途景色，甚至连交谈的声音也没有，大家只是沉默地自觉排成一列纵队前进，全程无言。

仔细一听，岂止人群，整座山都毫无声响，没有鸟叫虫鸣，没有清风拂枝。我还是第一次进入如此寂静的山，就像是，就像是一座已经死去的山。

终于来到山顶的本堂，堂前有一颗著名的六芒星，网上有人说它是京都最大的能量源泉，人只要站上去便可驱除全身邪气。然而当我站上去，双手合十祈愿之际，却瞄到周遭众人用一种责怪的眼神看着我，然后又像赶时间似的，快步走到殿堂门口点了香，拜了两拜，逃跑似的冲下山去——像是欠着高利贷，必须赶在债主到来之前逃之夭夭。

我照着众人的样子也点了炷香，正准备走下阶梯去搭最后一班缆车，却看见几个身影朝着后山走去，山脊之上依然洒满夏日阳光。我尾随他们走到入山口，只见一个破旧的洗手池，水勺上长满了青苔，仿佛很久没人使用了，水倒还是清澈的。

入山口的鸟居下立着一个牌子："距奥之院 864 米，贵船神社西门 1437 米。"旁边是一堆警示牌，贴着山内各种危险动植物的照片，除了日本蝮蛇和毒虫，还有各种软趴趴蘑菇状的生物，又有一条警示语："通往贵船的山道，由于光线不佳，危险时有发生，请不要擅自上山。"

"就是这里。"我想。森见最新的小说里，那条藏在杉树林中的岔路，能穿越到平行时空的秘密通道，就在从鞍马山到贵船神社的路上。

如果我没记错，小说中鞍马火祭的那天晚上，主人公在此处和一众友人走散，跌跌撞撞终于摸索至贵船口车站，手机信号全无，等到天亮时给友人打通电话，对方却迟疑良久："这 10 年来，你去哪里了？"

❻

我前面的几个人认真洗过手后，毫无顾忌地踏上了山道。那是一对 40 岁左右的夫妇，父亲背上的襁褓里有一个熟睡的婴儿，母亲紧跟其后，队尾那个穿着花裙子看起来只有四五岁的小女孩，应该是大女儿。三人都拄着拐杖，想必是登山熟手，这么一想我就安心了，决定跟在他们身后。

通往鞍马山奥之院的路，不知为何处处挂满了注连绳，沿途颇多枯树岩石，千年古树的树根全部暴露于地面之上，就像爆裂的血管。深处的树林渐渐吸走了夕阳的余晖，天色越来越暗，中途小女孩几次露出惊恐的表情想要放弃。父亲神色不妙："跟上我，快一点。山神发怒是什么后果……你还想再体会一次吗？！"

我并不知道自己何时跟丢了这一家四口，不时有人下山，不时有人上山，无论是从我正面往下走的，还是尾随我往上走的，全都在下一个瞬间消失了踪影。

等到意识过来山上只剩我一人的时候，我已经站在了奥之院门口，那栋黑漆漆的木房子前贴着一个门牌：魔王殿。我走进去，看见神殿不在屋内，而在后山，屋内整齐地摆着好几排长凳，怎么看都像是做完礼拜人群散尽后的教堂。我把身上的全部硬币掏出来，数了数，55 日元，一股脑扔进了钱箱。

我从魔王殿里走出来，阳光耗尽了最后一丝气力，已经是黄昏了。我凑近岔道处的牌子，依稀能看清上面的字迹："距本殿

864 米，贵船神社西门 573 米”。

分明是直接去贵船更近啊，我想。我当然没有忘记入山口的警示语，可是在这下午 5 点的鞍马山上，时间过得飞快，哪怕只是多走 300 米，都可能会在下一秒掉入无边的漆黑。

从鞍马山前往贵船的山路上，我感到山神在某个时刻魅惑了我，让我即便身处昏暗的深山之中也不觉得害怕，只是有些恍惚。警示牌上说光线不佳，却并没有造成太大问题，我一直能看清楚路，只是路途的远近变得有些游移，有时路口明明就在眼前，却怎么也走不到，有时拐角还在很远处，却只需往前几步——这条路上到处都是枯枝搭成的陡急向下的简陋阶梯。

在好多棵颓然倒下的老树之上，在这充满了冬之萧瑟的景象中，一棵满是红叶的树突兀地出现了。一树此时在京都的无数景点里“燃烧”的红叶，出现在一座死去良久的深山之中。就在我的视线接触到红叶的那一秒，天狗现身了。

天狗就在我身后大约 50 米处，一路尾随着我。天狗走路没有声音，我走得快时，它也走得快，我走得慢时，它也走得慢。并不是天狗在故意调整步速，而是当它出现时，我的步伐速度就变成了遥控器。我不太清楚天狗的意图，也许它没有意图。

天狗现身的时候，我的相机耗尽了最后一点电量，掏出手机看了看，时间是下午5点30分，电量剩余78%，没有信号。天狗出现时相机会耗尽电量，手机会失去信号——这样的传言一次也没听说过，但我心里十分清楚：它就是天狗。“世界陷入了永恒的夜晚之中。”《夜行》中，森见这样写道。

❼

天狗现身15分钟后，在永恒的黑暗世界，出现了点点灯火。在我脚下的山谷之间，飘浮着人类的肉体气息，却不是人类统治之地，如果放在中国古代的传说中，这应该就是狐仙显灵的证据——毋庸置疑，那里就是贵船神社了。

“喂，”正当我低头观灯火时，天狗不知道什么时候站在了我右边，“打扰你一下。”

没错，眼前长长的鼻子告诉我，它一定是天狗。但这只天狗没有面具上那样艳红的脸，它是白色的，不是雪白，而是浑身上下惨白一片。在惨白的天狗头顶，有一块浅灰的微秃，但似乎不是年龄使然，而是被火烧过——除开长鼻子和微秃不说，它还算是一只比较好看的天狗。

“你在看什么？”天狗说。

“贵船的川床。”我乖乖回答。

“现在是深秋，怎么会有川床呢？贵船的川床，那是夏日的‘风物诗’，在9月底就没了。”天狗用嘲笑的语气对我说，仿佛已习惯了人类的愚蠢。

我确实没这样想过，有些怀疑自己的眼睛：“那下面的灯光是什么？”

“是幻觉。”天狗冷静地回答，那语气告诉我，它就是为了这个问题而来的。对于它这样自以为是的态度，我有点生气，决定反击它一下：“你的秃顶也是幻觉吗？”

“前一阵子不是鞍马的火祭吗？你知道，那个时候出了点事故……”天狗并没有察觉我的恶意，大概是在它的世界，秃顶并不是一件难堪的事情。

“京都是一个幻觉。”天狗又说。

“哈？！”

“在京都的宇宙定律中，光线的阴暗是有界限的。京都在昭和20年的夏天开始犯规，它越来越亮，实在是太亮了，因此被编入了幻觉的结界。”

“幻觉什么的，你突然这样说我不懂啊。”迄今为止，我读过的任何一本书，都没有告诉我天狗会和人类讨论幻觉，如果有人写过《当天狗和你讨论幻觉时你该说些什么》，我肯定要事先背下来。

“总之，京都是幻觉，”天狗露出了哀伤的神情，“早几年多亏了贵船神社，阴暗和光亮才勉强维持住了平衡。都是狸猫搞的鬼，它们想到了一招：把贵船神社变成旅游胜地。你看它现在亮堂堂的模样……都是幻觉啊。”

“这么说来，该给狸猫封一个贵船旅游大使的称号啦？”我不想再理会天狗的胡言乱语了。

“正确地说，狸猫是京都的旅游大使，”天狗说，“你知道‘对了，去京都’吗？那正是狸猫一手策划的项目。”

如果我没记错，那是从 1993 年开始宣传策划的旅游项目，最早出现在海报上的清水寺，如今已经被穿着和服的外国人挤满了。我又看了一眼山脚下的点点灯光，似乎被天狗说服了。

“如今只剩下鞍马山了啊……”天狗大叫一声，从我身边跑开了。

❽

我终于抵达了贵船神社西门，站在出山口的小桥上回望了一眼身后，那里立着两个牌子，一个写着“禁止入内”，另一个写着“熊出没请小心”。

京都怎么会有熊呢？我不禁觉得有些好笑，凑近了一些，才发现下面还有一行紫色的小字：“天狗作祟请联系09011167916，里京都真理发掘会。”

思绪纷乱错杂，我站在桥上，一个男人正在一排一排地往河里放河灯。有人说过，在贵船川上摇曳的河灯中，漂浮着平安时代女歌人和泉式部的灵魂，她一生恋情无数，恋人或是弃她而去，或是得病早死，每段爱情都不长久……为情爱所困的和泉式部造访贵船神社时，久久凝视着贵船川上飞舞的萤火虫，仿佛看到了自己短命的爱情。

“和泉式部自己尚不能善终，为何现代人还要向她祈愿，求得爱情呢？人类果然毫无逻辑可言。”我感叹了一句，决定忘记这一天和天狗的相遇。于是走下小桥，登上贵船神社前亮着红叶灯笼的阶梯，在人群中观赏了红叶凋零的枯树，读了一张水占卜的签文，把双手放在神树上吸取了一些能量，又在燃气篝火前烤了会儿冻得僵硬的双手。

我以为自己已经摆脱了天狗，它却又出现在回程的途中。就在我沿着河川步行去贵船口车站时，我又一次经过出山口的小桥，那里有一个身影，长长的鼻子轮廓十分显眼，是天狗。

它高举着一只火把，站在出山口等我。

我朝天狗走过去："为什么要拿着火把？"

"为了证明我是天狗。"

"天狗会拿着火把，哪本书里也没这么写过。没有人会相信你的。"

"只要你相信就行了。"

"我也不会相信你的。"

天狗将火把凑近我的脸："刚才从鞍马山顶开始，你的手就失去了知觉，虽然你在贵船神社的篝火前取了暖，但怎么也恢复不了知觉。我说对了吗？"

我将藏在身后的双手交叠起来，使劲握了握，没回答天狗。

"人类见到天狗的时候，手就不是自己的了。"天狗又一次露出了诡异的笑容，带着第一次跟我搭话时的嘲笑语气，仿佛在说："我们天狗，早料到你们人类的愚蠢了。"

❾

我和天狗一前一后朝着贵船口走去，对岸的某家店门口立着一只大铁锅，我走过去递出一张千元纸币，店主拿出大勺子，一勺刚好是满满一杯热腾腾的甘酒，又找给我6个硬币。我在店前的宽凳上坐下。天狗径直向前走去，走到不远处一个小摊前，捧着一个纸袋子回来，在我身边坐下。

我探过头去看了一眼："天狗也吃烤红薯？"

"人类不也吃拉面吗？"天狗啃着红薯。

我看着来来往往的人群："今天来贵船的人，回家都会大肆描述一番天狗吃红薯的奇景吧？"

"今天在贵船看到天狗吃红薯的人，除了你没有第二个了哦。"天狗的红薯已经啃掉了一半。

"什么意思？"

"今天只有你看得见我。"天狗的红薯已经全部吃完了。

"为什么是我？"

"你身上挂了狸猫的铃铛吧？"

两个月前看了偶像森见的电视节目，我造访了一乘寺的狸谷山不动院，那里供奉着一尊不动明王，境内遍布着大大小小的狸猫石像，虽然没有人为这里冠上“狸猫总本山”之名，但坊间盛传，一乘寺正是京都狸猫的据点。在狸谷山不动院，我买了一个金色的狸猫铃铛御守，狸猫举着酒瓶的憨厚模样实在太可爱了。

“在狸谷山买过狸猫铃铛的人，都能看见天狗？”

“还有三个条件，”天狗摇摇头，“一切必然都是偶然。”

我喝着手里的甘酒，里面加了大量的生姜，一口下去，全身都热乎起来。只有双手，依然僵硬，没有知觉。

“第一，必须在下午 4 点 10 分站在六芒星里；第二，必须在即将关门的本堂前点燃一天的最后一炷香；第三，必须在奥之院里扔下 55 日元的硬币。”天狗竖起三根手指，“这是能看见天狗的三个必要条件。”

这天狗，分明是在忽悠我。“由古至今，能做到这三条的人，恐怕除了我没有第二个了吧？”

“你是第七个。”天狗一脸诚恳。

“这些条件有什么特殊含义吗？”

“并没有。”天狗说，“我说了，一切必然都是偶然。”

我将甘酒一口饮尽，又将空杯子递给店主，走向不远处的公交车站。天狗紧紧跟在我身后，跟着我上了公交车。车上挤得水泄不通，到了车站，天狗挤在人群中，先行下了车。

我目送它走进了贵船口车站。

⑩

当我走进贵船口车站时，距离下一辆电车进站还有 5 分钟，人们已经排起了长长的队伍。我从 1 号车厢口走到 3 号车厢口，又从 3 号车厢口走回 1 号车厢口，来来回回好几遭，都没有找到天狗的身影。分明已经走进了车站的天狗，却没有出现在站台上。

人群熙熙攘攘，正值红叶季，叡山电车特别增开了夜间赏叶线路，沿线点亮了灯笼，尤其在市原站到二之濑站 250 米的路途中，两旁高大的枫树形成了天然的红叶隧道，是人们争相去看的绝景——眼前这些人潮，想必都是为此而来。

电车在此时驶来，我抬头，又一次看见了天狗。几分钟前和我一起在贵船口下车的天狗，此时正站在从鞍马站驶来的电车中。

自从遇见天狗，没有一件事情是正常的，也没有一件事是必然的。我来不及做更多思考，事实上就算将我沉入海底，让我静思 1000 万年，我大概也想不出这其中的前因后果。我只能随着人群，朝着靠站的车厢移去，刚好在电车关门的前一秒，成功挤了进去。

叡山电车有两节车厢，我刻意挤进了天狗所在的那一节。然而人实在太多了，它站在车尾，我站在车头。在它的旁边，有一个躺在摇篮车里的婴儿放声大哭。天狗皱皱眉，那婴儿哭得更厉害了。

没多久电车里传来广播："列车即将到达市原站，从市原站到二之濑之间的一段红叶隧道，列车将放慢速度驶过，同时车厢里的灯光将全部熄灭，大家请尽情享受红叶吧！"

灭灯的那一秒，人们发出喜悦的欢呼，同时我耳畔传来一声清晰的叹息。是天狗。此时天狗依然站在遥远的车厢尾端，叹息却在我耳边。

"那个婴儿看见你了吧？所以才哭成那个样子。"我试图和天狗对话。

看来我成功了，话音刚落，就听见天狗烦躁的声音："婴儿是狸猫的同盟。"

"我还想向你确认一件事。"我心中有挂念的悬案，也许关系到人生的走向。

"直说无妨。"

“森见遇到写作瓶颈，是天狗施了法术吗？”我终于问出了口。

“如果真是天狗所为，他怎么还敢在新书里写到鞍马呢？天狗是森见最后的朋友。”

“那森见这些年是怎么回事？”

“不要只盯着已经出现的东西，想想那些没有出现的东西。”天狗又叹了口气。

一万个念头在我脑海里浮现，终于所有的一切都串成了一条隐秘的直线，无因无果，却是答案。

“啊！是狸猫！”我尖叫起来。

“没错，狸猫一直在捣鬼。在狸猫覆灭京都的计划中，森见是关键的一环。”天狗松了一口气，语气中带着欣慰，“看来人类的智商也没那么不不可救药。”

“狸猫对森见做了什么？”

“那不是你们能知道的事情。”

我抬头看了一眼红叶隧道，马上就要驶到尽头了，游客们疯狂地用手机拍着照片或视频，司机不胜其扰。广播里再次传来声音：“请不要使用闪光灯，为了不干扰司机驾驶，请不要使用闪光灯。”

我又想起了一个至关重要的问题。

“难不成森见也站在六芒星里，也点了一炷香，也扔了55日元在奥之院？”我的眼前浮现出那位略带神经质的作家的脸庞，却无论如何也不相信他会做出这样的事情。

“说什么胡话，森见怎么会做那种事？！”天狗突然怒不可遏。

“那……为什么？”

“森见什么也不用做就能看见天狗，森见每天都能看见天狗。”

“为什么？！”

“因为他每天都活在鞍马火祭里。”

“所以森见才会在新书里说，鞍马火祭是通往平行时空的岔路？”我似乎有了些线索，“那么在平行时空里，到底有几个森见？”

天狗没打算回答我，我一开始就知道它不会回答。

“任何时候来鞍马寺都可以，但是别在火祭那天来。切记，不要在火祭时来，否则后果不堪设想。”

天狗的话音刚落，列车就驶出了红叶隧道，我感到耳畔的气息瞬间被抽离，再一抬头，天狗已经不在车厢里。

天狗既不在车厢尾端，也不在我身边。

⑪

我最后一次见到天狗，是那晚的最后。列车抵达出町柳车站，这里是叡山电车的终点站，我必须换乘京阪电车回到大阪。

我从改札口[1]刷卡进站，去了趟厕所，再走出来时，天狗迎面朝我走来。和我擦肩而过时，天狗没有打算停下来。

我不甘心，叫住它：“喂！天狗到底为什么会出现在人间？”

“为了阻止幻觉。”天狗说，身影随着话音又一次一起消失。

我从出町柳站搭乘京阪电车，顺利回到大阪。我发了条朋友圈，想要告诉朋友们我遇见了天狗。

“天狗？你是在做比喻吧？”

“天狗啊，我做梦都想遇见一只。”

“是你自己变成鬼了吧？”

“哎呀这条山路好漂亮，你是一个人去的吗？”

“你胆子可真大。”

相信我真的遇见了天狗的人，一个都没有。

次日早晨，也就是今天早晨，我正在厨房里煮咖啡，听见门

1　改札口：进出站口。——编者注

口有脚步声经过。往常总是有邻居从这儿走过，出门上班。脚步声越来越远，该到走廊尽头了，该进电梯了，我推测着，突然，响起一记清脆的铃铛声。

只有一声，什么东西掉落在我家门口。我听见了。

我飞奔着跑到玄关打开门，空无一人，走廊上躺着一只红色的天狗玩偶。

我捡起玩偶，一张纸条飘然而下："狸猫冬眠之时，狸谷山不动明王前。"

余生第 1420 天

后记

三月的最后一天，我搭着公寓楼下的首班公交车，在睡意中往北边去了，终点是大原地区。大原在山中，每个周日会举行京都名气最大的朝市，像从前乡间农家的市集，各家各户摆出小摊，贩卖当日清晨采摘的新鲜蔬菜，常能在此偶遇城中知名料理人寻觅食材的身影。

那日的朝市春意盎然。尽管城中的春天还没有降临的迹象，小摊上的“主役”（主人公）却已变成了各式春野菜，除了薄荷、芫荽、菜花，还有挂着泥土的竹笋，多数我都不认识，一家家打听下去，原来是苦蒜、野葱、艾草、甘草、蒲公英叶……摊主大多热情爱聊，乐于传授各式野菜的烹饪方法。还有许多朴素的和果子：红色的樱饼，是日本人传统的“花见团子”；绿色的艾饼、加了红豆馅的青团，是能够解乡愁的春味。山间清晨清寒，无论是卖菜的还是买菜的，都三三两两围绕在空地的篝火旁取暖，手里端着一碗从身后早餐摊上买来的热汤，漂浮在上面的薄薄肉片，是从隔壁的福井县打来的野猪肉，也是罕见的山味。

“今天也是一个人来的啊？”“你也住在左京区吗？”端着野猪汤的人们，彼此之间说的都是些闲话。我喝过野猪汤，买了一盒艾饼，又在花摊上挑了几株含苞的山茶和杜鹃，与不知名的山间树木枝叶混杂在一起，才心满意足地离开。这个清晨结束得很早，离开时山间仍有在清寒中持续升起的雾气，还不到 9 点，周末的城市应该还没有醒来。

我为什么要去朝市呢？还是三月刚过了一半时的事情。那天我照例在面对着鸭川的书桌前工作，突然被窗外两棵树顶端的粉色花朵吸引了目光，走到阳台仔细一看，原来是小彼岸樱开了。傍晚我决定下楼看看这棵开花的树，走到公寓门口，鸭川对岸的夕阳正缓缓落下，迸发出绚烂的颜色。一位老太太拖着行李箱从我面前经过，也停下来，拍起夕阳来。

“真好看啊！”我笑着跟她寒暄。

“是呢，前几天明明那样寒冷，今天却突然有了春天的景致。”老太太亦是掩饰不住地欣喜。

我们就这样聊起天来。我去年夏末才搬到这栋位于鸭川河岸的公寓来，她却从 30 年前就住在这里，那是在泡沫经济时期，公寓建好的第二年。我的房间正对着鸭川，能看见春日河堤上满开的樱花，她的房间正对着东山，能看见冬日铺上薄雪的“大”字。不能推测前因后果，她如今是一个人住，独居生活并不孤独，也兴致勃勃地说起到了每年 8 月的盂兰盆节，她会邀朋友来到家里，一边吃饭喝酒，一边看五山送火。

“虽然是30年前的公寓了，但这里交通便利，又有那么好的自然风景，”老太太说，“面朝鸭川背靠东山，在京都再也找不到第二处。”

“是都市，又在自然之中。”我也是这么想的。

老太太便是此时提到了大原：“那边有个公交车站，有直达大原的车。大原四季都能买到新鲜的蔬菜，就算是下着雪的冬天，在寒冷中也有各种小摊连成一片，实在有趣。”老太太在这里住了30年，最令她满意的就是这件事：从前腿脚还方便时，她每个周日都会大原朝市，买一大堆菜，还要顺路去三千院或寂光院散步。洛北的寺院相比市内的更加清寂，游客稀少，是古寺该有的风貌。末了，老太太反复叮嘱我：“大原朝市在每周日早上6点前开始，只要在楼下的公交车站搭乘7点的首班车，8点前抵达，就还能赶上尾声。晚一班车可就来不及了。”

我和老太太站在楼下聊着大原朝市的营业时间，天色渐暗，下班回家的中年男人拎着公文包走进公寓，朝我们点头微笑，两个中学女生也推着自行车在路旁闲聊，不舍得分别。这是我第一次感觉在这栋楼里有了邻居，从邻居那里得到的新攻略，令我惦记着：要去大原。

上述是我在京都生活的一个片段，也是我在这本书里屡屡写到的，那些微不足道的相遇。这本书是我移居日本后的4年中，开始尝试生活的一段记录。4年前的春天，我辞掉了在国内杂志社的工作，决定选择一个喜欢的地方生活——在过去30年的人生中，我学会了学习，学会了工作，却从来没有人教过我如何生活。彼时的我，急于知道什么是自己想要的生活，并且想要赶紧学会它。这4年来，我断断续续地写着在京都遇到的人和事，最后终于从大阪搬到京都，从旅人变成了居民，情感从热烈归于平淡。因为京都变成了与我朝夕相处的城市，我对它常常多出些不好意思来，做事情多了几分顾虑，生怕冒犯，生怕无知，生怕露怯。我和京都的相处姿态也在变，从前我在旅游中寻找生活，如今我也在生活中旅游。我越是了解它，就愈加意识到我对它所知甚少。去年冬天，我在凄寒的鸭川河岸的公寓中，把这些文字做了一次修改和增补，在这本书里，是我与京都的一段好时光，如春天一样舒缓的，如夏天一样热烈的，到了秋天就会结出果实的，一个人和一个城市之间的，稳定而坚实的互助关系，比人际关系沉默，却更加永恒。

"一个人搬到京都，寂寞吗？"住在大阪的女友A小姐近来总是问我。

原来京都生活在大阪人心中是"寂寞"的哦，我这才反应过来，但是，一点儿也不。不如说，在京都过的不用勉强交际，看似并不热闹的生活，恰恰成了我人生中最丰富，最不寂寞的一段时光。

例如约朋友来做客，从前在大阪即使喝到凌晨也要各自回家，如今大家却会留下来住一晚。宿醉的次日也不做特别的事情，常常就是去无人的寺院走一圈，买一杯咖啡在鸭川边坐一下午，分享对某家人拥有三条柴犬的艳羡。有时候我们出了门才发现都忘了带手机，那就摸索着找找看吧，有些地方是没有导航也能找到的。和一个没有手机在身边也不觉得心慌的城市之间的关系，就是心安理得的亲密关系。

有时候一个月要出国好几次，每次都预约机场巴士接送，渐渐也认识了几个司机，他们见面就笑着说："又出远门啊？辛苦啦。"一个冬夜归来，整辆车上只有我一个人，那位司机兴致很高："今天我们要走雪路哦。京都市内下了了不起的大雪。"沿途他向我讲起自己的人生经历，说到高中时期艰苦的棒球训练，每天回家要先倒在玄关暴睡一小时，肉体和精神的极限如何磨炼了一个人；说到阪神大地震时他正行驶在高速公路上，身后的道路瞬间塌陷，之后又被困在公司三个月，人生观如何被片刻扭转；说到结婚生子又离婚的全过程，人生不过是把所有事情都经历一遍……次日清晨我站在阳台上，第一次看到被大雪覆盖的这座城市，觉得好像看到了一个奇迹。就又想起那位司机说，为什么打高校棒球赛比打职业棒球赛更有趣，因为前者全靠热情，后者只是份工作，因为只有所在的学校成为4000所学校中唯一一所没输的，一场比赛都不能输，才能站在甲子园球场顶端。

"所以说，是因为充满奇迹啊。"我感叹。

"所谓'奇迹'，是'奇妙'与'痕迹'的组合，是这个世界上只发生一次不复重来的事情。在甲子园连续不断发生的不是'奇迹'，是miracle——日语里写作'神技'，是神的旨意。"那位司机当时这么说。

因为京都是个小城，和很多人都能成为熟人。我有了一些新朋友，相约去手工市集，去探访罗生门旧迹，去熟识的酒吧喝一杯，有时候也带上花去探病。彼此亲切，又保持距离。偶尔一大早出门，闻见楼道里飘来煮饭的香气，会心中一动：原来，生活可以这样啊。这样的关系，不必说东京和大阪，就是我过去住在北京和广州也没有感受过。我在中国西南的某个小城长大，那个城市很小，人和人之间总能被同一个关系网圈起来。我自幼便决意要从那封闭中逃离出来，但它确实对少年时代的我产生了巨大的影响，令我一生对浓厚的人情充满向往。京都完美地实现了我的这个期待：它是城市中仍保有熟人社会气息的一个，人和人之间不依靠工作和利益联结，更多依靠日常。京都又是城市中与自然最接近的一个，是一个日常与非日常交织共存的地方，所以有时候与它的相处甚至不体现在人与人之间，而是发生在人和自然万物之间。

例如我从前也赏樱，总是在樱花满开的季节抵达这里，尚未凋零时就离开。这一年在京都，我得以和这种植物一起度过了四季。眼看它在寒冬光秃秃的树枝上孕育，花苞一天比一天更加鼓胀；眼看它缓慢绽放——嗯，樱花不是一下子全部盛开的，而是像爆米花那样，噼里啪啦炸开来的，要连续炸上好多天；眼看它经过短短几日生命的高潮，在一场大雨之后，纷纷落下，树上又冒出绿芽；眼看进入初夏，树上长出繁茂的绿荫，变成了纯粹的“京都绿”。我看见了一种生命的过程，如同此刻我的生活一般，我身边的一切再也不是景观，而是生命的真相。

这是京都教会我的事情。来到京都以后，我变成了一个缓慢的人。我的心中对许多事情已经失去了胜负欲。我真实地意识到：人类存在的价值，并不由速度决定，不必跑得太快。自然本身就是如此运转的，不由速度决定，只需要遵循规律，舒展生长。来到京都以后，我对世界才刚刚开始有了感知，它赋予我清风和明月，也赋予我相遇和分离。我内心感激京都向我闪现的那些风景，尽管我们之间连一句交谈也没有，但在那些时刻我明白了：应该做一个温柔的人，心存善意，充满力量。

这本书能够存在，要感谢我的邻居枕书，如果不是她鼓励我努力写作，我不会有勇气。感谢封老爷、一平姐和刘洋，是因为你们串联起来的诸多，令我走到这里，希望我还不至于让你们失望。感谢我的父母，因为自小被二位教育应该独立勇敢，我才能够尽全力自由而纵情地活。我在 30 岁时重启我的生活，常常需要克服恐惧与惊慌，才渐渐明白，他们心中的不安，恐怕比我想象中更深。

4 年前初来乍到时，我说这是我“余生的第一天”。如果余生是在京都，很多事情就不是梦想，也不是理想，而是自然规律，只要耐心等待，就能和未来相遇。我们真的可以离自己热爱的东西更近一些的。离得很近以后，它会变得不太梦幻，会有很多伤心的时刻，而如果你依然心存期待，就是被生活光顾。如果你觉得这本书好，那是因为京都生活真的很好。

2019 年 4 月 10 日　午后　于咖啡馆 maki